KB057588

꼽추네 사랑

이경자

청소년
현대문학선 038

꼽추네
사랑

세상을 느끼고 인생을 사랑하는 일

제가 자란 곳은 뒤로는 설악산, 앞으론 동해가 드넓고 남으로는 개천이 흐르는 곳이었습니다. 그런 곳에서 유년기와 사춘기를 보냈습니다. 읍내는 한눈에도 차지 않게 작고 촌으로 가는 길은 벌판과 야산과 실개천으로 이어졌습니다.

제가 여자 중학교에 들어갔을 때, 전체 학생이 일흔 명쯤 되었습니다. 억지로 두 반으로 나눴지요. 그중에서 서른 두 명이 여자 고등학교에 진학했습니다. 학생이 적었다는 것은 경험의 폭이 적다는 의미이기도 합니다.

이런 곳의 읍내에 살던 저는 문방구나 다름없던 서점의 단골손님이었습니다. 그곳에 가면 '다른 세상과 다른 사람'들을 만날 수 있었으니까요. 잡지와 소설책에서요.

저는 주로 서점 한구석에 서서 오래도록 책 한 권을 다 읽고 돌아오곤 하였습니다. 모든 책을 다 살 수는 없었으니까요. 그때만 해도 밥만 굶지 않으면 다행인 때였거든요.

저는 소설을 통해 주위에서 보는 일가친척과 이웃과 동무들의 삶과 다른 인생이 있다는 걸 알게 되었습니다. 눈에 보이지 않아 상상하지 못했던 세상과 사람들에 대해서요. 소설 속에서 사람과 사람 사이에 일어나는 잡다하고 엄청나고 아름답고 슬프고 고통스럽고 행복하고 불행하고 평화로운 일들을 경험하게 되었습니다. 비록 소설을 통한 간접 체험이긴 했지만 사춘기의 저에겐 거의 폭발적인 영향을 미쳤습니다.

그때 읽었던 수많은 책에서 얻은 것은 제가 학교에서 배운 것들과는 비교할 수 없는 재산이었습니다. 우리가 살다 보면 학교에서 배운 것들이 얼마나 보잘것없고 또 쓸모도 없는 것인지 알게 됩니다. 세상은 사람과 사람 사이의 관계 망과 사람과 자연의 관계 망의 얽힘이며 질서라고 할 수 있습니다. 이런 복잡하고 깊은 얽힘, 그 질서를 이해하는 힘은 학교에서 가르치지 않습니다.

그것을 가르치는 유일한 것, 그것이 저는 소설이라고 믿습니다.

여기 실린 4편의 중편 소설은 바로 그것, 사람과 사람의 관계에 대한 것입니다. 「가면」은 이중성을, 「꼽추네 사랑」은 진정한 사랑을, 「틈」은 계층 갈등을, 「할미소에서 생긴 일」은 생명의 힘을 이야기했습니다.

부디 청소년 여러분께 이 소설들이 제가 그랬던 것처럼 인생의 비밀을 이해하고 또 사람과 사람, 자연과 사람 사이의 유일한 소통의 길인 '사랑'의 힘을 알게 하는 작은 밑돌 하나가 되길 간절히 바랍니다.

소설의 기능, 소설의 존재 이유, 소설의 가치는 그런 것을 얻게 하는 것이니까요.

아직 그 존재 자체가 가능성의 핵이어서, 언뜻 앞날이 막막한 청소년기, 그 광활한 꿈의 벌판에 희망의 씨앗을 당당하게 뿌리시길 바랍니다.

2007년 9월

이경자

차례 **꼽추네 사랑**

가면

해부를 끝내고 아무렇게나 내던져진 개구리같이 널브러져 잠자던 민희가 번쩍 눈을 떴다. 방 안이 환했다. 그는 빛에 질린 낮빛으로 사발시계를 찾았다. 7시 50분이었다.

어쩌지?

민희는 울지 않은 자명종이 원망스러워 울상을 지었다. 잠들기 전에 분명히 7시로 맞춰 놓았는데 잠결에 눌러 버렸는지 자명종 단추가 들어가 있었다.

오늘이 무슨 요일이지? 아, 화요일이야······. 민희는 아직 자고 있는 동명을 바라보았다. 화요일과 금요일은 도시락을 싸 가는 날인데, 동명은 어머니한테 한사코 김밥을 해 달라고 당부해 놓았던 것이다.

민희는 풀어진 앞섶을 여미고 끈끈하게 눌어붙은 입술을 떼어 손가락으로 문질렀다. 잠버릇이 고약한 재명은 제풀에 굴러가 장롱 문짝에 붙어서 자고 있었다. 민희는 동명을 깨울까 하다가 자기 시간을 벌려고 살며시 방문을 밀었다. 바깥에서 기다렸다는 듯이 곯아 빠진 듯한 술내가 확 풍겼다.

차암……. 민희의 몸이 한순간에 아래로 가라앉았다. 잠든 사이 깜박 잊었던 한밤중의 손님들과 소란들이 한꺼번에 생각난 것이었다. 민희는 빛이 들지 않아 우중충해 보이는 계단 쪽을 흘깃 돌아보았다. 도랑물 흐르는 듯한 소리가 도란도란 들려왔다. 아직도 얘기 중인가? 민희는 낯을 찡그리고 귀를 기울였다. 그러나 이상하게 소리는 비로 쓴 듯 더 이상 들리지 않았다.

민희는 발끝으로 걸어 주방에 갔다. 아침 준비를 해 두었으니 솥 올려놓은 가스불만 켜면 20분 후엔 밥을 풀 수 있을 것이었다. 하지만 식탁 위와 싱크대는 라면을 되는 대로 삶아 먹고 그대로 두어 난장판이었다. 라면 가닥이 턱에 걸린 빈 그릇, 국물이 남은 그릇, 찢어진 스프 봉지와 흩어진 가루, 설거지통에서 비쩍 마른 채 놓여 있는 냄비……. 이런 것을 바라보는 민희의 눈에 분노가 서렸다. 그의 몸에서 핏줄이 오그라드는 듯하더니 몸이 무쇠 덩이로 졸아붙었다. 숨도 잘 쉬어지지 않았다.

나를 사람으로 여긴다면……. 이런 생각을 하는 민희의 입술이 실룩거렸다. 분노로 타던 눈에 물기가 감돌았다.

백성민은 자정 무렵에 후배라는 젊은이 넷과 함께 들어왔다. 온종일 흐린 날에 오래도록 낮잠을 잔 재명이 함께 놀자고 졸라서 겨우 재우고 났을 때였다.

그들은 벌써 기분 좋게 취해서 들떠 보였다. 후배 중 월간지 여기자는 특히 사모님 미안하다고 여러 번 인사하였다. 그러나 민희는 반갑지도 않고 위로도 되지 않았다. 남편이 젊은 미혼 여성들에게 얼마나 인기 있는 남자인가는 분위기로 충분히 감득할 수 있었다.

'남자와 여자는 똑같은 사람이다.'

'여성을 차별하는 사회는 부도덕한 사회이다.'

'인간에 대한 인간의 차별·착취는 끝장내야 한다.'

이런 종류의 말을 뱉을 때의 백성민은 사랑을 실천하러 오신 예수님처럼 느껴져서 민희는 그의 그늘 속에서 가랑잎 하나같은 존재로라도 있고 싶었다.

대학 후배라는 저 여기자도 그런 말을 들었겠지…….

지금 어지러운 식탁과 싱크대를 바라보면서 민희는 여기자와 남편의 관계를 쓰디쓰게 떠올렸다.

그러나 저 여자가 더 밉다. 여자이면서 여자 사정을 하나도 알지 못하는 저런 여자가 싫다.

민희는 주먹으로 창유리를 후려갈기고 싶은 충동을 목젖이 빠지도록 억눌렀다. 식탁을 치우고 설거지를 시작하였다.

압력 밥솥의 안전핀이 핑글핑글 돌아갔다.

"엄!마아!"

방문턱에 선 채 동명이 악을 썼다. 눈을 뜨자마자 엄마를 찾았는데 몇 번 불러도 대답이 없자, 방문턱에 나와 서서 화풀이를 하는 것이었다. 민희는 대답하며 시계를 보았다. 동명은 얼굴을 있는 대로 구기며 발로 바닥을 내리찍었다. 그것은 화가 났을 때 상대방을 으르는 짓으로 하는 성민의 버릇이었다. 옛말에 씨도둑은

못한다더니 그런 버릇까지 부전자전이어서 어떤 때 민희는 소름
이 끼쳤다.

"소리 지르지 말어. 위에 손님들 계셔!"

민희가 낮은 소리에 힘을 줘서 말했다.

"유치원 안 가!"

동명은 어머니의 기분 따위는 아랑곳없이 소리치고 방에 들어
가 문을 쾅 밀어 닫았다.

두들겨 패 줄까?

민희는 속이 상해 몸이 떨릴 지경이었다.

아이가 자기 기분대로, 마음 내키는 대로 하면서 어머니가 원하
는 대로 해 주길 바라는 것은 그렇게 길러지고 길들여지기 때문일
것이다. 그런 것만 보고 자라니까…….

"저것도 날 깔보구…….."

민희는 자신의 일곱 살짜리 아들이 무슨 어른 상대나 되는 것처
럼 내뱉었다. 그러면서 기분과는 달리 김밥 말 준비를 하였다.

발소리는 없었는데 인기척이 느껴져 민희는 되돌아보았다.

"죄송합니다, 사모님."

월간지 여기자가 핼쑥한 얼굴에 가방까지 메고 서서 쑥스러운
인사를 하였다. 말갛고 하이얀 얼굴색, 검고 구불거리는 기다란
머리, 군살 없이 뻗은 몸매, 거기다 기자라니…….

"죄송하긴요, 불편했지요?"

민희는 가방과 손에 낀 책을 보며 더듬거리자,

"집에 들렀다 출근하려구요. 어머 쟤가 동명인가 보죠?"

기자는 방문을 빠끔히 열고 내다보던 아이를 보고 반기는 낯빛을 하였다.

"백 선생님께서 동명이에 대해서 쓴 글을 읽었어요. 어찌나 재밌던지……."

"다른 분들은……?"

민희가 궁금한 걸 물었다.

"아직 자요."

기자는 민망해서 낯을 찡그리며 말했다.

"불편하시죠?"

기자는 덧붙여 물었다.

"여자 하는 일이 다 치다꺼리지요, 뭐."

압력솥의 뚜껑을 열며 민희가 말했다. 독기 품은 낯빛이 김에 가려졌다. 그래도 기자에게 민희의 그런 성깔이 느껴졌다. 기자는 민희의 태도에서 그가 저질러 '선생님'을 고통에 빠지게 한 '사건'을 떠올렸다. 저렇게 모진 여자니까 그럴 만도 하지……. 기자는 소문들을 쉽사리 확인해 버렸다.

"안녕히 계세요."

기자가 일손을 재게 놀리고 있는 민희의 뒤에서 가만히 말했다.

민희는 듣지 못했다. 그는 자기의 마음씨가 마땅찮으면서도 기자에게 쏠리는 불쾌한 감정을 다스릴 수가 없었다. 그래서 처음에만 김밥에 단무지 넣는 것도 잊어버렸다.

"안녕 동명아. 잘 있어, 응!"

기자가 소리쳤다.

그 소리에 민희가 고개를 돌렸다. 동명은 비죽비죽 걸어서 어머니에게로 왔다. 눈길은 현관에서 신을 신는 기자에게 가 있었다.

"가시게요. 밥을 좀……."

민희는 불쾌한 감정을 감추느라 애쓰며 말했다.

"곧 다시 올 거예요. 대담이 있거든요."

그래? 오겠지.

민희는 속으로 경멸을 보냈다. 너 이전에도 젊고 예쁜 여성 숭배자가 있었으니까……. 선생님이라는 데야……. 대담이 있고 원고를 받는다는 데야…….

민희는 여기자가 나가자마자 주술처럼 팩! 돌아서서 동명을 노려보았다.

"너 왜 이래애! 정말 유치원 안 가려구 그래에!"

발에 챈 돌멩이를 걷어차듯 소리 질렀다. 아이는 그 기세에 이내 주눅이 들었다. 워낙 일 저지르게 생긴 눈치기 때문이었다.

어미와 아들 사이에 날카로운 침묵이 생겼다. 민희는 자신의 울화가 어떻게 이층까지 닿았을까 거의 병적인 조바심으로 헤아려 보았다. 그쪽에선 아무런 기척도 들리지 않았다.

"세수하구…… 옷 갈아입어!"

민희는 부하를 위엄으로 다스리려는 상관처럼 말했다. 동명은 이런 경우를 당할 때마다 어머니가 자기와는 다른 사람이라는 느낌을 써늘하게 느끼곤 하였다.

민희는 기어이 접시 하나를 깨고 말았다. 아이의 도시락을 꺼낸다고 생각하면서도 접시와 도시락을 함께 잡으며 순간적으로 떨

16

어뜨린 것이었다. 민희는 사기가 맨바닥에 떨어져 깨어지는 소리
에 두려움과 통쾌함을 한꺼번에 느꼈다.

들었을까?

이렇게 생각하는 민희의 입술은 긴장한 똥구멍처럼 오므라들
었다. 기다란 김밥을 칼질로 토막 내면서 귀는 내내 계단 쪽으로
뚫어 놓았다. 민희가 김밥을 도시락에 담아 뚜껑을 덮고 가방에
넣도록 그쪽에선 아무런 기미도 없었다. 그러나 이미 민희는 이런
경우 남편이 보여 왔던 태도 — 말없이 다가와서 어리석고 야무지
지 못한 현장을 차디찬 눈길로 쏘아보고 말없이 돌아서던 태도에
길이 나서, 지금 비록 성민의 모습이 없어도 그걸 당할 때의 두려
움과 모멸감이 습관처럼 핏속을 감돌았다. 성민의 이런 태도에 대
해 민희의 친정어머니는 속일 수 없는 '양반'이라고 감탄하였다.

성민의 친척들도 '양반스러움'에 대한 평가는 같았다. 거칠고
쌍스러운 남자가 얼마나 많은 줄 아느냐…… . 민희가 그들의 하
나뿐인 재산이었던 21평짜리 아파트를 팔아 치울 수밖에 없도록
일을 저질렀으나 사위가 딸을 대하는 태도가 여전히 '양반' 그것일
때, 겁먹은 장모의 입에서 황망스레…… 거칠고 쌍스러운 남자가
얼마나 많은 줄 아느냐……는 말이 튀어나왔던 것이다.

한두 푼도 아닌 재산을 축냈는데 단 한마디의 꾸중도 원망도 하
지 않는 사위란 처가 쪽에서 보자면 차라리 '바보 같은 하느님'이
었다.

때린다 해도 혀 깨물고 말없이 맞아야 할 터였고 내친다 하더라
도 소리 소문 없이 쫓겨나야 할 형편이 아니던가!

"백 서방만큼 무던한 사람 없니라. 니가 아파트 장만할 때 돈 한 푼 벌이 보탰니? 이렇게 큰 실수 저질러 놓고도 아무렇지 않게 지나가다니……. 평생 보은하는 맘으루 백 서방 섬겨라. 다신 주제넘은 일 저지르지 말구!"

민희의 아버지는 기미가 꺼뭇하게 슨 고단한 딸에게 이런 당부를 잊지 않았다.

"형부가 해직된 건 자랑거리던데 뭐. 정권만 바뀌면 복직은 문제없대. 사실 형부는 해직돼서 유명해지지 않았어? 여기저기 글을 많이 쓰고 강연 다니구……."

"그러니 살지! 동명 아범이 마누라한테 생활비 걱정 지울 사람이냐?"

전셋집 잔금 치르기 전날 부족한 200만 원을 얻으러 친정에 갔을 때 민희의 친정붙이들이 이렇게 말했다.

민희는 그들의 말이 다른 사람 얘기도 같기도 하고 또 대꾸해 줄 말이 생각났으나 너무 지쳐서 아무 소리도 하지 않았다.

사람은…… 살 붙이고 한솥밥 먹으며 살아 보지 않으면 모른다……. 일정하지 않은 수입으로 먹고 입고 자는 일정한 살림을 꾸리자면 하루도 맘 편히 잠잘 수 있는 줄 아느냐……. 나는 강연만 듣고 돌아서는 사람이 아니고, 책만 읽고 덮어 버리는 백성민의 팬처럼 그런 관계를 가진 사람이 아니다…….

친정집을 나서서 시내버스를 기다리며 민희는 이런 생각을 하고 침을 뱉었다.

동명은 시무룩해서 아침밥을 걸렀다. 민희는 내처 버려두었다.

그는 행주치마를 끄르고 아이의 점심 가방을 들고 나서려다 잠든 아이가 맘에 쓰여 방 안을 들여다보았다. 아직도 자고 있었다. 살며시 문을 달아 놓고 까치발로 나섰다. 동명은 벌써 마당에 나가 있었다.

동사무소 앞길 회차 지점에서 민희는 동명을 유치원 차에 태워 보냈다. 이른 가을날 햇살이 민희의 머리통 위에서 자글자글 지져 대었다. 민희는 눈살을 찌푸리고 고개를 돌려 햇볕을 외면하였다. 피로에 찌든 탓인지, 간밤의 수면 부족 탓인지 자꾸만 어찔어찔 어지럼증이 일었다. 민희의 양쪽 어깻죽지가 앞가슴께로 휘어졌다. 그는 손을 맞잡고 비틀었다. 노랗고 거칠게 보이는 손을 보자마자 민희의 눈이 번쩍 떠졌다. 오래도록 괄시받아 초라하게 쪼그라든 손이라고 그는 생각하였다. 그는 갑자기 어딘가로 숨어 버리고 싶은 충동을 느꼈다. 사람의 눈에 띄지 않고 싶었다.

그러나 민희는 집 어귀에서 낯이 익은 듯한 젊은이와 마주쳤다. 끈 달린 검정 가방을 어깨에 걸고 허겁한 걸음새로 걷는데 한뎃잠을 잤는지 부스스 까칠한 인상이었다. 젊은이 쪽에서도 민희의 눈길이 닿자 처음엔 멀뚱하다가 이내 무엇에 덴 것처럼 딴전을 피우며 잰걸음으로 고쳐 사라졌다.

우리 집에서 나온 사람 같은데…….

민희는 미심쩍어 한 번 돌아보고는 더 이상 신경 쓰지 않았다.

"엄마 오시네."

아무 생각 없이 땅만 보고 걸어오던 민희가 깜짝 놀라 고개를 들었다. 재명을 업고 있던 젊은이가 눈인사를 보냈다.

"아니…… 이게…… 어쩌나…….."

민희는 민망하고 속이 싱해 어쩔 줄을 모르며 아이를 받아 안았다.

"그새 못 참구 깼니?"

민희는 아이의 인중에서 흘러내린 콧물을 손가락으로 후벼 제 치마폭에 닦으며 말했다.

"시끄럽게 울어서 잠두 못 주무시구 깨셨나 봐요."

엉거주춤 서 있던 젊은이에게 인사하였다.

"아닙니다. 일어날 때가 넘었습니다."

젊은이는 말하고 들어가는 민희의 뒤를 따라 집 안으로 들어섰다. 그는 요 위에다 오줌을 질펀하게 거르고 도망간 친구 생각 때문에 기분이 말이 아니었다. 맥주를 정신없이 들이켜고 쓰러지더니 일을 친 것이었다. 그는 식탁에 아이를 앉히고 뭐라고 달래는 민희에게 무슨 말을 더 해야 할 것 같아 쭈뼛대다 이층으로 올라갔다. 이층이라야 마루와 방이 붙은 것이고 변소도 없어 아래층에 내려와서 쓰게 되어 있었다.

민희는 재명에게 김밥을 먹이고 자신은 까실거리는 목구멍에, 자투리를 일삼아 씹어 삼켰다. 그러면서도 손님들 아침거리가 걱정되었다. 멸치를 넣어 심심한 우거지 된장국을 끓일까. 소금에 콩나물국을 끓일까……. 그러나 마음만 바쁘지 몸은 전혀 움직여지지가 않았다.

갑자기 아이가 캑캑댔다. 생각에 잠겨 있던 민희가 아이의 등을 토닥거리고 얼굴을 보았다.

"꼭꼭 씹어 천천히 먹으랬지!"

어미가 야단칠 때 아이는 벌써 통째 삼키다 걸린 김밥 덩이를 게워 냈다. 민희는 손가락을 아이의 입에 넣어 나머지를 후벼 내고 입가심을 시켰다. 눈물까지 빠진 아이가 머리를 내두르고 식탁을 떠났다.

"방에 가서 테레비 봐."

민희는 아이에게 습관적으로 말했다.

큰아이 동명을 기를 때, 민희는 아이에게 텔레비전을 보이지 않으려고 자신도 그걸 보지 않고 지냈다. 동화를 꾸며서 들려주거나 책을 읽어 주거나 그림 그리기를 하며 아이의 성품 가꾸는 데 힘을 기울였다. 그러나 민희는 서너 해가 지나지 않아서 한 사람의 성품이란 어미의 의도적이고 단편적인 노력으로는 되지 않는다는 걸 깨달았다.

동명은 민희에게 '자기만을 위해' 살아 줄 것을 요구하고 아무렇게나 행동했다. 동명은 자기 하나밖에 몰랐다. 기분도 맞춰 주고 시중도 들게 하였다. 어느 날 민희는 이것이 남편 백성민의 영향일지 모른다는 생각을 어렴풋이 하게 되었다. 아들이 어머니인 자기에게 훨씬 가깝고 친밀한 사이라고 자신 있게 느끼다가도 아들의 아버지에 대한 닮은꼴을 확인할 땐 살갗에 찬 기운이 끼치고 그들 두 사람이 낯설게 생각되었다.

재명은 이미 끝물에 든 유치원 프로그램을 텔레비전 코앞에서 보았다. 토끼와 곰이 안녕이라고 손을 흔들자 아이는 엉덩이를 들고 일어섰다. 그러나 곧장 장난감 선전 화면과 노래가 아이를 붙잡았다.

3분 가까이 되는 선전 화면을 다 보고 나서 재명은 마루방을 지나 이층 계단으로 올라갔다. 설거지를 하는 데 정신이 팔린 민희는 그걸 알 수가 없었다.

민희가 정신을 팔고 있는 것은 실상 설거지는 아니었다. 그는 남편 성민이 예고 없이 한밤중 혹은 새벽녘에 손님을 몰아오는 버릇에 대해 생각하는 중이었다.

결혼 초기에 민희는 성민의 그런 취향이 좋았다. 우선 남편이 말없이 늦었다 해도 그것은 친구나 후배들과의 술자리 때문이었다는 게 확인이 되어서였고 둘째는 남편이 누리는 세간의 인기에 대해서 즐거웠다. 남편의 인기가 민희에겐 공중을 나는 융단처럼 대단하게 느껴졌고 뿌듯하였다. 그는 남편을 기다리다가 골목을 미어지게 떠들고 들어오는 그들을 들떠서 맞아들였고 있는 재주 없는 솜씨 다 털어서 해 먹이고 치다꺼리하였다. 그러다가 첫아이를 낳고 살아가야 하는 형편이 뜻밖에도 달라져서 늘 잠이 부족하고 아이 거두고 먹이고 집안 운영하는 데 지쳐 버리자 그는 더 이상 남편의 '취향'에 동참할 수가 없었다. 민희는 잠시 잠깐이라도 좋으니 눈을 붙이거나 멍청히 쉬고 싶었다.

하지만 어린 아기 동명이 목욕 뒤끝의 긴 잠에 들면 동네 슈퍼마켓으로 달려가 며칠 먹을 장을 보아야 했고 김치를 담그거나 밀린 빨래를 하고 마른 기저귀를 개키고 마룻바닥에 걸레질이라도 해야 했다. 밤이면 어김없이 세 시간에 한 번씩 깨는 아이에게 눈 감은 채 가슴을 파서 젖을 물리다가 다시 아이와 함께 잠에 곯아

떨어지기 일쑤였다. 배불리 젖을 빨지 못한 아이는 이럴 때면 수도 없이 깨어 젖을 보채고 다시 허기를 면하고 잠이 들기를 거푸 하였다.

이렇게 밤을 패고 난 아침이면 머리가 띵해서 바보로 지내었다.

해직된 이래 '자유 기고가', '정치 평론가', '번역 문학가' 등으로 나선 성민은 산문을 쓰거나 번역을 해서 생활비를 대었다.

첫아이가 태어나고부터 잠자리가 불편하다고 딴 방 쓰게 된 것이 이날 이때까지 굳어져서 어쩌다 한 이불에 누우면 서로 거북하고 불편했다. 그들은 아주 가끔 무슨 밀행이라도 저지르듯 살을 섞는데, 일이 끝나면 제 방으로 돌아갔다. 어떤 날은 마감에 쫓긴다며 아이 둘과 마누라를 마치 숨이 막혀 죽을 것 같은 긴장에 몰아넣은 성민이 일찌감치 불 끄고 아이들과 잠든 민희를 찾아와 아랫도리를 벗겨 내렸다. 잠결에 놀라 무감각한 아내의 살로 성난 사람의 방망이 같은 성기를 무자비하게 집어넣고 용을 쓰다가 이윽고 질척하고 끈끈한 정액을 쏟고 이내 나가 버린다. 아내는 그제야 정신이 들고 자신에게 일어난 일의 성격이 무엇인가를 헤아리게 된다. 그러나 사타구니는 텁텁하고 얼얼하고, 기분은 무참할 따름이었다.

처음 얼마 동안은 이런 것도 좋았다. 남편의 사랑은 여전해서 자신은 '사랑받는 아내'라는 믿음이 생겼던 것이다. 물론 이런 '사랑의 확인'도 한두 달에 한 번, 남편이 '은총'을 주고자 할 때만 가능했고 아내에겐 선택권이 주어지지 않았다.

정신없이 치러 낸 성교가 끝나고 남편이 돌아가고 나면 그제야 민희의 몸은 꿈틀대기 시작했고, 이런 '살아난 몸'으로 그는 성교를 하고 싶었다. 그러나 남편의 방문은 닫힌 성곽 같았고 '마감에 쫓기는' 몸이었다.

민희는 자신의 성적 욕망을 '추악한' 것으로 여겼으며 식구를 '먹여 살리느라' 고달프게 사는 남편에 대한 '죄책감'에 빠졌다. 그런데 사랑받는다는 믿음과 죄책감은 날이 갈수록 색깔이 바래어 재명을 낳은 다음엔 흔적조차 사라져 버렸다.

사회에서의 위치가 날이 갈수록 단단해지는 남편은 원고를 쓰기 위해, 선금 당겨 쓴 번역을 끝내 주기 위해 절간이나 여관, 아는 사람들의 콘도 등으로 가서 며칠 혹은 달포씩 지내다 왔다. 이럴 때면 아이들 몫으로 들어 둔 교육 보험료가 밀리는 건 고사하고 공과금 납부조차 쩔쩔매 이웃이나 친구, 친척들에게 돈을 둘러대느라 진땀을 빼곤 했다.

"느네 남편 유명하던데, 돈을 꿔야 되니?"

"살림을 규모 있게 해야지 한 달도 여유 있게 꾸리지 못해?"

친구나 친척들은 꿈질하는 민희에게 야유와 충고를 잊지 않았다.

민희는 가계부를 적어 보려 한 적이 있었다. 그러나 수입이 너무나도 불규칙해서 그게 잘 되지 않았다. 하지만 적자 타령, 빚 갚을 처지를 말하면 성민은 벌컥 화를 냈다.

"내가 돈 찍어 내는 기계로 보이나!"

"선인세까지 땡겨다 줬는데 어디다 돈을 쓰는 거야! 남들처럼 적당히 시간 보내고 타 오는 돈인 줄 알아?"

남편이 이렇게 소리치면 민희는 차라리 벌레라도 되고 싶었다.

24

민희는 시장에 나가서 난전을 벌이고 장사를 하는 어머니, 아내들을 유심히 관찰하곤 하였다. 선물의 집이나 문방구, 아동복 대리점, 양품점 앞에서도 서성거리고, 들어가서 경영을 물어보기도 했다. 보험 회사나 서적 외판도 알아보았다.

이층으로 올라간 재명은 기어이 자는 사람들을 다 깨워 놓았다.

"경진인 갔나아?"

담배부터 입에 물고 라이터를 찾으며 성민이 말했다.

"저두 못 봤어요. 일어나 보니 없어졌던데요."

후배 하나가 라이터 불을 켜며 말했다.

"끝까지 행동을 같이하겠다구 큰소리치더니……. 여자는 별수없나 봐. 수염 안 나는 동물이니……."

먹다 남은 노가리를 재명과 나눠 들고 칼싸움 흉내를 내며 놀아 주던 후배가 말했다.

"엄청나게 마셨군."

성민은 상 위와 마룻바닥의 빈 맥주병들을 돌아보며 중얼거렸다. 잔에는 김이 빠진 채 오줌같이 남아 있는 맥주들이 있었다.

"해장 좀 해야지."

성민이 말했다. 그는 자신의 국제 관계 강연을 듣고 감동했다는 젊은이들을 마지막까지 감싸야 한다는 생각이 들었다.

"저흰 그만 가 보죠, 뭐."

썩 내킨 표현은 아니나, 후배 하나가 인사치레로 말했다.

"바쁜 일 있어?"

"우리야 뭐……."

"누가 더 있지 않았나아?"

"인철이요⋯⋯."

후배 하나가 말꼬리를 감추었다.

"그 친군 어디 갔어."

"저어⋯⋯ 큰일 났습니다, 선배님."

"안기부에 끌려가지만 않았으면 큰일 날 일이 있나."

"그게 아니라요, 글쎄⋯⋯."

"짜식이 게걸스럽게 마시더니 오줌을 싸구 도망갔습니다."

"그으래에? 그럴 수도 있어. 사내라는 건! 사람이 중하지 까짓
것 이불이야 빨면 될 거 아니야? 원 걱정할 게 없어서 걱정들인
가?"

"사모님한테 죄송해서 그렇지요 뭐."

"그 사람 일이 그런 거 하는 거라구! 장가는 폼으로 가나?"

"역시 선배님은 민중의 벗입니다!"

후배들이 짐짓 기를 펴며 말했다.

성민은 핏발이 선 눈이었다. 그는 찌뿌드드한 몸을 이리저리 비
틀었다.

"해장이나 하구 사우나에 가서 몸 풀구⋯⋯."

그가 하품하며 중얼거렸다.

"그거 좋겠는데요."

후배 하나가 함박웃음을 지으며 말했다.

성민은 나갈 채비를 하였다.

"아빠, 또 가아?"

재명이 아버지 앞으로 가서 쳐다보며 말했다. 성민은 대꾸하지 않았다. 그는 어제 받은 강연료의 빈 봉투를 구겨서 버렸다. 30만 원쯤 들었을 원고료 봉투는 턱없이 얇았다. 어제 뭐하는 데 다 썼더라? 성민은 기억해 내려 애썼다. 그는 한참 만에야 안산 쪽에 내려가 노동자 문화 운동을 해 보려 한다는 젊은이에게 10만 원의 후원금을 낸 사실을 기억해 냈다. 그리고…… 누군가가 차비를 달라고 했으며 무슨 공연표를 사 달라고 해서 표를 안 받고 돈만 5만 원을 줬던 것도 생각이 났다.

마누라한테 오늘 준다고 약속한 돈은……. 지금 남아 있는 것으론 어림도 없었다. 성민은 갑자기 싫증이 느껴졌다. 그는 아내라는 존재를 떠올리기도 싫었다. 번역하고 원고 쓰고 인간 관리하고 사회에서의 자기 위치를 뿌리내리는 일도 머리가 뻐개질 지경인데 아내의 '바가지'까지 감당해야 한다는 것은 무슨 죄란 말인가. 그는 자유롭고 싶어졌다. 진정한 '자유인'으로 살고 싶은 간절한 욕구가 치솟았다.

언젠가 백화점 슈퍼마켓에 갔다가 성민은 놀랍고 두려운 변화를 발견한 적이 있었다. 물만 부어서 끓이면 먹을 수 있는 각종 생선찌개, 싱싱한 샐러드는 입맛대로 골라서 사다가 포장만 뜯으면 먹을 수 있고 각종 밑반찬과 양념된 젓갈류, 팔도 김치들, 싱싱한 회와 김밥·초밥들, 빵이며 떡……. 성민은 저도 모르게 탄성을 내뱉었다. 아, 이제 남자도 혼자 살 수 있게 되었구나!

이제 빨래는 세탁기가, 청소는 청소기가, 전화는 자동 응답기가 처리할 것이었다. 조강지처란 구시대의 유물이 아닌가. 비용이 많이 들어 비경제적일 뿐 아니라 또 하나의 턱없는 억압 기재에 지나지 않았다.

그러나 이날 성민은 사람의 재생산 역할에 대해서는 전혀 생각하지 못하였다. 슈퍼마켓의 편리함은 그에게 그 부분까지의 상상력을 부추겨 내진 못하였다.

봉투에 남아 있는 10여만 원의 돈은 성민을 짜증스럽게 했다. 그는 아내의 얼굴과 마주치지 않고 집을 빠져나가고 싶은 기분이었다. 후배들 앞에서 돈 때문에 실랑이를 벌이고 싶지 않았고 더군다나 꼭 필요한 지출 항목을 늘어놓아 댈 아내의 빳빳하지만 지친 표정을 보고 싶지 않았다.

역시 난 결혼에 적합하지 않은 남자야!

성민은 마치 중앙선을 침범할 빌미를 잡은 자동차처럼 이런 생각으로 자신의 감정을 정리해 버렸다.

재명은 아버지에게 동전 두어 닢을 받아 쥐고 곧장 나가떨어졌다. 성민은 빈 병 정리를 하는 후배들을 말렸다. 그는 곤혹스런 기분을 누르며 아래층으로 내려갔다. 타인의 시간에 자기 자신을 맞추려고 초초하게 대기하는 하인처럼 민희가 그들 앞으로 나타났다.

"나가시려구요?"

민희가 당황한 목소리로 말했다. 그런 중인 어미에게 재명은 동전을 들고 마구 자랑하였다.

"사모님 폐가 많았습니다."

"안녕히 계십시오."

앞선 성민은 벌써 신발을 신고 현관문을 열고 있었다. 민희는 진정으로 인사하는 남편의 후배들보다 앞선 남편을 쫓기에 허둥거렸다.

"여보……, 당신……, 저어…… 그거요오……."

그러나 성민은 아무것도 모르는 사람처럼 바지 주머니에 손을 찌르고 꺾어 신은 구두를 끌고 성큼성큼 걸어 나갔다. 민희의 처녀 시절에 그를 사로잡았던 비통속적인 모습이었다. 값비싼 구두도 꺾어 신고, 값비싼 옷도 아무렇게나 입어 내는 남자……. 서민희는 백성민의 그런 태도에서 현실을 뛰어넘는 '남성'을 느꼈던 것이다.

결국 이날 아침, 민희는 남편에게서 아무것도 얻어 내지 못하였다. 다만 남편의 차림새로 보아 여관이나 절간으로 떠나는 건 아닐 거라는 희망을 실낱같이 잡아 쥐었을 뿐이다.

재명은 구멍가게로 가고 민희는 힘없이 집 안으로 들어왔다. 신발 한 짝이 잘 벗겨지지 않아 발을 휘둘렀다. 신발은 엉뚱하게 마루에 나가떨어졌다.

민희는 이층으로 올라갔다. 빈 맥주병이 한 짝도 넘어 보이게 있었다. 상 위엔 마시다 만 맥주잔이 널브러져 있고 말라 버린 김치 쪽, 잔등이 꺾인 노가리, 담뱃재가 빠진 고추장……. 꽁초가 넘치게 담겨 있는 재떨이와 주발, 물주전자, 여기저기 휴지들…….

지저분하긴 서재도 마찬가지였다. 벗어 던진 옷가지. 돌돌 말아 벗어 낸 양말짝, 내던져진 수건, 구겨진 빈 성냥갑, 빈 유리잔과 술병……. 이부자리도 여기저기 널려 있고……. 다섯 사람이 이불

두 채로 잠을 잤다. 한쪽에 대충 개켜 둔 담요 두 장이 있었다.

민희는 무엇부터 먼저 손을 대야 할지 엄두가 나질 않았다.

휘질러 놓은 부엌살림을 볼 때의 울분이 또다시 솟아났다. 그는 요 위에 퍼질러 앉다가 손이 차서 깜짝 놀라 살펴보았다. 척척하게 젖어 있었다.

물을 쏟았나?

민희는 눈살을 찌푸리고 코를 갖다 대었다.

아니! 이건…….

민희는 지린내에 얼굴을 들어올리고 나서도, 설마 오줌이라고는 생각할 수 없었다. 맥주를 병째 쏟았을지도 모른다고 생각했다. 그러나 다시 냄새를 맡아 보고 그는 문득 동명을 바래다주고 돌아오다가 만난 젊은이의 어설프게 돌아서던 모습을 떠올렸다.

오줌까지 싸다니! 푸새*해서 꿰매 둔 걸 꺼낸 게 아닌가. 솜까지 다 젖었는데…….

민희의 몸이 감전된 듯 튀는가 싶더니 제 손으로 얼굴을 쥐어뜯기 시작했다. 쥐어뜯던 손이 주먹 쥐어지고, 주먹 쥔 손으로 그는 제 얼굴을 맷돌처럼 갈았다. 그러면서 그는 빈 맥주병을 마구 깨어 박살 내는 자신의 환영을 보았다. 꽉 다문 입에서 찍찍거리는 귀 울음 소리가 새어 나왔다.

……나도 할 수 있다고! 나두 박살 내고 개판 칠 수 있다고! 나도 남을 짓밟고 즐거워할 수 있다고!

……그렇지만 그렇게는 할 수 없다고! 가정을 깰 수가 없다고!

* 푸새 : 옷이나 이불에 풀을 먹이는 일.

그건 파괴라고! 어떻게 인생을 제 한 몸 편하자고 남을 억울하게 하느냐고……!

구체적으로 생각해 본 적이 없는 말들이 그의 가슴에서 터져 나왔다. 민희는 설움이 목울대를 젖히며 꿀꺽꿀꺽 넘어가는 느낌에 스스로 놀랐다.

경진네 사무실에서는 백성민의 아내 서민희가 이야깃거리로 되어 있었다.

"그 여잔 인상이 너무 나빠! 한마디로 재수 없게 생겼어!"

강연이 끝난 후 2차까지 거치면서 소수 정예만 남아 서오릉 쪽 변두리의 백성민의 집으로 쳐들어간 것, 인원이 넘쳐 택시 요금을 '따따블'로 주고 하나가 계속 엎드려 간 것, 끝내주게 흘러간 노래, 요새 노래를 잘 부르던 대학교 시간 강사에 대해 얘기하고 백성민이 끓여 준 라면까지 말한 뒤에 경진은 이렇게 단언했다.

"나두 한 번 본 적이 있는데 그렇지 않던데."

남자 기자가 받았다.

"그저 여자라면 치마만 둘러도……."

경진은 남자 기자를 이렇게 윽박지르고 나서,

"우리가 갔는데 도무지 반가워하질 않아!"

라고 소리쳤다.

"한밤중에 술패 끌고 들어가면 경진 씬 좋아할까?"

결혼한 여자, 김 차장이 물었다.

"글쎄요."

경진은 낄낄대다가,

"진 우선 인사를 하겠어요. 따지는 건 부부끼리 있을 때 할 수 있잖아요."

하였다.

"경진 씨 지금 한 말 녹음해 두었다가 결혼한 다음 신랑한테 팔면 꽤 값나갈 텐데."

남자 기자가 말했다. 경진은 그쪽에 눈을 흘겼다. 그리고 그는 다른 군소리 할 여유가 없다는 듯 백성민의 집안 애길 계속하였다. 손바닥만 한 뜰에 풀이 아무렇게나 자라 있고 선생님의 서재엔 아직 풀어놓지 않은 책이 박스에 그대로 있었으며 부엌도 지저분하더라는 것이었다.

"한마디로 여자가 살지 않는 집 같다니까. 그 여자 인상하고 똑같아!"

"애 둘 기르자면 시간이 없을 거야. 집 팔고 전세살이 하는 처지에 파출부나 쓰겠어? 몸이 고단하면 다 귀찮은 거지 별수 있어?"

김 차장이 말했다.

"그래도 아니야. 백 선생님 같은 분이 그렇게 산다는 건 너무 억울해요!"

경진은 얼굴까지 붉히고 잘라 내듯 소리쳤다. 김 차장은 꼭 10년 아래인 경진을 뻔히 바라보았다.

"대담 날짜는 잡혔습니까?"

남자 기자가 김 차장에게 물었다.

김 차장은 여전히 경진을 바라보고 있었다. 경진은 그 눈길을 느끼고 민망해서 책상 위에 놓인 종이들을 들추었다.

"경진 씬 외동딸이지?"

"네⋯⋯. 그런데⋯⋯."

"집에서 설거지 같은 거 해 봤어?"

"그게 뭐 특별한 기술이 필요한가요? 숙련을 요하는 노동은 아니잖아요."

"대답해 봐. 소위 여자들이 요새 유행어로 쓰는 '가사 노동'이라는 거 해 봤느냐고."

"글쎄요. 전 태어나기 전부터 일하는 아줌마가 있었어요."

"부모님 관계는 좋았나?"

"왜요?"

"아니. 늘 싸우고 매 맞고 집 나가는 부모와 사는 자녀도 있거든."

"글쎄, 전 잘 모르지만 사이가 나빴거나 심하게 다투는 걸 못 본 것 같은데요."

"좋은 환경에서 자란 거야. 강남에서 학교 다니고 일류 대학 가서 졸업하기도 전에 취직하고. 집에서 경진 씨가 돈 벌어 오길 기다리지 않지? 월급봉투를 내놓고 생활비와 동생 학비에 보탤 필요가 없지 않느냐 말이야. 경진 씨가 원하면 부모님이 대학원도 보내 주실 수 있지?"

"자꾸 왜 그러세요. 내가 뭐 잘못했어요? 어제 외박한 건 아빠가 허락하신 거라고요."

"내 말은 그게 아니야. 사람은 대개 자기 척도를 가지는데 그 척도가 자신의 환경에서 만들어지는 거라는 말을 하고 싶어서야. 난 요즘, 어른이 된다거나 성숙해진다거나 하는 말은 바로 그런 자신의 척도를 뛰어넘는다는 게 아닐까 하는 생각이 들어."

"잘 이해할 수 없는데요. 왜 제게 그런 말을 해요?"

"백 선생만 두둔하지 말라고⋯⋯."

김 차장은 농담처럼 말하고 웃었다. 경진은 김 차장과는 다른 의미로 얼굴을 붉혔다.

"경진 씨, 깊이 생각하지 말어. 나두 여기저기서 백 선생 부인이 저질렀다는 일을 들었는데 아마 그 여자한테도 무슨 이유가 있었을 거야. 우리가 모르는 어떤 고통 같은 거 말이야."

경진은 저도 모르게 입술을 깨물었다.

그 여잔 현명하지 못해요!

경진은 속으로 말했다.

그는 남성과 여성이 동등한 관계여야 한다고 늘 말하는 입장이었다. 그러나 무조건 동등해서는 안 되며 그렇게 될 수도 없다는 생각을 했다. 대학 2학년 때 미국에서 막 돌아온, 그곳에서 사회학박사를 한 교수와 함께 지역 활동을 나간 적이 있었다. 삼양동 빈민 지역이었다. 교수는 여성학 쪽에도 박식해서 오자마자 신문·방송·잡지·강연으로 바쁘게 활동하는 여성 교수였다.

삼양동에서 그들은 대부분 맞벌이를 하는 주부—그들은 주로 파출부, 공장의 비숙련공, 공사장 인부 등의 일을 하는 빈민 여성들인데, 그들에게 무료로 여성학의 기초 이론을 알기 쉽게 강의하는 시간과 자녀 교육에 대한 시간을 마련하였다. 그러나 무료 봉사 강좌는 실패하고 말았다. 한두 번 나와서 졸다 가더니 더 이상 모이지 않았다. 일류 기업체의 협찬을 받아 조미료나 문구류 따위의 선물까지 주어도 빈민 여성들은 자신의 각성의 기회를 외면하였다.

교수와 학생들은 빈민 여성들의 룸펜 의식에 실망하며 돌아섰다. 그들은 각성하려 하지 않는다는 결론을 내렸다.

이때 느낀 환멸을 경진은 백성민의 아내에게서도 느낀 것이었다.

그러나 경진은 김 차장에게 이런 얘기는 하지 않았다. 김 차장과는 세대 차이가 분명히 있을 것이고 그 외에도 그 여자와 기분이 맞지 않는 어떤 것이 가로놓여 있었다. 하지만 왠지 경진은 김 차장으로부터 자신이 경멸받는 듯한 느낌을 지울 수가 없었다. 무슨 까닭인지 그것도 모호했다.

점심을 먹으러 나갔던 취재부장이 백성민에 대한 새로운 뉴스를 물어 왔다. 그는 '아직 확정된 것은 아니다'라는 꼬리표를 붙여서 '지성'사가 제정한 인권상의 첫 번째 수상자로 백성민이 내정되었다고 말했다.

"이상하네요. 인권상이라면 그쪽에 쟁쟁한 인물이 많잖아요?"

"한창 일할 수 있는 나이에게 주는 상이라는 거지."

"지성사 거기 돈줄이 어디죠?"

"글쎄, 하여튼 백성민 정도면 코에 걸면 코걸이요, 귀에 걸면 귀걸이인 안성맞춤 인물이지!"

"독일어도 잘 한대요. 「공산당선언」을 원전으로 줄줄 외운다니까요. 천재인 건 틀림없어요."

"「공산당선언」 외우는 거야 암기 능력이지 공산주의자는 아니
잖아요."

"그야 그렇지."

"하여튼 잘됐어. 우리 책에 인터뷰 나갈 때쯤 발표가 날 거야.
인터뷰어 정했어?"

"조금 아까 문득 떠오른 건데, 여자로 했으면 좋겠어요. 요새 여
성 문제가 신종 상품으로 등장했는데 여성 해방에 대한 질문도 해
보면 좋을 것 같아서요."

"그것도 괜찮긴 해. 미스 리, 가 보니까 어때, 사는 건 괜찮지?
인세 수입도 짭짤하고 원고료도 수월찮을걸."

"괜찮긴요!"

경진은 침을 삼켰다. 그리고 그는 어제 본 백성민의 씀씀이를
말하였다. 노동 운동 쪽에서, 각종 지역 운동 쪽에서, 수배 중인 후
배에게, 또 이렇게 저렇게 뜯기더라는 얘기였다.

"민주 인사 노릇은 밑천 안 드나?"

낄낄거리며 젊은 기자가 말했다.

"돈 가졌다고 누구나 다 그렇게 쓸 수 있어요? 어림도 없다고
요. 그냥 씹는 거나 좋아서……."

경진이 골이 나서 이죽거렸다.

"하룻밤에 만리장성 못 쌓으면 병신이지 뭐."

경진은 이렇게 말한 기자에게 볼펜을 집어던졌다.

"남자들 상상력은 그저……."

김 차장도 혀를 찼다.

"농담 좀 하고 삽시다!"

남자 기자 하나가 거만하게 내뱉었다.

다른 날 같으면 일어나지도 않았을 시간인 아침 9시쯤 백성민은 외출 준비를 하였다.

"오후에 기자들이 온댔어."

웬일이냐는 낯빛으로 쳐다보는 아내에게 그는 마른 목소리로 말했다.

"당신은……."

"점심 먹고 올지 몰라. 늦으면 기다리라고 해!"

말하고 나서 그는 뒤도 돌아보지 않고 나갔다.

민희는 동명이 먹다 만 밥과 재명이 물 말아 둔 밥을 한데 모아 일삼아 아침을 먹었다.

설거지를 할까 빨래부터 할까 청소를 할까 궁리하는데 전화벨이 울렸다.

"아이고 너구나. 돈은 안 들어갔지?"

민희는 돈 빌려 쓰고 엊그제 온라인으로 보내 주겠다는 약속을 한 친구에게 넙적 기었다.

"무섭다 애, 10만 원 가지고 뭘 그러니."

받는 쪽에서 도리어 섭섭해 볼 부은 소릴 하였다.

"습관이 됐나 봐."

민희는 한숨을 내쉬며 말했다.

"얘, 습관 들일 게 없어 그건 걸 다 버릇 들이고 사니?"

친구가 나무랐다.

"몰라. 일 저지르고부터 그래."

민희 목소리는 여전히 기가 죽어 있었다.

"괜찮다 얘, 아파트 한 첼 아주 날린 것도 아니잖니. 어디 니가 혼자 잘살려고 그랬니? 니 말대로 월급 없고 보너스 없고 퇴직금에 연금 없는 남편과 잘살아 보려고 한 것인데. 남편이 집을 홀랑해 먹었어 봐라. 너처럼 그렇게 기죽어 사나!"

"그렇게 보이니?"

"그러잖고!"

"요새 같아선 차라리 죽었으면 좋겠어."

"말이라고 다 하지 말어. 니가 집에만 박혀 있어서 우울증이 생겼구나."

"우울증이 뭐니?"

"남편 자식 다 있고 세끼 밥 먹을 만하면서 너처럼 죽고 싶다는 병이지, 뭐."

민희는 듣기만 하였다.

"나와라. 우리 동네에 솥밥 잘하는 집 생겼어. 값도 싸. 비싸더라도 사 줄게. 언제 올래? 오늘 와라."

"못 나가…….."

"큰애 유치원 갔지?"

"응."

"끝나면 데려오든가 이웃집에 부탁하고 둘째만 데리고 나오든가."

"남편이 집에 있어."

"아아 그렇구나아아."

친구는 무슨 생각에선지 말을 길게 끌었다.

"요샌 시골 안 가시니?"

"일정하지가 않지 뭐."

"애, 그저 남자는 아침에 나갔다가 저녁에 들어오는 게 최고란다. 온종일 집에 있어 봐라. 하루 종일 치다꺼리 시중들어야 하지 않니?"

"왜 아니야."

"돈은 잘 벌어다 주시지?"

"일정하지 않아."

"느네 남편 얼마나 유명하시니? 지난번 테레비에서도 봤다!"

친구가 말했다.

난 꼭 미칠 것 같단다. 아니면 바보가 되든가…….

민희는 속으로 말했다.

"남편한테 애들 맡기고 한번 나와 봐. 집안이 어떻게 되나 한번 해 보려마."

"오후에 기자들이 온댔어."

"너 같은 애가 대리점 낼 생각은 어떻게 했니?"

유령 아동복 회사의 대리점 사기에 걸린 사건을 얘기하는 것이었다.

민희는 몇 초 동안 침묵하다가,

"내가 돈을 벌고 싶었어."

하고 땅이 꺼지게 말하였다.

"애들은 어쩌고."

"작은 건 데리고 다니고…… 파출부를 썼겠지 뭐."

"남편이 너 없어도 좋댔니?"

민희는 대답하기 싫어서 입을 다물었다. 친구는 민희가 아파트 딱지 사기 사건에까지 걸려든 것은 모르고 있었다.

친구는 민희에게 솥밥 애길 다시 하고 전화를 끊었다.

민희는 전화기 옆에 한동안 멍청히 앉아 있었다.

우울증. 민희는 이 말을 여러 번 되새기었다.

나는 뭔가. 사람이 산다는 건 무엇인가. 결혼·사랑이라는 게 이런 것인가……. 남편은 나를 사랑할까. 나가고 들어오는 것이 정해지지 않은 남자를 기다리고, 그가 돈 벌어다 주길 학수고대하고……. 나는 뭔가. 이게 행복한 결혼 생활인가. 남편이 손님을 끌고 오면 몸이 아프거나 울적할 때라도 무조건 웃는 낯으로 대접하고, 난장판 뒷설거지나 도맡고 얼마나 벌어다 줄지 늘 초조해하고……. 혹시 이번에 나갔다가 영영 돌아오지 않는 건 아닐까……. 남자는 밖에 나가 여자들과 마음대로 놀 것이 아닌가……. 어려울 때 꿉질이나 하는 두엇 친구 외엔 만나서 놀 수 있는 친구도 다 떨어져 나갔다. 나는 꼭두각시가 아닌가? 이게 행복한 삶인가?

민희는 남편에게서 본 적이 있는, 생활에 싫증난 표정을 떠올렸다.

아, 그거…….

민희는 어렴풋이 떠오르는 어떤 생각, 어떤 느낌에 사로잡혔다.

혹시……. 그는 두려움을 느끼며 낯선 생각을 파고들었다.

그래. 난 그 사람의 '짐'일는지 몰라. 그래…… 짐…… 짐…….

아니야! 아니야! 그 사람이 내 인생의 '짐'이야!

호랑이를 생각하면 호랑이가 나타나는가. 놀랍게도 성민이 들어온 것이었다. 민희는 남편을 이방인 바라보듯 쳐다보았다. 그 표정에 성민이 섬뜩해하였다.

"재명인 밖에서 흙장난하더라!"

성민이 섬뜩한 느낌을 누르려는 듯 힘줘 말하였다.

그래도 민희는 남편을 뻔히 쳐다보기만 하였다.

"차암!"

성민은 잊고 있었다는 듯 점퍼 안주머니에서 봉투 하나를 꺼냈다.

"받아. 당신 좋아하는 거야."

성민이 으쓱하는 소리로 말하며 아내에게 봉투를 내밀었다.

민희는 받지 않았다.

성민은 아내의 옆에 그것을 던지고,

"밥 좀 줘라!"

소리쳤다. 그러고는 그는 식탁에 가서 마당을 등지고 앉았다. 민희는 봉투를 집어 들기가 부끄럽고 창피하였다. 그러나 그는 그것을 들어 찬장 서랍에 넣고 남편의 아침상을 보았다.

"시금칫국 언제 끓인 거야!"

국그릇을 갖다 놓자마자 남편이 소리쳤다.

"어제…….."

"당신이 하는 일이 뭐야! 남편하고 자식 둘, 그래 세 사람 시중 하나 제대로 못하셨어? 낭신이 하는 게 뭐 있어? 집구석에서 빈둥빈둥 뭘 해? 반찬이라도 입맛에 맞게 해야 할 거 아니야. 집구석에 처박혀서……. 난 뭐 편하게 사는 줄 알아? 세상 물정 하나도 모르는 게…….."

백성민은 눈을 부라리고 동자를 마구 굴리면서 아내를 올러대었다. 그는 오래전부터 억눌러 두고 있던 화를 내쏟는 것처럼 거침이 없었다.

민희는 너무나도 어처구니없고 기가 막혀서 아무 말도 하지 못하고 남편을 물끄러미 쳐다만 보았다.

결혼 초기에 이런 경우를 당하면 민희는 울면서 대들었다. 그러면 반드시 일이 커져서 무엇이 부서지거나 성민이 집을 나가 버리거나 오래도록 싸늘하게 반목한 채 한 지붕 밑에서 지내야 했다.

결국 민희에겐 이런 경험들을 통해서 하나의 역할이 정해졌다. 무조건 참는 것이었다. 그렇게 참아 내면 적어도 피를 말리는 냉전이나 모욕적인 외박이나 기물 집기의 파손 따위는 피할 수 있었다.

그러나 이런 관습은 마침내 살아 꿈틀거리는 생명체인 민희의 감정생활 한 부분을 마비시켜 갔다.

성질부리던 기세와는 달리, 백성민은 밥 한 공기를 거뜬히 비웠다. 기다리던 민희는 알맞게 데운 숭늉을 남편 앞에 놓았다.

"감잎차 가져다 준 건 어쨌어?"

백성민이 숭늉을 보더니 말했다. 말투는 한결 눅눅해졌다.

"감잎이오?"

"송광사서 가져온 거 말이야."

"안 줬어요."

"그럴 리 있나."

민희는 더 이상 따지지 않았다. 보나마나 남편은 곧장 자신의 착각을 깨우칠 터였다.

역시 그랬다.

밥을 먹고 올라갔던 백성민이 한지 봉투를 들고 내려와, 앞으로 차는 감잎으로 끓이라고, 보리차처럼 마시겠다고 말하였다.

"어떻게 끓여요?"

"설명서를 봐."

성민은 이층으로 올라갔다 민희는 겉봉투 속에 든 사용 설명서를 읽었다. 그는 남편이 집에 있어서 이런 식의 관계라도 이루어지는 것이 뿌듯하였다. 마음과 몸이 바빴으나 그의 얼굴엔 생기가 돌았다.

민희는 부엌을 치우고 집 안 청소를 하였다. 마루에 걸레질을 하다가 일어서는데 머리가 핑그르르 돌면서 의자에 쓰러졌다.

이렇게 쓰러져서 다시 일어나지 못한다면⋯⋯. 그게 죽는 거로 구나⋯⋯.

순간적으로 민희는 이런 생각을 하였다. 그는 곧 일어섰다. 햇살이 비쳐 드는 창유리가 먼지와 때로 뿌옇게 보였다.

"유리도 닦아야 해."

민희는 밑 빠진 독에 물 길어 대는 사람의 절망과 자포자기의 기분으로 중얼거렸다.

그는 더러워진 걸레를 빨았다.

그런데……. 민희는 문득 어떤 의문에 사로잡혔다.

내가 집구석에서 빈둥거리기만 했다고? 누가 나를 집구석에만 처박히게 했지? 날 보고 세상 물정 모른다고? 세상 물정을 어떻게 알란 말이야?

민희는 마치 동물이 엄청난 재난을 당하고 나서, 당장은 재난의 의미를 느끼지도 못하다가 뒤늦게 감각이 살아나면서 진저리를 치듯, 지금 그와 흡사한 상태로 분노를 느끼기 시작하였다.

이건 너무 억울하다.

가정에서 남편과 자식과 집안을 위해 자신을 돌볼 줄 모르고 사는 아내에게 '빈둥거리고' '세상 물정 모른다고 경멸'한다면 아내는 설 자리가 없다.

이건 말도 안 돼!

민희는 생각에 팔려서 걸레를 피나도록 비비고 헹구고 있는 것도 깨닫지 못하였다.

전화벨이 울리지 않았다면 그는 온종일이라도 걸레를 빨고 앉았을지도 몰랐다. 전화는 백성민을 찾는 어떤 재벌 회사의 홍보실 기자였다.

기업체 사보에선 늘 특별 고료를 주더라…….

민희는 남편에게 전화를 연결하며 이런 생각을 하였다. 당장 얼마가 될지도 모르는 원고료가 떠오르고 돈 쓸 데들이 줄줄이 생각났다.

"시간이 없다니까요!"

남편의 짜증스런 목소리를 민희는 들었다.

잠시 후에 수화기를 거칠게 내려놓는 소리도 들려왔다.

이기주의자!

민희는 배반감을 느꼈다.

아내의 궁핍한 어려움을 조금이라도 덜어 주고 싶다면 저럴 수 있을까? 사보에서 써 달라는 원고가 무에 그리 어려운 거라고.

백성민의 인기 관리가 서민희에게 이기주의로 보였다.

민희는 단 한 번도 자기 관리를 위해 가족을 잊은 적이 없었다. 숫제 아내에겐 자기 관리라는 것조차 허락되지 않았다. 아내는 가족 구성원들에 매어 있어서 그들의 욕구와 필요에 맞춰서 살아가기 때문이었다.

재명이 씩씩대면서 들어와 엄마아! 하고 외쳐 불렀다.

"아빠 계셔!"

민희는 손가락을 입 가운데에 세워 보이고 숨죽인 소리로 말하였다.

아버지가 집에 있을라치면 아이들까지도 큰 소리 내지 않고 사는 데 길이 들어 있었다.

"애, 재명아, 너 이게 뭐니? 왜 이러니?"

민희는 흙 범벅에 눈물까지 질척하게 흘린 아이를 잡고 물었다. 콧물에 모래가 붙어 있고 머리에도 모래가 잔뜩 끼얹어져 있었다.

"이 발 좀 봐라……."

맨발로 놀았는지 방금 닦아 낸 마루에 아이의 흙 발자국이 찍혀 있었다.

"익규 때려 줘! 익규가 이렇게 했단 말이야."

재명이 훌쩍거리며 고자질하였다.

"넌 안 그랬니?"

"익규가 먼저 그랬단 말이야. 빨리 나가서 때려 주라니까!"

"너도 이렇게 했지?"

"익규가 먼저 그랬어!"

"알았어. 우선 좀 씻자! 이게 뭐니. 아침에 갈아입은 옷인데……."

민희는 아이를 홀랑 벗겨서 머리까지 감기고 목욕을 시켰다. 머리를 빗기고 새 옷을 갈아입혔다. 라면을 먹겠다는 아이에게 빵을 구워 주고 하던 일을 끝냈다. 집 안이 멀끔해지자 손바닥만 한 마당의 잡초가 보였다. 그러나 시간은 벌써 1시가 넘어 있었다. 밖에 나가 커다랗게 웃자란 풀만 대충 뽑고 돌멩이 · 나뭇가지 · 종이와 비닐봉지 따위를 치웠다. 민희는 쓰레기를 버리고 나서 허리를 폈다. 하늘을 쳐다보았다. 거기 하늘이 있었다. 높고 파란 하늘이 민희의 눈앞을 아득하게 드넓게 채웠다.

저 파란 하늘.

하늘이 있었지.

민희는 하늘이 반가웠다. 뒷전에 밀려 있던 그리움이 봇물처럼 되살아났다.

"엄마아, 우유 쏟아졌어!"

재명이 나와서 어머니를 흔들고 있는 그리움을 가볍게 걷어 냈다.

민희는 집 안으로 들어갔다. 눈앞이 캄캄해서 아무것도 보이지 않았다. 민희는 눈을 비볐다.

식탁 위와 바닥에 우유가 쏟아져 있었다.

민희는 다시 걸레질을 하였다. 몸이 녹작지근, 까부라질 것 같았다. 그는 솥 가신 뜨물 같은 눌은밥 불은 국물을 마셨다.

아침 7시에 일어나 1시 반이 넘도록 그는 앉아 보질 못한 것이었다. 배가 고팠다. 남편은 11시가 다 되어서 밥을 먹었다. 민희는 혼자서 밥을 먹을까 하다가 이층으로 가서 남편에게 점심을 차리느냐고 물었다.

"기자들 온다는데 꼴이 그게 뭐요?"

밥을 물었는데 백성민은 딱한 낯을 하고 아내에게 이렇게 말했다.

순간 민희의 낯이 불덩이가 되었다. 그는 영원히 도망가고 싶은 심정이었다. 그는 도망치듯 아래로 내려왔다. 마루 벽에 걸린 거울 앞에 섰다. 거기 거울 속에 낯모를 지친 여자 하나가 서 있었다. 그는 불에 덴 듯 외면하고 돌아섰다.

그러나 거울 속에서 본 여자의 모습은 지워지지가 않았다. 바람을 가로질러 내달린 사람같이 솟구친 머리, 먹물에 씻긴 것 같은 기미 낀 얼굴, 꺼풀이 들고 일어난 메마른 입술, 눈곱이 낀 지친 눈…….

오후 2시가 조금 넘어 경진네 일행이 왔다.

민희는 방금 감아서 물기가 돈는 머리를 빗질하고 있다가 들어서는 그들을 보았다. 가슴이 쿵 하고 내려앉는가 하면 얼굴이 굳고 이런 상황을 모면하고 싶은 마음만 간절해졌다.

"안녕하셨어요?"

경진이 친숙하게 인사하였다. 뒤따라 들어온 남자 사진 기자와 서른 줄의 여자 둘도 인사하였다.

"선생님 계시지요? 인터뷰 약속이 있었거든요."

경진은 가볍고 힘차게 걸어 마루를 지나 계단에 발을 올리며 엉거주춤 서서 엉망인 머리를 감싸고 있는 민희에게 말하였다.

"어서들 와요."

위에서 백성민의 듣기 좋은 목소리가 민희의 대답할 몫을 가로채었다. 민희는 기다렸다는 듯 돌아섰다. 민희의 이런 모습을 깊은 눈길로 보고 있던 경진네 일행 중 김 차장이,

"경진 씨, 난 여기 있을게."

하고는 민희 곁으로 다가갔다. 민희는 화장실로 들어가 머리를 빗질하였다.

"힘드시지요?"

김 차장이 문턱에 서서 민희의 옆모습을 보며 물었다.

"힘들긴요."

민희가 잠긴 목소리로 대꾸하였다. 그는 상대하기가 싫었다. 언제부터인가 집으로 찾아오는 남편의 손님은 '남편의 손님일 뿐'이라는 사실을 터득한 처지였다. 물론 결혼 초기엔 그렇지 않았다. 남편의 손님은 자신의 손님이라고, '우리 집안'의 손님이라고 여겼던 것이다.

"여자 편하기론 아파트가 좋은데……."

김 치장이 중얼거렸다.

민희는 로션을 얼굴에 문지르고 치장을 끝냈다. 김 차장에겐

민희의 그런 종류의 소탈함이 놀랍고 의외였다. 민희는 김 차장과 눈을 마주치려 하지도 않았다. 김 차장은 민희의 표정에 의문을 가지기 시작하였다. 저 여자는 분명히 저런 어둡고 억눌린 표정을 가지고 태어나진 않았을 것이다. 무엇이 저 여자의 얼굴을 저렇게 만들었을까. 백성민의 활기차고 자신만만하다 못해 오만한 인상과는 너무나도 어울리지 않았다. 혹시, 백성민의 오만함과 활기의 뒷면에 저런 어둡고 억눌린 표정이 박혀 있지는 않을까…….

김 차장은 이런 생각을 하며 마루 가운데 서서 유리문 바깥의 나무와 마당을 바라보았다.

민희가 안방에서 원피스로 갈아입고 나왔다. 동네 양품점이나 시장 옷가게에서 샀음 직해 보이는 홈웨어였다.

"집이 참 맘에 드네요. 꼭 고향집 같은 느낌이 들어요."

김 차장이 말했다.

"너무 낡았지요 뭐. 주인집이 헐어서 새로 지을 때까지 살라고 해서……."

무슨 까닭인지 말끝을 흐리는 민희의 낯빛이 붉어졌다. 민희는 아직도 자신이 저질러 아파트를 팔게 된 일을 잊지 못하는 것이었다.

이 시대에 교활하지 못한 건 악덕인가?

김 차장은 민희를 보며 느닷없이 이런 생각을 하였다.

"동명아아―!"

이때 위에서 백성민이 아내를 찾았다. 민희는 물기 없는 손을 행주질하듯 치마폭에 문지르며 위로 올라갔다.

"자아, 우리 인사할까요? 이쪽부터…… 사진 기자시고 이쪽은 여성학 강의하시는……. 경진 씬 잘 알고……. 우리 집사람입니다."

"아래서 벌써 인사드렸는데."

경진이 중얼거렸다.

"아, 그래요?"

"여보, 맥주 좀 가져오지."

"아닙니다, 차나 한 잔 주세요."

"아니 그래서 되나. 편안하고 부드럽게 합시다. 자아, 어서 좀 가져와요."

백성민의 목소리는 부드럽고 다정하였다. 민희에겐 낯설고 어색하게 들리는 목소리였다. 남편의 인격이란 손님 앞에서 아내를 존중해 주는 그런 수준일까? 민희는 이런 생각이 스쳤으나 결코 반갑지는 않았다.

"참 여보, 아래 김 차장 있지요? 거기서 혼자 뭘 하지? 내가 찾는다고 올라오라고 좀 해 줘요."

백성민이 말하면서 내려가고 있는 아내의 등덜미를 얼핏 보고 눈길을 돌렸다. 아내가 김 차장과 함께 있는 것이 맘에 걸렸다. 아내가 무슨 말을 할지 불안한 것이었다.

김 차장은 민희의 말을 듣고도 올라갈 생각을 하지 않았다. 그는 마른안주 담는 걸 도우며 말했다.

"술 좀 하세요?"

"제가요? 못해요!"

민희는 덴겁해서* 말했다.

"술도 못하시면서 시중만 들자면 억울하잖아요."

"집안 여자 하는 일이 다 그렇지요, 뭐."

민희는 시답잖게 대답했다.

"백 선생님은 어떠세요?"

"네?"

민희가 경계의 빛을 띠고 김 차장을 바라보았다. 김 차장이 민희에게 웃음을 지어 보였다.

"까다롭진 않으시죠?"

"까다롭긴요."

민희가 고개를 돌리며 말했다. 그러고 그는 이내,

"잘 하세요. 남들 같은 불만은 없으니까요……."

민희는 술상을 들었다.

김 차장은 민희가 묻어 버리는 진실을 이해할 것 같았다. 백성민이라는 남자는 저 여자의 생존 기반이다. 생존 기반에 이해관계가 걸렸을 때, 여자는 무조건 공범자일 수밖에 없으리라. 부도덕하고 불성실한 남편으로부터 아내가 주체적으로 설 수 없게 하는 원인은 바로 거기에 있다…….

김 차장은 쟁반에 담긴 맥주를 들고 뒤따라가며 이런 생각을 하였다.

"김 차장, 그런 거 하러 왔소?"

* 덴겁해서 : 뜻밖의 일로 놀라서 허둥지둥하여.

백성민이 쟁반을 내려놓는 김 차장에게 원망 섞어 말했다.

"그런 거라뇨?"

김 차장이 되물었다.

"사모님, 앉으세요."

여성학 강사가 말했다.

"여보, 당신도 같이 해요."

백성민이 아내와는 딴 방향에 눈길을 주고 말했다.

"사모님, 앉으세요."

사진 기자도 말했다.

"밑에 일이 있어요."

민희는 핑계 대고 내려왔다. 순간적으로 엉덩이 붙이고 앉아 볼까 하는 억하심정이 없지 않았으나 내려가는 게 습관이 되어 편하였다. 여자 손님들 앞에서는 친절하게 구는 남편의 태도가 비위에 거슬리기도 하였다.

5분도 지나지 않아 김 차장이 내려왔다.

식탁에 앉는 그에게 민희가 커피 한 잔을 해 주었다.

"결혼 안 하셨지요?"

자신은 투박한 물 잔에 커피를 타서 마주 앉으며 민희가 물었다.

"안 하긴요. 애가 둘인걸요."

김 차장이 말했다.

민희는 입을 벌렸다. 낯이 뜨거워졌다. 그런가 하면 콧날이 시큰거렸다.

그래.

저렇게도 살 수 있어.

민희는 김 차장을 뚫어져라 바라보며 이런 생각을 하였다. 더욱이 김 차장이 자신은 맞벌이를 하며 아이를 배 속에 넣고 갓 낳아서 기를 때 몇 번이나 직장을 버릴까 고민하다가 이겨 낸 것이 결국 잘한 것으로 생각된다는 얘길 했을 때, 민희는 부러움과 열등감에 휩싸였다.

"세상에……."

민희가 중얼거렸다.

결혼해서 아이를 둘씩이나 낳고도 저런 모습이라니! 도무지 믿기지 않는다. 엉겁결에 잊어버렸던 점심때 거울에서 본 자신의 모습이 떠올랐다.

"애기 아버지는……."

"네, 방송국에 다녀요."

"맞벌이를 하시네요? 그럼 누가 애들을 거둬 주나 보죠?"

민희는 부러운 낯빛으로 김 차장을 보았다. 김 차장은 한숨부터 내쉬었다. 아이를 싸안고 친정으로 시집으로 오가던 시절을 회상하는 것만으로도 숨이 가빠 왔다.

"지금은…… 입주해서 있는 아주머니 한 분이 계셔요."

김 차장은 결론부터 말하고 식어 버린 커피를 마셨다. 민희는 호기심 가득한 아이의 눈빛으로 김 차장을 바래었다.

"결국……. 여자 남자 사는 것도 싸움 같아요……. 누가 이기느냐. 누구의 주장이 과연 옳으냐, 어떻게 싸우느냐……."

김 차장이 나직하게 느린 소리로 말하고 나서 웃었다.

민희의 눈길은 이제 식탁 위의 한 점에 박혀 있었다.

정말 그럴까? 싸우는 걸까? 사는 게 싸움이라고? 그럼 사랑이라는 건 뭐지?

민희는 줄줄이 떠오르는 생각에 빠져 들었다.

싸우면서 이혼하지 않고 살 수 있나?

민희는 이 점이 궁금해서 견딜 수 없었다. 막 입을 열려고 하는데 경진이 다급하게 내려왔다.

"김 선배! 여기서 뭐해요?"

경진이 물었다.

"사모님하고 얘기했지!"

김 차장이 민희 쪽을 바라보며 말했다. 그러자 경진이 민희를 보고 눈웃음을 지었다.

"올라가세요. 지금 김 선배가 만든 질문 있지요? 여성 부문 질문할 차례란 말이에요."

"그래? 그럼 가 볼까?"

김 차장이 날렵하게 일어섰다.

"사모님, 같이 가십시다. 백 선생의 여성에 대한 생각을 들어보셨어요?"

김 차장이 민희를 부추겼다.

"아뇨. 전 할 일이 많아요."

민희가 사양하였다.

김 차장은 민희의 팔을 잡아끌다가 문득 자기 자신이 짓궂게 느껴져 그만두고 위로 올라갔다.

'민주 인사'라는 남성들이 여성에 대해서는 어떤 생각을 가졌는가. 김 차장과 그의 동료들은 꼭 이 점을 짚어 봐야 한다고 별렀다.

김 차장이 자기네 잡지의 '이달에 만난 사람'에 백성민이 초대되었다고 하자 잘 만났다는 듯 김 차장에게 짐을 얹어 주었다.

백성민은 광주 문제 해결과 5공 청산 정치 민주화에 대해 말했다.

집단 해원의 과정 없이 국민적 화합은 기대할 수 없으며 파렴치하고 부도덕한 정권에서 자행된 비리의 척결은 국민의 자존심을 세워 주고 바른 정기를 길러 내는 데 반드시 거쳐야 할 길목이라는 것이었다. 이러한 바탕에서 집권 세력은 권위주의를 버리고 민주 의식을 갖는 발상의 대전환을 가져 정치 민주화를 이룩해야 한다고 말했다.

그는 노점상 단속과 도시 빈민 주거 지역의 재개발 철거 등은, 선대책·후단속의 절차를 밟지 않는다면 정권을 스스로 대립 갈등 구조를 심화시켜 마침내 무덤을 파는 꼴을 면치 못할 것이라고 하였다.

전교조 운동은 사회 발전의 필연적 산물이며 교육 민주화의 과정으로 가는 진통이므로 어떤 형태로든지 수용되어야 할 것이라고 말했다.

문익환 목사와 임수경 씨의 방북은 공안 정국을 만들어 내는 데 빌미 구실을 하였다는 비난과 더불어 방북 시기의 선택이 옳았느냐는 논란도 있을 수 있었다. 그러나 그것을 구실 삼아 공안 통치를 펼친 정권은 능력의 저급성을 스스로 보여 준 것이다…….

"……그동안 우리 운동에서 여성 문제를 소홀히 다룬 건 뭐랄까, 우리 운동의 수준이 그 정도밖에 안 되었다고 말할 수 있겠지요? 인류의 역사가 인간 해방의 역사 아닙니까? 인간의 전면적 해방은 여성 해방 없이는 불가능합니다! 저는 확신해요. 체제 모순·민족 모순·성 모순의 삼중 모순에 고통받는 여성들의 척박한 삶이 어찌 보면 우리 사회 발전의 척도일지 모릅니다……."

백성민의 얼굴은 술기운과 땀과 흥분으로 번들거렸고 눈도 번쩍거렸다. 그는 목이 타서 빈 잔에 술을 가득 부어 한꺼번에 마셨다.

이상하게도 방 안에 침묵이 생겼다. 누군가가 꼴깍 침을 삼켰다. 김 차장이 손가락 마디 하나를 딱 소리 나게 꺾었다.

백성민은 어느 질문 하나에도 막히지 않았다. 동일 노동·동일 임금이니 가사 노동의 사회화니 가족법 개정의 필요성 따위에서 예까지 들어 가며 시원스레 대답하였다.

무엇보다 김 차장의 놀라움은 컸다.

더욱이 백성민이 여성 해방 사상의 몇 가지 흐름에 대해 정확히 집어낼 땐, 과연 해박하구나 하고 감탄하였다.

「공산당선언」을 원어로 외운다는 얘기가 헛소문만은 아닌 모양이라고 김 차장은 생각했다.

"독자들은 가정생활도 궁금해합니다. 끝으로 간단히……."

대담자가 이렇게 말하는데 백성민이 허리를 자르고 들어왔다.

"그런 건 얘기하지 맙시다! 사생활이 뭐 그리 대단하다고!"

백성민이 내젓던 손으로 담배를 꺼내 입에 물었다. 그는 담배 연기를 길게 토해 내었다. 자신이 흥분하고 있다는 사실이 느껴지자 그는 싫증이 났다. 더욱이 자신의 흥분이 무엇 때문인지 적어도 주위에 둘러앉은 사람들 중에 누군가는 꿰뚫고 있을 것 같아 불쾌하고 불편해졌다. 그는 앉음새를 고쳤다.

"내가 혼자서 취했나?"

그는 중얼거리며 어색하게 꼬이는 기분을 바로잡아 보려고 애 썼다. 그는 담배를 비벼 껐다. 문득 사진 기자를 보았다. 아, 저 남 자 친구가 있었군.

백성민은 마치 쉼표를 만난 것처럼 마음이 놓였다.

"어이, 한잔 하라구."

그는 사진 기자의 빈 잔에 술을 따라 주며 말했다.

"백 선생님."

이제까지 잠자코 있던 김 차장이 백성민을 불렀다. 백성민이 그 를 건너보았다.

"사생활이라서 그렇다면 가정 민주화랄까요? 가정생활 쪽에서 얘기하시면 어떨까요?"

김 차장이 말했다.

"가정은 사회의 작은 구성단위입니다. 한 가정이 건강해야 사 회도 건강할 수 있습니다."

백성민은 막힘없이 대답했다.

"그건 일반적인 얘기고요, 우린 선생님의 가정과 가족 관계를 알고 싶거든요."

대담자가 말했다.

백성민이 얼굴을 붉혔다. 그는 잠시 고개를 갸우뚱하고 무슨 생 각에 잠겼다. 모두들 그가 입 열기를 기다렸다.

"글쎄, 난 여자와 남자의 일이 따로 있다는 생각은 안 합니다. 할 수 있는 사람이 그 일을 한다는 주의니까요. 집사람한테 물어보면 얘기하겠지만 우린 서로 존중하고 삽니다. 상대방의 일에 간섭하지 않고……. 뭐랄까……. 피곤하지 않게 산다고 할까요? 아이들에 대해서도 마찬가지입니다. 아이는 사회적 개인이지요. 나는 아이나 아내가 가부장의 소유물이라고 생각지 않는 남자입니다……. 해직되고 한때 생활이 어려운 적도 있었지만 난 경제적으로도 아내에게 고통을 준 적이 없을 겁니다. 물론 욕구에는 개인차가 있겠습니다만……. 혼자서 밥도 잘해요. 언제였지? 큰 녀석 하나였을 땐데 아내가 처가에 갔을 때 내가 아일 데리고 잔 적이 있었지요……."

"선생님, 대화도 많이 하시는지요?"

"물론 하지요!"

백성민은 자신 있게 대답하였다.

경진이 시계를 보았다.

"선생님, 피곤하시겠네."

경진이 민망한 낯빛으로 작게 말했다.

"가족사진 한 장 찍을까요?"

사진 기자가 김 차장에게 물었다."

"백 선생님, 이 기회에 가족사진 한 장 만들어 두세요."

김 차장이 대답 대신 백성민에게 말했다.

"가족사진?"

백성민이 질겁하듯 물었다.

"동명이가 유치원에서 왔을까?"

경진이 누구에게랄 것 없이 물었다.

"가족사진은 무슨."

백성민이 마뜩찮아 뒤로 물러앉으며 말할 때 김 차장이 아래로 내려갔다. 그는 재명을 재우고 조심스럽게 안방 문을 닫고 나오는 민희와 마주쳤다. 김 차장이 민희의 팔짱을 꼈다. 민희는 어색하고 쑥스러웠으나 영문도 물어보지 못하고 끌려갔다.

계단 위로 김 차장과 민희의 모습이 보이자 백성민이 얼굴에 당황한 빛이 어렸다.

"두 분이 사진 한 장 같이 찍으세요."

김 차장이 엉거주춤하는 민희의 등을 밀며 말했다. 백성민은 거의 사색이 되는가 하더니 이내 웃음을 띠었다. 그는 아내의 질겁하는 표정을 보고 아내의 의지를 알아낸 것이었다.

"여보, 당신 한 장 찍겠소?"

백성민이 여유 있게 물었다.

"자아, 옆에 가셔서 나란히 앉으세요."

김 차장과 사진 기자가 민희를 부추겼다. 그럴수록 민희는 얼굴을 붉히고 거절하였다. 민희는 자신의 지금 모습으로 사진 찍히기가 싫었다.

"저거 보라니까들. 우리 집사람은 나서는 걸 아주 싫어해요. 집사람의 의사도 존중해 줘야 하지 않아요? 백성민의 아내라는 게 죄가 아니라면 말이오, 하하하."

모처럼 백성민이 소리쳐 웃었다.

민희는 계단 끝에서 남편의 파렴치한 웃음소리를 들었다.

옆에 붙어 앉아 사진을 찍어 줄까?

울컥 이런 생각이 치받쳤으나 민희는 생각과는 반대로 부엌으로 걸어갔다.

얼마 후 경진네 일행이 내려왔다.

"여보! 손님들 돌아가신데요오!"

백성민이 소리쳤다. 이런 태도는 의외여서 당하는 민희 쪽이 쑥스러웠다.

백성민은 아내와 나란히 서서 경진네 일행을 배웅하였다. 김 차장은 나란히 선 두 사람의 모습에서 전혀 다른 생활의 표상을 발견하였다. 백성민의 옆에 선 민희는 더욱 초췌해 보여 가련하기보다 울분이 느껴졌다.

백성민은 위로 오르는 계단에 서서 부엌 쪽으로 가는 아내를 내려다보았다. 무심결에 뒤를 돌아보던 민희는 싸늘하고 모욕적인 남편의 눈길에 얼어붙었다. 백성민은 멈췄던 발을 떼어 위로 올라갔다.

나에게 저 남자는 누구인가?

민희는 불현듯 소스라치게 이런 생각을 하였다.

위로 올라간 백성민은 서재의 의자에 깊숙이 파묻히듯 앉았다. 기분이 언짢았다. 오늘 대담에서 말을 잘못한 데라곤 한 군데도 없는 듯하건만 뒤끝이 개운찮은 건 무슨 까닭일까.

그는 아내가 미워졌다. 몸에 붙는 혹처럼 징그럽고 싫었다. 처음의 선택이 잘못되었다고 그는 민희와 만날 때부터 거슬러서 후회하기 시작하였다.

결혼 전 그에게는 여러 여자가 있었다. 그와 연애 관계에 있었던 것으로 소문이 났던 여성 중에는 아직도 신문사에서 기자로 일하는 최 아무개, 소설 쓰는 박 아무개, 의사와 결혼해서 두어 해 전부터 여성 단체에 나와 일하는 김 아무개 등이 있다.

백성민이 위의 여성들 관계를 뿌리치고 민희와 결혼한 것은, 민희의 '소박한 인상' 때문이었다. 결혼 초기에 아내를 가리켜 '한국형 여인'이라고 거리낌 없이 말하게 했던 편안한 모습……. 바로 그것이 이제 장애로 나타나기 시작한 것이었다.

그건 너무 편이한 선택이었다.

백성민은 이런 생각을 하며 눈을 감았다.

그는 아내에게 무엇을 기대해 본 적이 없었다. 봉건적인 아내의 위상에서 한 치도 달리 대접해 본 적이 없었던 것이다.

계단을 오르는 소리가 났다.

백성민은 아내가 오고 있다는 걸 느꼈다. 곧 술상을 치우는 소리가 들렸다.

"경진네 회사에서 온 여자랑 무슨 얘기했어?"

백성민이 큰 소리로 물었다.

민희에겐 의자 등받이에서 나는 소리같이 들렸다.

"별말 안 했어요."

"별말 안 하다니!"

"자긴 애가 둘인데 직장 생활 한다고……. 여자는 다 같다나?"

민희는 저도 모르는 사이에 김 차장을 헐뜯는 듯 말했다. 그러나 민희의 진심은 남편을 짓밟아 주는 것이었다.

"날 보고……."

"알았어!"

민희가 무슨 말인가를 더 내리 하려는데 백성민이 후려치듯 말을 막았다.

민희는 입을 꽉 다물었다. 그리고 기어이 컵 하나를 깼다.

"신문에서 봤다구? 야, 너 바쁜 사람이 언제 문화면까지 보냐? 정치면이나 보면 되지. 좌우간 고맙다. 그래 또 연락해서 한번 보자!"

"셋방살이 한다고 전셋돈 보태 주려는 거 아니겠어? 상금 받아 한잔 사지! 그래, 고맙다."

"상징적인 의미가 있다고 봅니다. 양심적 지식인의 체제 내 흡수 전략에 말려들었다고 비판하는 시각도 있다는 걸 압니다. 다 좋지요. 각기 다른 입장을 가질 수 있다는 게……."

"별거 아니에요. 상은 주는 사람의 잔치지 받는 사람은 원래가 꼭두각시라고요. 궁하니까 상금은 챙기고 봐야지요. 나이 탓이라고요?"

"날 보고 공장에 들어가 생산직 노동자로 살아가란 말이야?"

전화벨이 울리면 민희가 달려가기 전에 위에서 백성민이 받았다.

무슨 일일까.

민희는 궁금했다.

무슨 일일까. 자꾸만 불길한 쪽으로 마음이 기울어졌다. 왠지 불안한 것이었다. 어떤 때는 알아들을 수 없는 소리를 버럭버럭 질러 대었다. 사고가 났나? 민희는 가만히 앉아 있으면 불안해서 일부러 꿈지럭거렸다. 전화벨 소리를 듣지 않으려고 수돗물을 틀어서 화장실의 타일 벽을 닦았다. 타일의 색깔이 호박색이어서 때가 탔는지 졌는지 분간하기 어려웠다. 그래도 민희는 분풀이하듯 물걸레로 문질러 대었다.

결국, 여자 남자 사는 것도 싸움 같아요. 누가 이기느냐. 누구의 주장이 과연 옳으냐. 어떻게 싸우느냐.

민희는 김 차장의 말 중에서 잊히지 않는 이 말을 떠올렸다. 애를 둘이나 낳고도 처녀 같은 모습을 한 여자가 자기와 아무런 거리낌 없이 얘기가 되던 기분을 민희는 잊을 수가 없었다.

"민희는 참 인정이 많네."

담임선생님이 이런 말을 하며 등을 쓰다듬어 주실 때, 가슴이 뜨거워지며, 내가 이 세상에 살아 있다는 사실, 사람들 속에서 자기 존재가 환하게 확인되던 뿌듯함을 민희는 잊지 못한다. 초등학교 5학년 때의 이런 경험을 지나 성실성을 칭찬받은 사춘기를 벗어나 민희는 백성민을 만났다.

"결혼할까?"

백성민과 헤어진다 해도 민희는 그가 이런 말을 했을 때의 감격은 잊지 않을 것이었다.

그러나 결혼은 짧은 격정을 지나 민희를 울타리 안에 가두었다. 그는 마치 새장에 갇혀서 주인이 모이 줄 때만을 기다리며 천천히 늙어 가는 꼴이었다. 남편은 날이 갈수록 자신이 속한 사회에서

'성공'하는 듯했고 유명해졌다. 비록 자유직업을 가져서 경제생활이 불규칙·불안정했지만 민희는 남편과 자신의 거리가 점점 멀어져 간다는 걸 두려움으로 느끼게 되었다. 오르지 못할 나무만 같이 생각되던 남자의 '인정'을 받아 자신도 그와 같은 '오르지 못할 나무'와 같은 사람이라고 느낀 자부심은 잠깐 만에 사라졌다. 민희는 남편에게서 '따돌려진다'는 느낌을 숨겨 둘 힘이 없었다. 아무리 '부부'라는 '호적상의 관계'를 내세워 보아야 헛수고였다. 남편은 자신의 '바깥일'에 푹 빠져서 지냈다. 민희는 문득문득 남편에게 자기라는 존재는 '귀찮은 물건'일지 모른다는 생각이 들었고 그럴 때면 '죽고' 싶어졌다. 남편이 느닷없이 끌고 오는 '바깥 사람'들을 시중들면 즐겁던 것도 차차 시들해졌다. 이런 일은 아마 가정부도 해낼 수 있을 것이다……. 민희는 때때로 이런 생각을 하였다.

민희가 가정부와 다른 건 '임금'을 받지 못하는 것이었다.

남편은, 원고를 쓴다고 공포의 침묵과 목을 내리칠 것 같은 긴장으로 집안을 채워 두다가 불쑥 민희의 사타구니를 헤쳐서 잔인한 성교를 하고 이내 가 버렸다.

이것은 낯선 남자를 받아서 성교를 해 주고 돈을 받는 상태보다 더 나빴다. 아내, 민희에겐 '침략'이나 다름없었다. 다만 그 남자(남편)의 아이를 낳아 '호적'에 올렸고 '화대'를 받지 않는 것이 매춘부와 달랐다.

타일 벽을 닦는 민희는 얼굴이 벌겋게 달아올랐다. 그는 옷소매로 물이 흘러들어 어깨죽지까지 흠뻑 젖고 바지가 젖어 들어도 무감각하였다.

"귓구녕에 말뚝 박았어!"

열린 문에 그늘이 지는 기미에 눈길을 주려는데 백성민이 와락 고함을 질렀다. 민희는 걸레를 떨어뜨리고 어깨를 흠칫 떨었다. 성민은 어찌나 화가 났는지 꼭 사천왕 인상이었다.

"당신이란 여잔 도대체 뭐하는 인간이야! 내가 전화 받으라고 그렇게 소리쳤는데 못 들었단 말이야? 시키는 거라도 제대로 해야 할 거 아니야! 눈치도 없어? 당신 점점 왜 그렇게 '퇴화'하지? 차암 이해할 수 없는 사람이네……. 전화 받아서 내가 없다고 하고 연락처만 물어서 적어 놔! 츠츠……."

성민은 자기가 쏟아 낼 감정과 말만 후회 없이 내뱉고 이내 돌아서서 갔다.

민희는 멍청한 낯으로 거의 1분이나 서 있었다. 그러다가 그는 생기가 돌기 시작한 환자처럼 표정이 나타나더니 욕조 턱에 털썩 엉덩이를 걸쳤다.

왜 나는 저 남자한테 화를 내지 못하지? 왜 나는 참는 역할만 맡아 해야 하지? 왜 나는 저 남자와 싸워서 잘잘못을 가리지 못하지?

결국…… 여자와 남자가 사는 것도 싸움 같다고 그가 말했어.

싸워야 옳고 그른 게 가려질 거야. 그래야 해.

민희는 김 차장을 생각했다.

하지만 아직도 김 차장은 민희에게 아득한 존재였다.

이날 밤, 잠자리에 누워서도 민희는 성민이 자신에게 갖다 붙인 말, 퇴화라는 낱말이 떠올라 잠을 이루지 못하였다.

내가 퇴화했다면……. 그건 무엇 때문일까…….

어둠 속에서 민희는 입을 악다물었다.

내가 퇴화한다고?

네놈이 감히 나에게 퇴화한다고 경멸할 수 있어?

민희는 서러움과 분노 때문에 오래도록 소리 없이 울었다.

백성민이 2천만 원짜리 격려금이 달린 젊은 '민주 인사'에게 주는 상을 받은 날은 아침부터 쉬지 않고 전화벨이 울렸다.

민희의 기분은 야릇하였다. 즐겁지도 않고 흥분되지도 않으며 불쾌하지도 않았다.

그는 여느 날과 다름없이 동명을 깨워 유치원에 보내고 당근즙을 내어 위층으로 올라갔다. 전화를 받고 있던 백성민이,

"그래, 아무튼 고마워. 언니 바꿔 줄게."

하며 민희에게 수화기를 주었다.

"언니야? 기쁘지? 오늘 언니 역할이 얼마나 중요한 줄 알아? 아줌마처럼 하면 안 돼. 알았지? 내가 오후 2시쯤 갈 테니까 목욕이나 갔다 와. 한복 찾아 놨나? 빨리 찾아다 놓아야지, 언닌 애도 아니고……."

"그래, 알았어. 그때 와아."

민희는 전화를 받으며 성민의 기색을 훔쳐보았다. 그는 당근즙을 한 모금에 삼키고 팔을 들어 사방으로 휘둘러 근육을 풀고 있었다.

"처제랑 오라고."

돌아서서 민희에게 성민이 나직하게 말했다. 그는 아내가 걱정

되었다. 한 번도 대중 앞에 선 경험이 없는 아내가 어떻게 행동할지 불안한 것이었다. 그러나 역할이라는 게 그저 옆에 앉아 있는 거니 별문제는 없으리라고 위안을 하였다. 문득 그는 경진을 떠올렸다. 그 정도라면 얼마나 세련되게 배우자의 역할을 수행해 낼까……

아침나절에 민희의 친정어머니가 왔다. 민희는 재명을 데리고 목욕을 갔다가 한복까지 찾아서 돌아왔다. 그사이 성민은 외출하고 없었다.

"미장원에 가야지?"

어머니는 기쁨을 감추지 못하였다.

민희는 동생의 단골 미장원에 가서 머리를 손질하였다. 민희는 달라져 보이는 자신이 쑥스럽고 어색하기만 했다.

동생은 미용사에게 반드시 '우아할 것'을 강조하였다. 그리고 그는 오늘 언니가 어떤 장소에 갈 '분'인가를 설명하였다.

"지난주에 '사랑방 손님' 보셨어요? 거기 나왔던 분이 우리 형 분데……"

"어머, 난 뭘 하느라 못 봤지?"

민희의 머리 손질을 하는 미용사가 송구하고 서운한 말투로 중얼거렸다.

"아, 생각난다!"

옆에서 파마 손님을 보고 있던 다른 미용사가 소리쳤다.

"내용이 어땠어요?"

민희의 동생이 물었다.

"글쎄······. 일하면서 얼굴만 봐서······. 뭐 좋은 일 하시는 훌륭한 분이죠? 감옥에도 갔다 왔다던가?"

"유치장을 여러 번 왔다 갔다 했지요."

민희의 동생이 바로잡아 주었다.

민희는 얼굴이 자꾸만 달아올라서 손바닥으로 뺨을 눌렀다.

"언니 술 마셨어?"

동생이 약을 올렸다.

"아냐. 자꾸 열이 나네."

민희가 켕기는 목소리로 대답했다.

"땀나면 화장 다 지워진다. 텔레비전에서도 올지 모르는데. 땀 흘리면 조명발이 번들거려."

동생은 한걱정이었다.

"시상식이 6시지?"

동생의 말에 민희가 고개를 끄덕거렸다. 거울 속의 여자는 아무래도 딴사람 같아서 민희는 어색하였다. 아무리 짙은 색조 화장을 했어도 이마와 눈썹 언저리의 기미는 감춰지지는 않았다. 민희는 결혼식 날 이후 처음으로 성장을 한 자신을 남편이 어떤 얼굴로 볼지 두려움이 앞섰다.

민희네 일행은 택시를 20분이나 더 기다려서 잡았다. 여러 사람이 모여 있어서인지 빈 택시도 그냥 지나쳐 갔다. 요금이 비싼 중형 택시를 탔건만 6시 10분이나 되어서야 겨우 식장에 도착하였다. 동명과 재명은 신바람이 나서 계단을 깡충깡충 뛰어올라갔다. 민희는 와들와들 떨렸다. 사람들이 입구에 가득하였다.

"이제 오세요, 사모님."

어떤 남자가 민희에게 인사하였다. 민희는 사람들을 바로 볼 수가 없었다. 동생이 당황한 민희를 데리고 안으로 들어갔다.

"사모님이시죠?"

어떤 젊은 남자가 확인하고 나서 민희의 팔짱을 잡았다. 민희는 그에게 끌려서 단상의 한쪽 의자에 앉혀졌다. 나이 들어 보이는 남자들이 민희에게 목례를 보냈으나 민희는 느끼지도 못하였다.

민희의 옆에 빈 의자 하나가 놓여 있었다.

웅성거리는 사람들의 말소리 속에서 백성민의 목소리가 섞여 있는 것 같아서 민희는 귀를 크게 열었다. 그러나 지금 남편이 어디 있는지 알 수 없었고 더군다나 플래시가 번쩍번쩍 터질 때마다 맥박이 멈출 지경이었다.

장내 정리를 부탁하는 사회자의 말소리와 의자에 앉는 어수선함.

누군가 검은 양복의 허우대 좋은 남자가 민희의 옆 빈 의자를 차지하였다.

"바쁘실 텐데 나와 주셔서 고맙습니다."

민희는 이렇게 말하는 목소리를 듣고 빈 의자에 앉은 남자가 자신의 남편이라는 사실을 알아냈다.

식이 시작되었다.

축사 · 격려사 · 수상 연설 등을 진행하는 데 한 시간 반은 더 걸릴 것이었다.

장엄하고 근엄하고 위압적인 분위기였다. 백성민이 이룩한 그의 세계이기도 하였다.

상패와 상장 그리고 격려금이 주어질 때, 민희는 남편과 나란히 서야 했다. 시상자가, 격려금은 '그동안 내조의 공이 큰 부인'에게 주겠다고 농담처럼 말해서 더러 웃음소리가 나왔다. 그러나 정작 민희는 어색하기만 했다.

젊은 여자 두엇과 남자 한 명이 백성민에게 꽃다발을 안겨 주었다.

백성민은 감동 어린 목소리로 우렁차게 수상 연설을 하였다.

그는 맨 마지막에, 평화와 자유에 대해 말하면서 연설을 끝냈다.

식이 끝난 다음, 주최측에서 마련한 연회가 있었다.

민희는 난생처음 보는 연회였다. 가운데 여러 가지 음식을 놓아 두고 제가끔 가서 집어먹는 형식이 민희에겐 여간 쑥스럽지가 않았다. 민희는 벽을 따라 놓여 있는 의자에 앉아서 여전히 화끈거리는 얼굴을 수건으로 찍어 내었다. 동생이 은박지 접시에 연어와 새우, 미트볼 따위를 담아 와 음료수와 함께 건네주었다. 민희는 음료수만 조금 마셨다. 동명과 재명은 생쥐처럼 빠져 다니며 장난치고 이것저것 집어먹었다.

민희의 옆 자리가 비었을 때, 그의 친정어머니가 와서 앉았다.

"어떠니? 기쁘지?"

어머니가 딸에게 물었다.

……지금 이것은 남편의 것. 남편이 사라지면 함께 사라져 버릴 세계였다. 나의 세계는 무엇인가. 어디에 있는가.

민희는 이런 생각에 사로잡혔다.

"오셨어요?"

누가 민희 옆에 와서 인사하였다. 귀에 익은 목소리였다. 김 차장이었다. 민희는 손을 내밀어 그의 손을 잡았다.

"기쁘시죠?"

김 차장이 그를 쳐다보는 민희의 친정어머니에게도 인사하며 물었다. 김 차장의 그 말에 난데없이 민희의 눈에 눈물이 글썽거렸다.

"2차들 간다거든요? 따라가 보세요."

김 차장이 허리를 굽혀 민희의 귀에 소곤거렸다.

그러나 이날, 민희는 2차에 참석하지 않았다. 아이들은 처제와 장모 편에 딸려 보내고 '사모님'은 모셔야 한다는 말들을 민희는 들었으나 그는 참아 낼 수가 없었다. 민희는 아직 화려한 연극에는 백치 상태였다.

"당신은 집에 가지 뭐. 애들만 기다리게 할 수 없잖아."

백성민이 서민희에게 선택을 지시하였다.

"우리 와이프는 수줍음을 많이 타요. 그게 미덕이지! 그거 때문에 내가 결혼했지 않겠어! 하하하."

민희는 남편의 말소리와 웃음소리를 들었다.

이제 나는 너의 '거짓'을 안다!

민희는 계단을 내려오면서 몸서리를 쳤다.

민희는 건널목을 건너서 택시를 기다리다가, 맞은편에서 2차 패거리들이 두어 대의 승용차에 왁자하니 나눠 타고 떠나는 걸 적의에 가득 찬 눈길로 쏘아보았다.

꼽추네 사랑

"열닷 폭 실었재."

꼽추가 그물 뗏줄 매듭을 잡고서 말했다. 그는 잿빛 눈으로 아직 제 몫의 그물을 쥐고 있는 성환을 쳐다보았다. 그러나 꼽추의 시계(視界)엔 성환의 머리 뒤로 보이는 두텁고 질긴 안개뿐이었다. 그의 눈이 조바심으로 흔들렸다. 그는 성환에게 이제 그만 손놓고 나가자고 하려던 거였는데 엉뚱하게 배에 실은 그물 닥수만 일깨우고 말았다.

심술이 내솟아 입을 뚱하니 빼물고 서툴지만 바지런히 손을 놀리고 있는 성환은 꼽추의 말을 들은 시늉도 하지 않았다. 그는 열여섯 폭째 그물을 쥐었다. 그리고 재빨리 옆에 매여 있는 동양호를 훔쳐보았다. 안개가 짙지만, 두 척이 함께 나가면 그래도 큰 걱정은 없다고 그는 단단히 믿는 거였다. 그러나 동양호에서 뿌르릉 발동이 걸렸다. 변 씨가 기관방에서 나와 성환네의 대양호를 건너다보았다.

"상구도 못다 실었나아. 이누무 우내* 봐라!"

기관 소리에 복청을 틔우려고 변 씨가 꽤액꽤액 악을 써서 말했다.

"씨이팔, 의리를 밑씻개 했쇄아!"

변 씨가 먼저 나가려는 걸 알고 성환이 내뱉었다. 변 씨는 듣지 못했다. 갯가의 배들이 모두 나가자 늑장진 두 배가 함께 나가기로 약속을 했던 것이다. 안개 때문에 더욱 그랬다.

"다 실었네. 날래 와라!"

변 씨가 속도를 냈다.

동양호가 물을 밀고 나가는 바람에 대양호가 출렁거렸다.

동양호는 곧 안개에 묻혔다. 짙은 안개의 틈서리로 발동기 소리만 어렵사리 울려 퍼졌다. 그러나 소리도 곧 묻혀 버렸다.

1톤이나 2톤 안팎의 작은 고깃배들한테는 갑작스런 바람이나 파도도 무섭지만 짙은 안개도 두려운 존재였다. 안개도 수많은 성질을 가지고 있어서 끼는 듯 사그라지는 것이 있는가 하면 사물을 낱낱으로 외톨이를 만드는 겂나는 것도 있었다.

곧 꼽추와 성환은 손을 털었다.

"히야아, 숭악타아. 우내 꼬라지 봐라이. 날래 안 삐끼지겠다니!"

꼽추가 사방을 둘러보며 말했다.

성환은 시계를 들여다보았다. 4시 5분 전이었다. 맑은 날이면 이마 벗어지게 뜨거운 한낮일 시각이었다. 그런데도 성환의 낯은

*우내 : 안개.

두려움으로 굳어 있었다. 그는 기관방에 들어가 부산하게 더듬어 나침반을 찾았다. 윗저고리 섶에 유리 뚜껑을 문질렀다.

"알기* 모겠나아?"

꼽추가 성환이 옆으로 와서 물었다. 말과는 달리 그의 얼굴은 편안해 보였다.

"제비*나 접츄!"

성환이 내쏘았다.

그는 이렇게 늦어진 것이 꼽추 탓이라고 여겼다. 꼽추는 낮에, 남의 일 거든다고 한 시간 넘게 일손을 놓았던 것이다. 낡은 배를 사 가지고 가는 대진 사람들이 술 받아 줄 테니까 좀 도와달라고 하자 원숭이처럼 이 배 저 배 건너뛰어 그쪽으로 가서 오지를 않았다. 애가 단 영숙이 미애 아버이! 미애 아버이! 하고 불러 댈 때, 성환은 도리어 꼽추가 없는 게 그렇게 좋을 수가 없었다. 그래서 꼽추를 부르는 영숙을 툭툭 치며 자꾸만 말을 걸었던 것이다.

그것은 늘 하는 얘기였다. 영숙은 너무 많이 들어서 자기 경험처럼 달달 욀 지경인—성환의 화려한 서울 생활에 대한 이것저것들이었다. 자기가 윤수일이나 조용필의 보컬 팀에서 드럼을 칠 수 없게 된 것은, 그리하여 마침내 버리고 떠났던 답답한 어촌에 와서 다시 고깃배를 타게 된 것은, 드럼을 치는 솜씨가 나빠서는 결코 아니라는 것, 거기서 남달리 대가리 삐죽 내밀자면 뒤에서

---

*알기 : 어부들이 그물을 놓을 때, 놓은 자리를 가늠하기 위한 육지의 산의 꼭지점이나 그와 비슷한 물체.
*제비 : 그물 표시를 위해 댓가지에 매단 헝겊 조각.

밀어주고 북 쳐 주는 사람과 돈이 있어야 한다는 것이었다.

결국 그는 '사람과 돈' 때문에 낙향해 맘에 없는 어부 노릇 하는 '연예인'이었다.

언제나 영숙은 참한 낯으로 그의 얘기를 들어주었다. 되풀이해서 듣는 얘기라도, 지껄이는 사람이 있으면 드문드문 맞장구를 쳐야 해서, 한자리에 앉아 하는 그물일의 지루함과 졸음을 쫓아 주었다.

영숙의 이런 마음속을 더듬을 수 없는 성환은 혼자서 멋대로 즐거움을 키웠다. 영숙에 대한 성환의 즐거움이 그의 겉모습에 내비치면, 꼽추는 슬그머니 마렵지도 않은 오줌을 눈답시고 자리를 피하곤 하였다. 성환은 꼽추의 마음도 느끼지 못하였다.

오늘, 일손을 뜨악해 한 건 사실 꼽추만은 아니었다.

고기 장수가 거저 달라고 조르는, 불가사리에게 살점 뜯긴 알 밴 청어를 다른 잡어와 함께 영숙이 한 함지 채워 팔러 갈 때, 성환은 들어다 준다고 따라가서 큰길가에 서서 한참이나 버스를 기다리다 택시 태워 보냈던 것이다. 영숙은 무슨 택시냐고, 분수 넘치는 짓 말라고 눈을 까뒤집었으나 성환은 억지로 영숙을 차에 떼밀어 싣고 천 원짜리 한 장을 손에 꼬옥 쥐여 주었던 것이다.

꼽추는 성환이 시키는 대로 제비를 겹쳐 매었다.

이런 방비란, 아무 소용이 없는 짓이라는 걸 너무 잘 아는 꼽추는 차마 다툴 수가 없어 일손을 놀리지만 맥이 빠졌다.

안개가 산더미도 삼켰는데 까짓 제빗부리 같은 천 조각을 두 개씩 묶어 띄워 놓는다고 눈에 띌 턱이 없었다. 어차피 안개 때문에 알기를 못 보면 제비도 찾아낼 수가 없었다.

성환은 발동을 걸었다.

안개 속에서 건너불의 공장들이 희미하게 보였다. 늘 보아 오던 버릇 때문에 성환의 눈이 그려 낸 그림이었다. 그는 또다시 주먹만 한 나침반의 유리 뚜껑에 입김을 쐬어 옷섶에 문질렀다. 시간을 보고 나침반의 방향도 보았다. 꼼추 없이도 해낼 수 있다고 그는 생각하였다. 그리고 생각대로 보여 주고 싶었다.

고기잡이를 처음 시작했을 때, 그는 꼼추의 경험에 맘을 놓고 기대었다. 꼼추는 고성 밑에서 태어나 갯가에서 고추를 드러내 놓고 자라다가 밥벌이 할 나이부터 배를 탄 남자였다. 그의 경험은 고기의 행방을 알아내는 능력을 틔워 주었고 바람이나 물 흐름도 잘 보았다. 그리고 동네 앞바다의 속사정을 손금 보듯 훤히 알고 있었다. 어디 짬*은 어떤 모양으로 크기와 길이가 어느 정돈지, 바다 지킴이가 있어서 해녀들을 잘 잡아가는 데가 어디며, 맛 좋은 돌문어가 모래 장난질 치며 노는 곳에 대해서도 그는 잘 알았다. 철철이 바뀌는 고기 종류에 대해서도 그랬다.

그러나 몇 년 전부터 부쩍 꼼추의 경험이 효험을 잃기 시작하였다. 그가 고집스럽게 간직하고 있는 경험은 이를테면 어부와 고기가 서로를 아끼던 시절의 것이었다. 고기들의 고향을 뿌리째 뽑아 내고 마구 훑듯 잡아들이는 기구와 기술을 가진 어부들과는 얘기가 달랐다.

*짬 : 바다 밑의 돌산이나 험한 바위너설.

그뿐만이 아니었다. 물 흐름도 예전 같지가 않았다. 갑자기 찬 물이 밀려오기도 하고, 오래도록 물이 따뜻하기도 하였다.

이런 변화를 예감하지 못하는 건, 그래도 성환이 참아 주었다. 그건 사람의 권한이 아니기 때문이라고 생각해서였다. 그러나 정말 꼽추를 밉고 한심하게 여길 수밖에 없는 건, 그가 입버릇처럼 어부가 고기를 아껴 줘야 한다고 말하는 바로 그 점이었다. 그렇게 말할 때의 꼽추를 보는 성환은 구역질이 났다. 그의 툭 불거져 오른 등혹과 달라붙은 목, 한주먹도 안 돼 보이는 엉덩이와 가엾게 뻗은 가느다란 두 다리처럼 그의 말은 차라리 병신스러웠다.

성환은 아직 무슨 일을 하면서 살겠다고 작정한 게 없었다. 서울 땅에다 침 뱉고 돌아와서, 마침 팔겠다고 내놓은 1톤 반짜리 3년 된 배를 샀지만 언제까지 이 시답지 않은 영세 어부 노릇을 할지도 몰랐다. 스물아홉 나이에 총각인 것도 불확실한 그의 미래 때문이었다. 지난달에도 그는 읍내 장거리 슈퍼마켓 1층에 새로 생긴 술집 크리스탈에 취직해 볼까 생각해서 일을 쉬고 가 본 적이 있었다. 삼촌의 세탁소에서 심부름해 주는 친구가 켄터키 치킨 집을 내자고 꼬드기기도 해서 마음이 들뜬 적도 있었던 것이다.

배는 지금 곧장 앞으로만 나가고 있었다. 이물에 팔을 걸고 쪼그려 앉아 있는 꼽추는, 마치 머리통과 등혹만을 빚어 놓은 물체 같았다. 그를 살아 있는 사람으로 보이게 하는 것은 뒤로 풀풀 날리는 머리카락뿐이었다. 잠자리 한 마리가 그의 머리 위에서 여린 날갯짓으로 맴돌다 사라졌다. 신선네기* 짬께엔 문어 통발 표시

*신선네기: 짬의 이름.

가 붉고 흰 색깔로 떠 있었다. 그것은 커다란 통처럼 보였지만 실제로는 목침만 한 크기의 스티로폼이었다. 안개 속에선 물체가 엄청나게 커 보였다. 배는 삼성 어장을 지나쳤다. 음료수 병 하나가 통나무처럼 떠 있었다. 그리고 더 이상 아무것도 눈에 띄지 않았다. 성환은 그가 갯가를 떠날 때 돌아온 배는 한 척도 없었다는 사실을 기억하였다.

성환은 그렇게 앞으로만 반 시간을 나가다가 슬그머니 속도를 늦췄다.

그는 자신도 모르는 사이에 흘금 꼽추의 낯빛을 살폈다. 성환은 막막하였다. 물밑이 훤히 들여다보일 듯한 맑은 날일지라도 그물을 놓자면 망설여지고 두렵고 숨이 찼다. 그물은 한 번밖에 던질 수가 없었다. 곧장 실수를 깨달았다 하더라도 고칠 수가 없는 거였다. 그래서 그물을 놓을 땐 언제나 숨이 막혔다. 그런데 사방이 안개에 먹힌 이런 날은 더더욱 기가 막혔다.

안개 속에서 다른 배의 발동기 소리가 들려왔다. 두 사람 다 귀를 세웠다. 소리로 보아 그것은 돌아가는 배였다. 빠른 속도는 여기에 그물을 놓은 것이 아니라는 표시였다.

성환은 발 사이에 킷대를 걸고 음울한 표정으로 꼽추를 바라보았다. 그가 일어서고 있었다. 낮은 키의 그는 지금 어디를 보아 두었을까. 성환은 은근히 기대었다.

꼽추가 선제비를 던졌다. 그의 표정은 담담하였다. 물에 쓰러지듯 내던져진 제비는 이내 꼿꼿이 서서 물결과 어두러 드는 움직임을 가졌다. 이제 그것은, 밤사이에 행운이나 불운을 코에 걸게 될 그물을 지킬 거였다. 꼽추는 등혹만 한 돌덩이를 던져 놓고, 쇳덩이 닻도 던졌다. 줄을 던졌다. 그의 눈동자에 넝어리져 뭉친 마음은 풀어지며 바다에 잠기는 줄과 교합하였다. 웃고새를 한 줌씩 집어 던졌다. 성환은 같은 속도로 배를 몰고, 꼽추는 처지지도 넘치지도 않는 단 한 번뿐인 시간에 한 번뿐인 움직임으로 그물을 놓는 거였다. 표정과 손에 그의 삶의 기운이 모여 있었다.

그러나 성환의 얼굴은 불확실한 욕망으로 어둡고 거칠었으며 눈빛은 번들거렸다.

열여섯 폭의 그물이 그렇게 바다에 놓였다. 이윽고 꼽추는 후제비를 띄웠다. 그물이 그들먹하니 쌓였던 배 안은 쭉정이처럼 비었다.

성환의 욕망도 그 크기만큼 쾡 뚫렸다.

이제 어부인 그들이 선택할 수 있는 건, 내일 새벽 다시 이곳에 와 그물을 걷는 것뿐이었다. 그사이 그물에서 일어날 수 있는 수많은 변화들에 대해 그들은 아무것도 예감하거나 예방할 수 없었다.

성환은 잊고 있던 안개를 문득 깨달았다. 아주 발동을 끄고 앞을 바라보았다. 어디서 아득히 발동기 소리가 들려왔다. 그는 천천히 뱃머리를 반대로 돌렸다. 그는 이곳에 온 것과 반대로 가려는 거였다. 그리고 나침반을 믿었다. 지난봄, 안개 때문에 꼼짝 못하고 바다에 떠서 공포의 밤을 지낸 건 나침반이 없었기 때문이었다. 그날 안개가 걷혔을 때 성환은 바로 코앞에 등대를 두었던 것이다. 이 진저리나는 경험으로 성환은 나흘이나 일을 하지 않고 지내었다.

꼽추는 배 안을 청소했다. 두레박으로 바닷물을 퍼서 배 안을 샅샅이 솔질하며 씻어 내었다.

갈매기 한 마리가 그들과는 반대로 날아갔다.

성환의 배 오른쪽에서 갑자기 집채만 한 배가 나타났다. 그는 덜컥 겁이 나서 피해 보려고 애를 썼다. 속도를 늦추고 배가 지나가기를 기다렸다.

그러나 그는 곧 그것은 2톤 안팎의 남애포 배라는 걸 알아냈다. 안개 속에선 물체가 부풀어 보이는 걸 알면서도 이렇게 맞닥뜨리면 언제나 서툴렀다.

이날, 그들이 갯가로 돌아오는 데 거의 두 시간이 걸렸다. 성환은 나침반만 믿고 달렸던 것이다. 그런데 엉뚱하게도 광진 앞에 닿았었다.

축항 어귀에선 여러 척의 배들을 보았다. 그들은 돌아와서 저마다 헤맨 얘기들을 털어놓았다. 동양호의 변 씨는 대양호의 꽁무니를 따라 들어왔다.

"성님이요 재주 좋네요. 우째 용케 살아 왔능교."

성환은 기다렸다는 듯 동양호로 넘어가서 서투른 경상도 말로 약을 올렸다. 변 씨는 아직도 질린 얼굴 그대로 닻을 내렸다.

"돈 벌어 다 뭐에 쓰와. 나침반은 기본이라 안 하더와."

성환은 꼽추가 혼자서 배 설거지를 하게 버려두고 계속 동양호를 왔다 갔다 하며 떠들었다.

영숙이 아이를 업고 나왔다. 미애는 잠이 들어 포대기 바깥으로 고개를 축 늘어뜨리고 있었다.

"애잡쉈지유우."

영숙이 대양호의 뱃머리에 바싹 붙어 서서 말했다. 꼽추는 함지에 물을 퍼서 여러 켤레의 장갑을 빨았다.

"꽤 지달렸재."

꼽추가 말했다.

"날이 나뻐 안 나갈 줄 알았다니유우."

영숙이 고생한 남편에게 미안한 맘을 이렇게 변명하였다. 동양호에서 성환이 그들 부부를 여러 가지 감정이 뒤죽박죽 엉긴 표정을 하고 바라보았다. 그는 여태 장화를 신은 채였다. 변 씨가 들어가자고 말해도 그는 듣지 못하였다.

"서서 자나아?"

변 씨가 배에서 내려가며 그를 툭 치고 이렇게 말했을 때 성환은 너무 놀라 껑충 뛰어내렸다. 물이 사방으로 빛살처럼 튀었다.

"어머이야아!"

영숙이 물 튄 얼굴을 문지르며 소리 질렀다. 꼽추는 그들이 장난을 치는 줄 알고 슬프게 씨익 웃었다. 안개 밭을 헤매고 온 그의 검은 머리는 이상하게 뻗친 모양으로 도무지 자리 잡지를 않았다.

꼽추는 다시 한 번 배 안을 둘러보았다. 성환이 영숙과 마주 서서 무슨 얘길 하였다. 꼽추는 바닥에 비닐 가빠를 펴서 덮었다. 열댓 살 적 되면서부터 그는 자주 가빠만 뒤집어쓰고 배 안에서 잠잤다. 어떤 날은 가빠 위로 콩 볶듯 쏟아지는 빗줄기에 놀라 깨어났다. 그래도 그는 그 속에서 밤을 지새웠다. 한여름 밤이라도 비가 내리면 몸이 추웠다. 추워도 견디었다. 이렇게 밤을 새고 나면 이상하게 머릿속이 맑았다. 밤의 정체를 속속들이 알게 된 것 같은 기쁨도 생겼다.

꼽추가 배에서 내렸다. 그는 머리를 긁적였다. 성환이 이런 영세한 고기잡이는 이미 생명이 다했다고 얘기하는 중이었다. 아무리 작은 배라도 어부는 현대화하고 기계화해야만 버텨 나갈 수 있다는 거였다. 영숙은 쓸쓸하기 그지없는 낯을 하고 있다가 꼽추가 다가오자 이내 밝은 빛을 띠었다.

"언나를 재우지이."

꼽추가 말했다.

"뉘우니깐 깨잖아유."

영숙이 말했다. 꼽추가 아이의 떨어진 머리를 세워 띠로 자리 재웠다.

"저녁상 다 봐 났어유."

영숙이 성환 몰래 꼽추의 옆구리를 찌르며 말했다. 웬일인지 성환에게 대놓고 말을 붙이기가 어색하였다. 언제나 영숙이 먼저 말을 거는 적은 없었다.

"같이 가자!"

꼽추가 성환의 팔을 끌었다. 뒷모습만 보면 그들은 어른과 아이처럼 높낮이가 생겼다. 그러나 성환은 점잖게 꼽추의 팔에서 자기 것을 빼냈다.

"아재두 가유. 저녁 차려 났다니까유."

영숙이 말했다. 미애가 아저씨라는 말소리를 내지 못하고 아재라고 불러서 영숙도 성환을 그렇게 불렀다. 성환은 마지못해하는 걸음으로 두어 발짝 처져서 걸었다. 그러나 큰길로 뚫린 마을 길로 나서자 갑자기 걸음을 멈췄다.

"성요! 한잔 하십시다아!"

성환이 큰 소리로 말했다. 그래도 꼽추가 걸음을 멈추지 않자 성환이 쫓아가 팔을 낚아챘다.

"맨날 먹는 밥이 그리 좋소오! 속초집이 새 거 데려왔다는데 선도 안 보면 되와!"

성환은 꼽추를 끌어 몸을 틀었다. 꼽추는 아내를 돌아보며 쭈뼛거렸다. 그러나 성환을 아주 뿌리칠 수는 없었다. 벌써 돌아서서 언덕배기를 오르는 영숙의 뒷모습에 더께진 섭섭함이 그의 가슴에 와 닿았다.

영숙은 성환이 불편했다. 날이 가면 갈수록 더하였다. 낮에는 택시를 타고 가는데 차라리 뛰어내려 걷고 싶기만 했다. 괜스레 남편한테 미안하고 죄짓는 기분마저 들었다.

길가 섶에서 개구리가 뛰어나와 건너편으로 들어갔다. 누구네집에서 청어 굽는 내가 났다. 생나무 울타리 속에서 쥐들이 찍찍거렸다.

영숙이 산등성이 제일 위에 서 있는 집 안마당으로 들어서자 돼지가 벌써 알고 꿀꿀댔다. 끼니 대는 사람 알아보고 언제나 그렇게 인사를 하였다. 저녁쌀 씻어 놓고 구정물 받으러 속초집에 들렀는데 나중에 오라고 했었다. 구정물 통이 비어 있었다. 속초집이 곧 걸쭉한 구정물 한 통 나올 거라고 말했었다. 아이를 방에 누이고 밖에 나와 구정물 통을 들다가 어떤 생각이 들어 그냥 내려

놓았다. 문득 성환이 새로 온 거 선도 안 보느냐던 말이 떠오른 거였다. 영숙은 댓돌에 맥을 놓고 있었다. 안개 낀 저녁이라 눈앞에는 아무것도 보이지가 않았다. 낯익은 길이라도 전등을 들고 다녀야 하였다.

영숙은 멍하니 앞을 바라보았다.

속초집이 자꾸만 맘에 걸렸다. 그 집은 이 마을의 별천지였다. 10여 년 전에 이곳에 들어와 방 한 칸 얻어 읍내 장거리 술집에 다니던 여자가 마흔 가까운 나이 되자 아주 술을 파는 업으로 바꾸고 자리 잡은 거였다. 말을 잘한다고 남자들은 늙으나 젊으나 속초 방송국이라고 불러 대었다.

영숙은 속초집이 무서웠다. 언젠가 한번, 구정물을 받아 준다고 인사하러 계란 한 줄 들고 갔을 때, 속초집이 이렇게 말했던 것이다.

"젊은 여자가 어찌 그리 속이 찼을까. 사내는 맘 바로 쓸 줄 아는 병신이 진국이야! 내 말 알지?"

속초집은 치마를 걷어붙이고 꺾어 세운 한쪽 다리의 종아리를 제 손으로 쓰다듬으며, 담배를 피우며 눈을 질금 감았다 떴던 것이다. 그때 영숙은 몸에 소름이 끼쳤다. 저 여자는 다른 것도 알 것이다! 갑자기 그런 생각이 들었기 때문이다.

그러나 속초집은 다른 어떤 말도 더 이상은 묻지 않았다. 지금까지 그랬다. 구정물을 가지러 가서 마주치기라도 하면 눈인사만 보내었다. 그래도 영숙은 불안하였다. 일에 쫓길 땐 잊고 있는데, 불현듯 되살아나는 거였다.

영숙이 꼽추를 따라 이곳에 온 후로 그들 부부마저, 그들이 부부로 살기 이전의 내력에 대해선 한마디도 하지 않았다. 늘 일에 시달리다 곤두박질치듯 잠에 빠지고, 다시 줄달음으로 일에 매달리며 사느라, 그들은 일 아닌 얘길 나눌 틈이 없었다.

그런데 속초집과 또 지금 성환의 야릇한 친절이 영숙에게 과거를 기억하게 만드는 거였다. 성환은 영숙에게 과거를 물어본 적이 없었다. 그렇지만 영숙은 자꾸만 지난날이 생각났다.

영숙이 기억하는 과거는, 그러나 생각하면 아직도 날고기를 씹듯 치가 떨렸다.

새카만 동네, 탄광촌에서 지냈던 어린 시절, 그리고 아버지가 병을 얻어 산골짜기 비탈에 여기저기 몇 집 들어앉는 고향으로 이사와 살던 것, 아버지는 앓아누웠거나 술에 취해 누웠거나, 어찌 되었건 늘 누워 지냈던 것, 도저히 살아갈 수 없다고 가족이 생살처럼 찢어졌던 것, 그때가 영숙이 아홉 살이었다. 여러 집을 떠다니며 살았다. 점잖은 주인아저씨들이 밑뿌리를 보여 주고 경험시켰다. 몹시 진저리가 쳐져서 술집으로 도망쳤다. 그러나 술집 일은 아무리 노력해도 몸에 붙지 않았다. 술만 마시면 토하고, 돈 받고 다리 벌리는 일은 해도 해도 서툴고 힘에 부쳤다. 차라리 맨손톱으로 자갈밭을 일구면 힘이 날 것 같았다. 술집 주인들이 영숙을 '또라이'라고 따돌렸다. 우선 재수가 없다고 소문이 난 거였다. 영숙은 심심해서 담뱃불로 팔뚝을 지졌다. 북두칠성을 새긴다고 하다가 겨우 동그란 암갈색 점 네 개를 박아 놓았다.

꼽추와 살게 된 후로 영숙은 그 탄 살이 싫어서 한여름에도 팔

목까지 내리덮이는 옷만 입었다.

꼽추는 그때 돈 2백만 원을 주고 영숙을 풀어 주었다. 부둣가 사창가의 포주는 영숙이 헐값인 150만 원에 거래되는 창녀인데, 지나가는 말로 2백만 원을 불렀던 것이다.

"데려다 때 빼구 광 내보슈!"

꼽추와 영숙이 눈 맞은 꼬락서니가 하도 기이해서 포주가 이렇게 말했다.

그들은 정말 신기하였다.

"아저씨, 내 몸에 있는 힘써서 밥 벌어먹고 싶어유."

영숙은 그날 이 말 한마디밖에 하지 않았다. 그리고 손마디를 구부려 땅 파는 시늉을 해 보였던 것이다.

영숙은 꼽추네 동네에 와서, 그가 자신의 전 재산인 배를 팔았다는 사실을 알았다. 그러나 그것보다 더 확실한 건 나날이 사는 모습이었다. 꼽추는 영숙으로 하여금 그가 이제껏 살아온 방식이 얼마나 험악하고 나쁜 것인가를 깨우치게 하였다. 아이가 생겼는데 두 달째에 제물로 지워졌다. 죄 닦음으로만 여겼다. 다음에 들어선 아이가 지금 미애였다. 배 한 척 마련하고 아들 하나 낳자고 보건소에서 가족계획 나왔을 때 영숙이 루프를 끼웠다. 서른아홉 된 남편의 나이로 치면 루프 끼고 있을 여유가 없었다. 그러나 꼽추는 개의치 않았다.

영숙은 억척으로 일했다. 바다 날씨가 궂어 손이 빌 때면 밭에 나가 일을 거들었다. 감자도 파고 마늘도 뽑아 엮어 주었다. 공품 쓴 집에서 인사치레하면서도 덕담을 잊지 않았다. 밉지 않은 얼굴에 열세 살이나 나이 차이 나는 병신 서방 만나서 싫은 내색 없이 사는 영숙을 모두 좋아하였다. 나이 지긋한 어른들이 더 칭찬하였다. 배 부리고, 그물 내다 놓고 당겨 오는 건 아무것도 아니었다. 그물 뒤치다꺼리가 고되고 늘 되풀이라고 짜증이 났다. 그런데도 영숙은 쉴 틈이 나면 안절부절못했다.

그런 덕에 3년 붓는 백만 원짜리 적금을 끝냈다. 봄철로 막 접어들 무렵이 가장 어려워서 날짜 지키려고 기를 썼건만 한두 파수씩 늦었었다. 사요리 재미 본 달에 두 달 치를 한꺼번에 내어 놓기도 했었다.

적금 타는 달에 맞춰 군(郡) 땅인 산허리 위쪽에 팔려는 집이 나서서 57만 원 주고 샀다. 나머지 돈으로 여름·가을 두 철 쓸 망자 내고 돼지우리를 지었다. 집이라는 게 워낙 비좁은 땅에 옆과 앞으로 마당을 두고 지어서 방 두 칸 부엌 한 칸이 기차칸 맞잡이였다. 돼지우리는 영숙이 구정물을 받아다 기를 폭잡고 남편을 졸라 지은 거였다. 시멘트 벽돌을 쌓고 위에다 막대기로 서까래 질러 슬레이트를 씌운 막이었다. 털이 새카만 새끼 한 쌍을 넣었는데 암놈이 새끼를 배었다. 그것들도 주인을 알아보고 제 맘속을 여러 가지 소리로 나타냈다. 이제 영숙은 못 알아듣는 소리가 없었다. 한번은 자다 말고 갑작스레 깨었는데 꼭 돼지가 잡아끄는 듯 밖으로 나갔다가 죽통 뒤집어쓰고 캑캑대는 놈을 살렸었다.

돼지우리 옆에는 고랑을 내어 푸성귀를 갈았다. 마당 끄트머리로 돌아 줄 강낭콩, 호박도 올렸다.

영숙은 난생처음 강낭콩 꽃이 귀엽고 예쁜 걸 알게 되었다. 볕도 타지 않아 꽃잎이 질 때까지 시들지를 않았다.

아래 길거리에서 말소리가 들렸다. 성환의 목소리였다. 영숙은 귀를 기울였다. 알아들을 수가 없었다. 살며시 일어나 마당가로 나갔다. 안개가 맨살에 닿았다. 안개가 움직이는 거였다.

이윽고 소리도 없이 꼽추가 비탈길을 올라왔다.

"왜서 나와 섰나아. 이런 날 고뿔 든다니."

꼽추가 술기운 없는 소리로 말했다. 영숙은 아무 말도 하지 않고 꼽추를 따라 방으로 들어갔다. 동쪽으로 머리를 두게 뉘었던 아이가 부챗살처럼 돌아서서 자고 있었다. 아버지가 아이를 솜털 같은 느낌의 손길로 바로 뉘었다. 얇은 홑이불을 씌워 주었다. 영숙이 밥상의 보자기를 벗겨 내고 가운데에 놓았다.

"안죽 안 먹구 지달렜나아!"

꼽추가 낮춘 소리로 힘주어 말했다.

"짐치 지졌는 거 데워 올게유."

영숙이 부엌으로 나갔다. 꼽추는 방 안에 흩어져 있는 아이 장난감을 모으고 옷가지를 못에 걸었다. 찢어진 비닐 장판 틈에서 쥐며느리가 기어 나와 벽을 타고 오르다 떨어졌다. 문지방에 노래기가 기었다. 꼽추는 그것들을 들어 마당에 내주었다. 신 김치 든 된장 끓는 냄새가 침을 돋우었다.

"날래 와."

꼽추가 부엌을 내다보며 참지 못해 말했다. 속초집에서 안주로 생선찌개를 떠먹었지만 된장 맛에 비길 게 아니었다. 영숙의 손맛을 꼽추는 좋아했다.

"새박까지 안개가 이렇게 찌믄 못 나가시지유?"

영숙이 상 위에 냄비를 올려놓으며 물었다. 남편을 기다리는 동안 속절없이 가슴팍을 후벼 파던 기억들은 벌써 봄날의 진눈깨비처럼 녹아 버린 거였다.

"인제 바람 일더라."

꼽추가 밥을 떠먹으며 말했다. 그의 밥 먹는 모습은 행복해 보였다. 마치 반가운 사람을 만났을 때처럼, 그러나 서두르지 않고 소중하게 음식을 먹었다. 오래전에 노인들은, 밥 먹는 모습이 그런 사람은 복 받는다고 했었다.

"아주머이 오실 때 가차이 되었쥬?"

영숙이 성환의 어머니에 대해 물었다.

"안죽 더 있는단더라아."

꼽추가 말했다.

성환의 홀로 사는 어머니가 포항에 시집가 사는 딸의 산바라지를 하러 간 지 삼칠일이 넘었다. 그가 있을 땐 일손이 맞아 그래도 여러 가지가 수월하였다. 가끔 번개시장에 생선을 이고 나가 소매를 팔고 다른 물건과 바꿔 오기도 했다. 성환의 어머니가 떠난 후로, 영숙은 두 곱 뛰는 폭잡고 부지런을 피웠으나 힘에 부쳤다.

영숙은 혼자 지내는 성환이 맘에 걸렸다. 허물없이 집에 와서 한 식구처럼 지내면 아주 좋겠는데, 이상하게 사이가 편안치 않았다. 영숙은 이 말을 남편에게 비쳐 볼까 했으나 그냥 삼켰다. 아무래도 성환네 배에 매여 있는 처지라 남편의 입장을 께적지근하게 만들 것 같아서였다.

다음 날, 대양호는 9시가 넘도록 돌아오지 않았다. 여태 오지 않은 배는 대양호뿐이었다.

하늘은 새파랗고 구름 한 점 없었다. 햇살은 미친 듯 달궈 댔다. 바다는 잠잠하기가 잠든 것 같았다.

일찍 들어와 그물 벗겨 장사꾼한테 넘긴 어부들은 아침을 먹고 그물 나르러 왔다.

다른 날처럼 뱃머리에 나온 영숙은 애가 달았다. 밤사이 물이 좀 갔더라고 어부들이 말해 주었으나 남달리 이토록 늦는 건 참말 이상스러웠다. 문득문득 버들 이파리 같은 배 안에서 싸움판을 벌이는 두 남자가 생각나고, 형편없이 밀리기만 하는 남편이 떠올라 숨이 칵 막혔다. 그러나 이내 방정맞고 지저분한 상상이라고 자기 자신을 모질게 꾸짖었다. 그렇지만 도무지 맘이 편안해지질 않았다. 기관이 고장 난 걸까? 기름이 떨어진 건 아닐까? 혹시 그물을 찾지 못 하는 건 아닐까? 발돋움을 하고 포구 바깥까지 바라보아도 대양호는 들어오지 않았다.

"상구두 안 들어오게?"

성환네 고기 대놓고 받아 가는 얼금뱅이가 옆에 와서 말했다. 영숙을 돌아보았다.

"동개비*하과 쌈쌈해사 제워 지치레기* 놓거왔다아."

얼금뱅이가 고기 든 함지를 보며 툴툴 말했다. 가자미와 우렁이, 해뜨기가 두어 두름 들어 있었다. 영숙에게 고기 장수의 안달

*동개비: 동갑네기.
*지치레기: 골라내고 남은 것.

이 느껴지지도 않았다. 얼금뱅이는 내일이 춘천에서 대학 다니는 아들 하숙비 보내는 날이라고, 그동안 모은 돈이 부족해서 오늘 장사 잘해 보태야 하는데 큰일 났다고 도무지 입 한 번 닫지 않고 구시렁거렸다. 그도 남편이 고기잡이 나갔다가 마흔 전에 죽었다. 혼자서 장사 시작해 삼남매 길렀다. 지금은 커서 대학부터 중학까지 줄지어 가르치느라 좋아하는 담배와 술도 맘 놓고 못 했다. 어쩌다 어물전에서 장사 친구끼리 술을 마시면 곧장 취해서, 뗏장 덮고 누운 서방 그리워 눈물 짜며 과부 시름을 달래었다.

이렇게 고기 장수는 혼자 벌어도 자식 대학 공부까지 시키는데, 어부는 꿈도 못 꿀 얘기였다. 이곳처럼 가난한 어촌에선 작은 배 한 척 부린다 하여도 그 밑만 들여다보고 살면 중학교 보내기도 어려웠다. 꼽추네같이 날벌이로 배 타는 처지는 아이 초등학교 가도 점심밥 싸 보내기 수월찮았다. 여자가 뒤에서 일벌모양 쉬지 않아야 그래도 희망을 갖고 거기에 의지해 살 힘을 얻었다.

"아이구머야아, 우타 하나 꼽새네 바래다가 꾀찌*바리하구야아. 우타 하나, 야아."

얼금뱅이가 발을 굴렀다. 영숙은 꼽새네라고 부르는 게 언제나 목에 가시로 걸렸는데 오늘은 그저 처량하게 그를 쳐다만 보았다. 그런 건 아무렇지도 않았다.

"안죽 안 들어왔재야아?"

현양호 영희 엄마가 빈 함지를 들고 와서 큰 소리로 말했다. 영숙이 퀭한 눈으로 맥없이 돌아보았다.

*꾀찌 : 꼴찌.

92

"뫄로 걱정하나아. 걱정할 기 없다아. 물개 한 마리 잡아오는지 누가 아나아."

영희 엄마가 툭툭 내뱉듯 말했다.

"꼽새네 고긴 달부 내 거다, 아나아?"

얼금뱅이가 갑자기 만선을 눈앞에 그리며 욕심을 썼다. 영희 엄마가 눈을 하얗게 흘겼다."

"영희넨 많이 했쥬?"

영숙이 처량한 낯으로 그쪽을 보고 물었다.

"니미랄 거 고기가 개락이더라. 고기 좀 잽히면 금세 떨어져 못 살지, 안 잽히면 팔지 못해 못 살지!"

영희 엄마가 내뱉었다.

"우린 안 그렇나아."

얼금뱅이가 냅다 받았다.

"말은 바루 해라. 우리네야 이다짝에 목숨 달구 새빠지게 일해 주구 존일 시키나아. 장사꾼하구 횟집 돈 벌어 주지 않나아!"

얼금뱅이가 심상찮은 영희 엄마의 얼굴을 보고는 제 성미를 죽였다. 영희 엄마는 가자미와 임연수어 담아 들고 번개시장 갔다가 속만 터뜨리고 왔던 것이다. 임연수어가 지천으로 잡혀서 근덕·갈남·장호에서까지 팔러 와 시세가 팍 떨어져 버린 거였다. 시간이 있으면 읍내 중앙 시장에 가 앉아 소매로 온종일 팔련만 그물 손질해야 되어 쓴맛 다시고 돌아왔다. 중앙 시장에 가 봐도 터잡이 장꾼들이 갖은 수로 훼방을 놓아 결국 도매로 넘기거나, 목 나쁜 데에 앉아 감 떨어지길 기다리는 신세로 가슴 졸이다가

올 뿐이었다.

"벨일이야 있겠나아, 시상에 못할 게 배 기다리는 여편네
라……."

영희 엄마가 말하였다.

"아갈질하믄 뭐하와. 에이구 지긋지긋하다아!"

얼금뱅이가, 배 속에서 무수한 날들을 삭지 않고 있는 한을 내
뱉듯 말했다.

세 여자는 잠시 말이 없이 서 있다가 그중 영희 엄마가 작업장
으로 그물 손질하러 갔다.

"맹방엔 사람이 백지알이란다. 만날 썩어 빠진 고기만 처먹던
아가리라 뻘건 문어는 상했다구 지랄이란다. 서울 것들두 돈이나
있지 어수룩하재."

얼금뱅이가 심심해서 지껄였다. 영숙은 듣고 있지 않았다. 어물
전에는 얼금뱅이와 등 대고 앉은 장사꾼은 맹방에서 오는데 해수
욕철만 되면 희한한 얘깃거리를 매일같이 물어 왔다. 민박 쳐서
반짝 재미 보는 집이 많으나, 도회지 타관 사람들이 며칠씩 묵으
며 보여 주는 모습이 원주민의 눈엔 요상하였다.

얼금뱅이는 영숙을 쳐다보았다. 불안해서 정신이 아주 나간 얼
굴이었다. 해수욕 온 사람들이 웃겼다는 얘길 몇 가지 해 주려던
걸 차마 꺼낼 수 없어 입을 닫았다. 그리고 또 한참 바다만 바라보
았다. 그러다가 생선 함지를 머리에 이었다. 더 기다리다간 있는
것마저 상해서 제값 받기 글러 먹겠다고 중얼거렸다. 영숙에겐,
그래도 산 사람 기다리니 얼마나 행복하겠느냐고, 애가 타서 가슴

팍이 재가 되더라도 한 번만 더 갯가에 나와 서서 배 좀 기다려 봤으면 이제 죽어도 소원이 없겠다고 한숨 쉬며 말했다. 배가 들어오면 정라진 어판장 쪽의 가겟집으로 전화해 달라고, 더 늦기 전에 그쪽으로 가 보겠다고 하며 시무룩이 돌아서 갔다. 얽은 얼굴이 구릿빛으로 투박하게 그을렸는데, 늘어진 눈두덩이 살에 가린 눈 속에 눈물이 그렁그렁하였다.

얼금뱅이가 돌아가고 조금 있다가, 영숙은 뒤에서 누가 부르는 소리에 고개를 돌렸다.

"미애 어머니요오! 아만 내뿌리믄 어떠하와!"

버덩말집 최 씨가 미애를 안고 오며 소리쳤다. 영숙의 얼굴이 화끈 달아올랐다. 미애가 기다렸다는 듯 으아앙 울음을 터뜨렸다.

"야아, 왜서, 왜서 우나아."

영숙은 속이 상해 최 씨에겐 낯빛으로만 인사하고 아이를 받았다. 최 씨가 꼽추의 고무 슬리퍼를 땅바닥에 내려놓았다.

"넘어졌나아. 왜서 아버지 신발 신구 댕기나아."

영숙은 허옇게 까지고 피가 솟는 양쪽 무릎을 보며 말했다. 아이는 벌써 어리광 울음을 그치고 혼날까 걱정이 되어 어머니 눈치를 살폈다. 그러나 어머니는 아이를 들쳐 업었다. 아이가 목도 가누지 못할 때부터 업고 갯가에 나와 일을 해서 미애의 다리가 남달리 휘어 있었다.

"맘마 먹었나 미애야아?"

영숙이 아이의 엉덩이를 애틋하게 힘주어 끌어당기며 물었다.

"아니이."

아이는 안심이 되어서 파고드는 목소리로 대답하였다.

"배고프재?"

"으응."

"쬐끔만 기다리자아. 아부지 오시면 같이 먹자아. 우리 미애 아부지 좋아하재? 세상에서 제일 좋은 아부지재?"

등판이 한사코 좋기만 한 아이는 이제 더 부러운 게 없어서 제 어미가 슬픔을 누르고 있는 것도 모른 채 응! 응! 소리쳤다.

"아이구야아 봐라이! 그렇게 서 있으믄 빨리 온다나아. 아 더위 먹어 잡는다아!"

부흥호 아주머니가 딱해서 영숙에게 말했다. 영숙은 그 말에 돌아서서 천천히 응달쪽으로 걸어가다가 다시 땡볕 내리쬐는 갯가에 섰다.

어부하고 사는 여자는 1년에 두어 차례는 진절머리 나는 경험을 치렀다. 물론 어부도 마찬가지였다. 전혀 예측할 수 없는 때에 급새*가 불면 정말 잠깐 사이에 바다가 뒤틀리고 미친 멀기*가 사방에 솟구쳤다. 홀바닥배는 사정이 더욱 나빠서 들어차는 물을 퍼내야 목숨을 붙일 수 있었다. 놓던 거나 당기던 거나 아무튼 그물은 버려야 목숨을 붙일 수 있었다. 물 퍼내며 멀기 맞다 겨우 정신 차려 돌아오면, 살아남았다는 게 참으로 신기했다. 멀기 맞은 몸은 뼛속까지 쑤시고 결리고 멍들어 시퍼렇게 손은 부르텄고 사지는 잘 움직여지지 않았다.

*급새 : 북풍.
*멀기 : 물결.

96

하지만 바다라면 뒤도 돌아보기 싫던 마음은 그저 한 달이면 사그라져서 바다 떠나 살 궁리도 못 내는 거였다. 비록 남아 있는 건 상처 난 조각배와 사람뿐인데, 비싼 이잣돈 얻어 맞돈 장사만 하는 그물집에 가 망자를 내었다. 이렇게 이잣돈 놀이를 하는 집은 횟집이나 어촌계인데, 횟집의 돈을 쓰면 값을 헐하게 쳐도 고기를 대어 줘야 해서 늘 억울함이 체기처럼 남았다.

대양호는 11시가 넘어서 돌아왔다. 마침 영숙은 미애의 허기진 배가 걸려 가게로 빵을 사러 갔었다. 영희 엄마가 악머구리같이 불러서 허겁지겁 달려왔다. 배 들어온다는 소리에 얼굴이 활짝 피었다.

그러나 대양호는 종이배처럼 가볍게 왔다. 고기는커녕 그물 한 폭 없이 돌아온 거였다. 꼽추와 성환의 얼굴은 시커멓고 허옇게 죽어 있었다. 영숙은 그들이 돌아온 것만 다행이어서 뭐라고 말을 하려다가 그 낯빛에 주눅이 들어 제자리에 붙박이고 말았다. 아이가 아버지를 보고 등에서 마구 버둥거리고 소리 질러, 손을 풀고 아이를 떨어뜨리듯 내려놓았다.

"아빠야아! 고기 많이 잡았나아!"

미애가 뱃전에서 맨발로 깡충거리며 소리쳤다. 꼽추가 슬픔으로 반짝이는 눈을 떠 아이를 빨아들일 듯 바라보다가, 닻을 내리고 줄을 당겨 감고 내려왔다. 아이가 팔을 벌리고 안겼다. 꼽추가 비좁은 가슴에 아이를 품었다. 영숙의 눈시울이 뜨거워졌다. 꼽추와 아이가 그렇게 한 덩어리로 지내는 걸 볼 때면 이상스럽게 울먹여지는 거였다. 아이는 아버지의 등혹을 좋은 놀이 기구로 여겨

서 앉고 매달리고 치고 때렸다. 아이가 두 살쯤 되었을 때, 아주 신
기해서 꼽추의 등혹에 대해 물었다. 꼽추가 그저 싱그레 웃기만
하는데 영숙이, 그건 아버지가 세상에서 제일 좋은 사람이기 때문
에 있는 것이라고, 전혀 생각한 적이 없는 말을 하였다. 그러고부
터 아이가 꼽추의 등혹을 더 좋아하였다. 아버지가 잠자리에 누우
려 하면 재빨리 혹에 까는 방석을 가져다 대어 주었다. 앉을 때도
엉덩이 밑에 끼워 넣었다.

성환은 영숙을, 스치는 눈길로 보고는 그들 가족의 해후를 외면
하였다. 그의 얼굴은 엄청난 분노로 험악하게 굳어 있었다. 고무
옷을 벗어 내던지고 장화도 내던졌다. 담배를 피워 물고 배에서
뛰어내렸다. 눈앞에 꼽추의 세 식구들이 보였으나 그냥 밀어 버리
듯 지나쳤다. 동진호 심 씨가 짐차에서 문어 통발 미끼를 내리고
있었다. 영숙이 주춤주춤 꼽추 곁으로 다가가 그의 옷자락을 잡았
다. 꼽추의 숱 많고 검은 머리가 영숙의 어깨에 닿았다. 미애가 궂
은날을 미리 아는 날파리처럼 배고프다고 칭얼거리기 시작하였
다. 꼽추는 성환을 바라보다가 살며시 아내의 손을 잡았다간 배에
올라갔다. 성환이 함부로 벗어 던져 이상한 모양의 물체로 누워
있는 검은 바지를 주워 가지런히 접어서 뱃전에 걸었다. 장화도
두 짝 키 맞춰 기관방 옆에 놓았다. 빈 배에 쉬파리가 웽웽거렸다.
갯가에선 불가사리와 티들이 썩는 내가 열기와 섞여 얕게 퍼졌다.

"우선 밥이나 먹자!"

배에서 내려오며 꼽추가 말했다. 이제 더 참을 수 없는 피로에
휩싸인 모습이었다. 영숙은 미애를 업었다. 두렵고 속상하고 가

없어서 영숙은 말도 못한 채 제 가슴을 찢었다. 발을 옮기는데 기운이 빠져 다리가 후들거렸다. 그물은 다 잃었느냐고, 차마 확인할 수가 없었다. 차라리 오래도록 그 사실을 알지 못한 채로 지내길 바랐다. 그러나 정작 꼽추의 걸음걸이는 여느 때나 다름없어 보였다.

"성님요! 성환이 이 자석 상판이 왜서 이렇소와!"

동진호 심 씨가 늘 쾌활한 제 성미대로 목청 돋워 말했다. 꼽추는 맥없는 웃음을 히죽이 지어 보였다.

"제미 씨팔 상판때기 한번 테레비 나오더니 뵈는 게 없나아!"

성환도 지지 않았다. 나이는 동갑인데 심 씨가 댓 살은 위로 보였다. 장가가서 돌 지난 아들도 두었고, 가을 접어들기 전에 2톤짜리로 배를 키운다며 한창 일에 재미 붙이고 살았다. 요사이는 문어 통발을 7백 개씩 놓는데 가끔 머구리*들이 다니며 훔쳐 갔다. 문어만 얌전히 빼가는 게 아니라 칼로 통발을 찢어발기며 다녀서 기둥뿌리까지 뽑아 가는 도둑들이었다.

심 씨는 얼마 전에 문어잡이 하는 모습을 텔레비전 방송국에서 찍어 갔는데 그거 촬영한다고 하루 일을 완전히 공쳤다. 그러고도 방송국에서 나온 기자들한테 문어를 1킬로그램씩 싸서 보냈다. 기자들이 담아서 텔레비전 화면에 내보낸 모습은 문어잡이나 그 어부와는 그다지 상관없는—배에서 문어를 들어 올리고 해발쪽 웃는—그런 장면 하나였다. 그래서 심 씨의 얼굴은 잠깐 화면에 나왔다가 사라졌었다. 하지만 이 사건으로 심 씨가 우쭐해진 건

*머구리 : 잠수부.

이루 말할 수가 없었다. 해안 초소의 순경과 누가 언짢은 일이 생겼을 때도, 자기가 방송국에 알려서 해결해 주겠다고 큰소리치는 지경이었다. 물론 그가 방송국에 전화했으나 기자와 통화를 할 수는 없었다.

"들어가자. 허기질라아."

꼽추가 성환에게 말했다.

"성은 안죽 허기가 안 졌솨!"

성환이 벌컥 소리 질렀다.

"야아 이 자석 버르땡이 봐라아……."

심 씨가 놀라 꼽추를 훔쳐보며 중얼거렸다.

"씨이팔 보따리 싸야지."

성환이 땅바닥에 침을 뱉으며 말했다.

"자석아, 넌 맨날 과부년 보따리 싼다듯 뭔 보따릴 그리두 싸나아. 말뚝을 박구 살어두 허전한 날이 많은데 그렇게 보따리만 싼다 하니 누가 널 봐주겠나아. 우리 성님이 부처 가운데 토막이니 혼자 색이구 마는 거 왜서 모르나. 철들어라, 노망들기 전에, 자석아……."

심 씨가 이렇게 타이르듯 말했다. 그러나 성환은 그의 말이 끝나기도 전에 터벅터벅 걸어 속초집 쪽으로 갔다.

"엄마야아, 배고푸다아."

미애가 칭얼댔다.

영숙은 기겁을 하고 아이를 달랬다. 아이가 칭얼대는 게 자기의 죄인 듯 겁을 먹은 모습이었다.

"매깥* 좋네. 묵호서 받아 왔재?"

꼽추가 물었다. 심 씨는 상자에 담아 꽝꽝 얼린 정어리를 작업장과 등지고 있는 제집 마당으로 옮겼다. 지친 몸인 꼽추는 그냥 갈 수 없어 두 번이나 들어다 주고 집으로 올라갔다.

집에 가서야 영숙은 국물 떠먹을 반찬이 없는 걸 알아냈다. 생선 잡아 오면 해뜨기 몇 마리 넣고 국 끓이려 했던 것이다. 꼽추는 아쉬워하는 빛 없이 찬물에 고추장 풀더니 밥을 말아 달게 먹었다.

영숙은 몇 숟갈 뜨다 말았다. 열무 줄기 토막 내어 아이 밥 먹이면서도 노상 그물 걱정만 되는 거였다. 빈 배 들어온 거, 성환이 성질부리는 거, 풀 죽은 남편 보면 이미 알겠건만 그래도 자꾸만 확인하고 싶어지는 거였다. 만약 그물을 송두리째 잃었다면 이건 보통 일이 아니었다. 횟집의 빚 20만 원도 아직 갚을 마련이 안 돼 있는 거였다. 이잣돈 낸다 한들 무슨 수로 새끼 치는 돈 막아 낼 것인가. 영숙은 참고 참아 보려 하다가 도리어 봇물 터진 꼴로 꼽추에게 달려들었다.

"아버이요! 망자 말캉 우타 되었쌰?"

꼽추는 이렇게 살쾡이처럼 파묻는 영숙을 그냥 멀거니 바라만 보았다. 그러나 저도 모르게 한숨을 내뱉었다.

"굶어 죽을 값에 날래 죽읍시다아!"

영숙은 독약을 삼키듯 말했다. 말하면서도 자신의 악이 억지라는 걸 느꼈으나 멀거니 바라보기만 하는 남편이 너무나도 답답해서 그렇게 하였다. 아이가 재빨리 어머니 아버지의 눈치를 살폈다.

*매깥: 미끼.

"성환이요? 지가 배 임자면……. 그래 당신은 왜서 죽어만 지내유. 뭔 죄졌어유?"

영숙은 생각지도 않던 말까지 내뱉었다. 여러 가지로 마땅찮고 속이 상하였다.

꼽추가 드디어 아내의 손을 잡았다.

"그러케나 걱정이 되나아? 아무 걱정 하지 말게. 내 맘성이 따땃한데 기운 떨어질 턱 없재. 기운 나면 사람은 산다아. 당신하과 미애하과 다 산다아."

그러고 나직한 소리로 이렇게 말하였다. 그러나 영숙은 전혀 안심되지도 않았고 위로도 받지 못하였다. 위로는커녕 울화통이 복받쳤다. 다만 마땅히 말이 떠오르지 않아 머뭇거리고 있었다.

"봐라. 망자 잃어두 배는 말짱하재. 망자, 배 마카 잃어두 목숨 남아 있으믄 산다아."

꼽추가 말했다.

영숙이 화가 복받쳐 벌게진 눈으로 남편을 쏘아보았다. 가슴을 쥐어뜯는 시늉을 하였다.

"심 씨가 아버이보구 부채라고 해서 그래 살판납니까! 시상에 몸이 그렇다구 맘두 어디 뱅신 아닙니까! 당장 이잣돈 내야 할 건데 산 것만 고맙다니유! 당신이 사람이유!"

영숙이 악을 썼다. 그리고 설움까지 치밀어 참지 못하고 어엉어엉 소리 내 울었다. 아이도 기다렸다는 듯 울기 시작하였다. 꼽추는 아이를 끌어다 품에 안았다. 김칫국물과 고추장 조금 남아 있는 빈 밥상 위로 파리들이 댓 마리 날아와 그릇에 붙었다 날면서 서로 몸 부딪고 놀았다.

꼽추는 아내의 울음이 한 고비 넘기길 기다렸다. 아이의 등을
다독거리고 팔과 엉덩이, 다리를 매만져서 마음이 편안해지도록
하였다. 영숙은 손등으로 눈물 닦고 손가락으로 콧물을 훑어 몸뻬
에 문질렀다. 꼽추는 자신이 처량하게 느껴졌다. 아이가, 아버지
덥다아, 아버지 덥다아! 하고 말했다. 그래도 건성 들었다. 영숙은
이제 훌쩍거리기만 하였다.

"여보, 당신은 여기가 달부 답답하재?"

꼽추가 마냥 측은한 목소리로 물었다. 영숙은 남편의 말뜻을 언
뜻 새길 수가 없어서 흘깃 쳐다보았다. 꼽추는 우울한 낯을 수그
렸다. 그는 미안하다는 말도 하고 싶었다. 웬일인지 영숙은 이제
그의 고단한 한 시절의 피로를 다 풀었다고, 그렇게 생각되는 거
였다. 새 힘이 돋아서, 돋아난 힘을 쓸 수 있는 데로 가야 한다는
생각이 감출 수 없게 솟구치는 것이었다. 그는 속으로 울었다. 가
빠 쓰고 배 안에서 잠자던 시절을 생각하였다. 꼽추는 생김새만
다르지, 못하는 게 없다는 걸 보여 주기 위해 천방지축 탕진하며
지낸 시절도 떠올렸다. 초등학교 운동회에 가서 달리기론 1등만
해 발바리란 별명을 얻었을 때의 슬픈 승리감도 기억해 내었다.

그러나 꼽추는 오래도록 과거에 젖어 있지 않았다. 그는 말없이
아이를 내려놓고 일어섰다. 영숙이 뻔히 쳐다보았다. 눈이 벌겋게
되어 있었다.

"나가 볼란다."

그가 말했다.

"어디유?"

영숙이 볼멘소리로 물었다.

"망자 찾아봐야재."

말하면서 장화를 신었다.

영숙은 정신이 번쩍 났다.

"미애야아, 어머이한테 얼음 사 달라구 해라아."

꼽추가 아이와 인사하고, 가파른 내리받이 길로 내려섰다. 그의 몸은 곧 아래로 사라졌다.

영숙은 마음이 급해졌다. 울면서도 새끼 밴 돼지 팔 궁리를 하고 있었는데 어쩌면 그렇게 하지 않아도 될 것 같아서, 잠깐이나마 소가지 부려 남편 마음 긁은 게 몹시도 후회되었다. 부지런히 상을 내다 빈 그릇을 설거지통에 물 부어 담가 놓고 집을 나섰다. 아이 걸음이 성에 차지 않아 싫다는 아이를 들쳐 업고 뛰어 내려갔다. 길가에 다다르자 아이가 발버둥 치며 얼음 사 내라고 떼거리를 썼다. 가겟집에 가서 외상 달고 비닐 자루에 든 뻘건 얼음을 사서 꼭지 잘라 입에 물렸다. 그걸 물고 아이는 길에서 호박꽃 따며 노는 또래들에 섞여 으스대었다.

"형수씨이요오! 좀 봅시다아!"

속초집 앞을 지나는데 내려뜨린 발 안에서 성환이 불렀다. 영숙의 가슴이 철렁 내려앉았다. 도대체 성환은 그물 찾으러도 가지 않는단 말인가. 영숙은 문득 미애 쪽을 보았다. 벌 들어간 호박꽃을 따서 길바닥에 패대기치면, 그렇게 한 사내아이보다 어린것들이 와아 하고 모여들어 죽은 벌을 찾았다.

"들어와. 누가 잡아먹나아?"

성환이 발을 젖히고 영숙을 바라보면서 말했다. 그는 빈속에 함부로 마신 술에 취해 눈빛이 맑지 않았다.

"배에 안 나가유?"

영숙은 붙박은 듯 서서 이렇게 말했다.

"아따 형수씨요오. 빈 배 가주 바다 나가 뭐하와. 고기가 새까닥질해서 올라온답디까!"

성환이 비웃는 표정으로 내뱉었다. 영숙은 이상하게 소름이 끼치는 걸 느꼈다.

"들어오라니깐!"

성환이 한 발 내딛더니 팔을 뻗쳐 영숙을 우악스럽게 잡아당겼다. 영숙은 야릇한 절망감이 스치는 걸 언뜻 느끼며 안으로 들어갔다. 안에는 두 개의 탁자가 썰렁하니 치워져 있고 성환이 혼자 소주 놓고 양념 얹은 날두부에 낮술 푸는 거였다. 그는 영숙의 퍼럭한 몸을 억지로 눌러 의자에 앉혔다. 부엌으로 난 선반에서 빈 소주잔을 가져왔다. 한 잔 가득 술을 채워 영숙 앞에 놓았다.

"왜서 이래유. 누가 언제 술 마시는 거 봤어유!"

성환은 무슨 생각에서인지 히죽히죽 웃었다. 그는 뭐라고 알아들을 수 없게 중얼거렸다. 영숙의 술잔을 가져다 한입에 탁 털어넣었다. 그리고 잔을 채워 다시 영숙의 앞에 놓았다. 영숙은 겁이 났다. 속초집이 머리만 내밀었다가 얼른 들어가는 게 보였다. 영숙의 얼굴이 벌게졌다. 자꾸만 속초집 방문 쪽으로 눈이 갔다. 조바심이 나서 앉아 있을 수가 없었다. 엉덩이를 떼고 엉거주춤 일어섰다. 술기운에 맡겨져 있던 성환이 번쩍 고개를 쳐들었다. 영숙이 의자를 밀치고 발을 떼어 놓자 매처럼 다가와서 어깨를 찍어 눌렀다.

"앉아라!"

성환이 험상궂은 낯으로 소리쳤다. 그리고 영숙의 어깨에서 제 손을 떼지 않았다.

"이거 봐유. 남들이 봐유."

영숙이 성환의 손을 뿌리치려 하였다. 그러나 남자의 손이 억세서 까딱도 하지 않았다.

"히야, 남들이 본다아? 안 보믄 괜찮겠네에."

성환은 야비하게 웃으며 씨부렸다. 영숙은 소름이 끼쳤다. 싸늘하게 졸아든 가슴팍이 쓰라렸다. 이 무자비한 고비를 어떻게 넘겨야 할지 알 수가 없었다. 성환은 거푸 잔을 비웠으나 영숙을 고리 채운 팔은 떼지 않았다. 그가 영숙 쪽으로 기울어지면 그의 몸의 무게가 영숙에게 덮쳐 오는 듯 느껴졌다. 그때마다 좁은 의자의 넓이에서 몸을 떼놓는 것밖에 하지 못하였다.

"저어, 미애 아버인 배에 나갔어유. 달부 기다릴 긴데유."

영숙이 짐짓 태연한 소리로 말하려 했으나 목소리가 떨렸다.

성환은 아무 말도 하지 않았다. 그는 한 손으로 담배를 한 개비 꺼내 입에 물었다. 한 손으로 성냥불을 켜려고 하다가,

"봐라아! 불 좀 땡겨 줘라아!"

소리쳤다. 영숙은 아무 생각 없이 그가 시키는 대로 하였다. 담배 연기를 뿜어 낼 때, 성환의 얼굴에서 험악한 기운이 조금씩 빠

져 나갔다. 그는 영숙의 어깨에 붙여 놓았던 손을 거둬 갔다. 그리고 담배를 손가락 한 마디쯤 태울 때까지 아무 말도 하지 않았다. 영숙은 이제 편안하게 일어서야 하겠다고 생각했다.

"솔직히 말해 봐라. 지금 행복하나아?"

성환이 외면한 채 물었다. 영숙은 말귀를 잘 새길 수가 없어서 멍청한 낯으로 성환을 쳐다보았다.

"꼽새 성이 그렇게 좋냐니!"

영숙은 놀란 눈을 하고 성환을 보는데 울상이었다.

"아버이 혼자서…… 망자…… 찾어유……."

영숙은 이렇게 더듬거렸다.

"씨이팔, 바다가 어디 똥뚜간만 하나아. 망잔 하나두 없다아!"

성환이 병을 기울이다가, 술 좀 더 달라고 소리쳤다.

"갑시다, 아재요. 대낮에 왜서 이래유."

영숙은 속초집이 다시 나올까 봐 겁이 나서 벌떡 일어서며 말했다.

"에이 지긋지긋해! 이기 어디 사람 사는 꼴이나와! 인간말짜나 할 짓이지."

성환은 혀가 잘 돌지 않아 겨우 말하였다. 손으로 탁자를 내리쳐 그 위에 있는 것들이 한바탕 진저리를 쳤다. 속초집은 나오지 않았다. 성환은 몸을 탁자에 실었다. 그러나 곧 쳐들어 의자에 기댔다. 영숙에게 쓰러지기도 하였다. 영숙은 기겁해서, 힘에 부쳐도 악을 써 그를 바로 세웠다. 성환은, 고성 밑은 인간 쓰레기터다, 사람은 바위틈에 돋는 풀과는 다르다, 서울 가서 사람답게 살겠다, 여기선 희망이 없다, 가난하게 살아 봤자 비참하기만 하다, 난 다

시는 배를 타지 않는다, 영숙이 너도 더 늦기 전에 정신 차려라, 꼽
추와는 생김부터 다르다, 틀림없이 너는 과거 있을 것이다. 꼽추
는 이제 10년 남았다, 10년만 지나 봐라. 그 몸은 한주먹도 안 되
게 쪼그라들 것이다, 도망가자, 서울 가면 하얀 얼굴로 살 수 있다,
딱해서 하는 소리다, 정신 차려라, 난 다시는 배를 타지 않는
다…….

이때 속초집이 큰기침을 하며 나오지 않았다면 성환은 끝도 없
이 지껄였을 것이다,

"야아! 쥐씹 같은 소리 하지 말어! 미애 엄만 그걸 말이라고 옆
에서 그냥 듣구 있는 거야! 아갈머릴 콱 쥐질러 놓지 않구! 나가!
난 술이나 팔지 주정은 안 사!"

속초집은 이렇게 소리치면서, 얼굴이 새빨개져서 도망치는 영
숙을 못 본 체하였다. 그는 탁자 위의 술잔과 병, 안주 접시, 재떨
이, 성냥을 휩쓸어 갔다.

성환은 고개를 기역 자로 떨어뜨리고 앓는 소리만 내었다.

"왜 그래! 두 사람이 맘 맞춰 사는데 그거 헤쳐 놓고 싶어! 싸가
지 없는 새끼! 총알 쏘구 싶으면 바위틈에라도 꽂아라 쌍놈아! 어
딜 넘보고 지랄이야. 그렇게 이쁘게 사는 사람들한테……."

속초집이 이렇게 욕을 퍼 댈 때, 성환은 계속 가래 끓는 소리로
대거리해서 방벽을 쳤다. 그래서 그는 속초집의 말뜻을 거의 새겨
듣지 못하였다.

속초집에서 나온 영숙은 줄달음쳐 집으로 올라갔다. 몰이꾼에

게 쫓기는 토끼 꼬락서니였다. 얼마나 허겁지겁 달음박질쳐 가파른 언덕배기를 올라갔는지 댓돌에 엎어져, 막 끊어지려는 숨을 겨우 살려 내었다. 오래도록 큰숨을 쉬어 뛰는 가슴을 가라앉혔다. 그래도 가슴은 맵고 아렸다.

하지만 이런 것은 아무것도 아니었다. 까물까물 떠오르는 속초집의 목소리가 영숙을 미치게 만들었다.

미애 엄만 그걸 말이라구 옆에서 그냥 듣구 있는 거야? 아갈머릴 콱 쥐질러 놓지 않구! ……그걸 말이라구 옆에서 그냥 듣구 있는 거야? ……그걸 말이라구…….

영숙은 차라리 어디 돌 틈에라도 얼굴을 쑤셔 박고 죽어 버리고 싶었다. 이렇게 부끄럽고 창피했던 적이 한 번도 없었던 것 같았다. 목이 타고 얼굴이 화끈거렸다. 부엌으로 들어갔다. 수도꼭지를 틀었다. 삐이융 방귀 소리만 나고 물은 한 방울도 나오지 않았다. 밤중이나 되어야 제대로 나올 모양이었다.

영숙은 물초롱의 미지근한 물을 바가지로 퍼서 벌컥벌컥 들이켰다. 입가로 물이 줄줄 흘렀다. 내친김에 세수도 하였다. 젖은 얼굴을 옷섶 끌어다 문질렀다. 속이 좀 편안해지는 느낌이었다. 비로소 아이 생각이 났다. 여태 아무것도 먹이지 않은 돼지 생각도 떠올랐다. 날듯이 돼지우리로 갔다. 모로 쓰러져 흐린 눈으로 영숙을 보는 듯했다. 기진해서 헉헉 숨 쉬는 게 여간 가엾고 미안하지가 않았다. 맹물을 죽통에 붓고 사료를 뜨러 갔다. 사료 포대를 탁탁 털어도 한 바가지가 안 되었다. 속초집에 가서 구정물을 여와야 할 판이었다. 그런데 무슨 낯짝으로 갈 것인가. 참으로 딱하였다. 딱한 건 그뿐이 아니었다. 당장 사료도 사야 했다. 아침에 얼금뱅이한테서 몇 푼이라도 계산해 받았어야 했으리라. 그는 꼭 한 파수거리로 셈을 치르자고 하였다.

영숙은 황망한 낯으로 돼지우리에 서서 그나마 눈에 생기 띠고 일어나 죽통을 헤집으며 벅벅 먹어 대는 모습을 바라보았다. 새끼를 배면 사람이나 짐승이나 가릴 것 없이 당길 텐데 더위 먹고 쓰러져 있게 하다니 큰 죄였다. 어디 가서 돈을 돌릴까. 망자를 찾으러 온 바다를 헤맬 남편도 생각났다. 속초집에 아직 성환은 그대로 있을까. 영숙은 망설이고 망설이면서 구정물 통을 들었다. 죽기로 치면 무슨 일을 못할까. 그렇게 맘을 먹었다. 그러나 성큼 걸음을 떼어 놓지 못하였다. 갯가는 지글거리는 햇볕에 푹 가라앉아 보였다. 강 건너불에 사람들 모습이 아롱거렸다. 1, 2톤 안팎의 배들 네 척이 있었다. 그들은 젊은 내외끼리, 형제끼리 배를 탔다. 여름 한철 고기가 설 때 그들은 낚시바리를 하였다. 큰 돈을 쥐진 못하지만 늘 품값을 뽑았다. 그 품이라는 게 하루에 서너 시간밖에 못 자는 것이긴 해도 하루하루 맞돈 노름이 여간 재미있는 게 아니었다. 물론 제 앞으로 가진 배라서 그렇게 할 수 있으리라.

영숙의 희망은 우선 그런 배 한 척 사서 선주 눈치 안 보고 바다만 상대해서 일하게 되는 거였다.

고성 밑의 어장배 두 척은 보름 전부터 아주 쉬고 있었다. 울릉도 쪽으로 오징어바리 떠났던 어부 두 명이 빚만 달아 놓고 열흘 만에 돌아왔다. 올해는 바다 밑이 흉년이었다. 두어 파수 전에 난

110

데없이 꽁치가 까맣게 조름이 일어* 대성호는 다음 날로 뜬벌이를 나서서 이틀, 큰 재미를 보았다. 하루에 20만 원 안팎씩 올린 거였다. 이렇게 갑자기 찾아온 고기를 잡자면 아쉬움 없이 그물을 맬 수 있어야 하였다. 그물 맬 돈이 없으면 뻔히 고기를 보고도 잡지를 못하였다. 그러나 꽁치는 일주일도 가지 않고 물 가듯 자취를 감추었다. 그리고 내내 물이 차서 가까운 쨈에 나가 성게나 해삼 따는 해녀들도 여간 돈 구경하기가 어려워진 게 아니었다. 한여름 가자미 그물에 곰치가 걸려들기도 했던 것이다.

영숙은 맥없이 구정물 통을 들고 속초집으로 갔다. 구정물은 부엌문 바깥쪽에 놓여 있어서 술청 앞을 등지고 다녔다. 부엌문만 닫혀 있다면 속초집을 만날 리도 없었다.

그러나 생각만큼 마음이 가벼워지지가 않았다. 다시는 배를 타지 않겠다고 지껄인 성환의 속셈도 알아내고 싶어졌다. 망자를 한 폭도 찾지 못하고 돌아올, 그런 경우가 생각나서 발걸음이 멈춰지곤 하였다.

속초집의 구정물 통이 넘쳤다. 건더기는 가라앉고 위에 맑은 물이 떴다. 좀 따라 버리고 제 통에 부어서 한달음에 집으로 왔다. 구정물 걸게 한통 받은 것만으로도 영숙은 기운이 솟은 거였다. 아긴다고 반만 덜어 죽통에 부었다. 돼지가 생기 도는 목청으로 꿀꿀거렸다. 갯물 빠지라고 사나흘 물에 담가 둔 꼽추의 작업복을 헹궈 줄에 넣고, 보리쌀을 불려 놓고 다시 내려갔다. 세거리집이 텃밭에서 감자를 캐고 있다가 벌써 그물을 잃은 소문이 퍼져, 그

*조름이 일어 : 고기가 떼로 몰리어.

안부를 물었다. 영숙인 아이 아버지가 다시 찾으러 나갔다는 얘길 하고 그물 일 없으면 김자 파러 오겠다고 말했나.

"걱정없다! 미애 아버지가 무슨 매런이 있어 다시 나간 거다!"

세거리집이 호미를 놓고 허리를 펴며 말하였다.

영숙은 그 말만 들어도 큰 위안이 되었다.

"감재 농사 잘 되었수와!"

보자기 씌운 함지를 이고 가던 조비리집이 큰 소리로 인사하였다. 애당초엔 갯가에서 바다 보고 살던 집안인데 시아버지대로 그 일을 마감하고, 남편은 양회 공장 노동자로, 조비리집은 이것저것 닥치는 대로 일해서 아이 기르고 가르치며 살았다. 산 밑으로 마당 넓은 집 한 채 물려받은 것 있어 이곳을 뜨지 않았다.

"순덕이네 옥쌔기 장사 재미 말카 봤재?"

세거리집이 숫제 일어서서 부러운 낯을 하고 물었다.

"말두 마와. 이거두 달부 쪼차싸서 못 해먹겠더와."

조비리집은 그러나 가벼운 걸음으로 큰길을 향해 걸어갔다. 쉬지 않고 일하는데도 얼굴에 고단한 빛이 없고 나이보다 젊어 보이는 여자였다. 해수욕철만 되면 친정 동네 조비리에 가서 옥수수를 가져다 쪄서 한 차례씩 팔고 왔다. 감자 갈아 시루떡도 쪄서 팔았고 썩은 감자녹말로 송편 빚어 팔기도 했다.

영숙은 그들 중년의 토박이 아내들이 가진 생활로부터 한 울타리 바깥에 있는 자신의 처지를 느꼈다. 아무것도 뚜렷하게 붙잡고 앉은 게 없다는 사실이 깨우쳐졌다. 그들이 부럽고 제 마음은 허전하였다. 이런 느낌은 그가 꼽추와 만나 살림 차린 이후에 처음 생긴 거였다. 이것은 영숙이 의료 보험에 들지 못하여 아이를 혼자 낳아 보려고 용을 쓰다가 마침내 병원에 가서 낳게 되었을 때, 비싼 입원비 걱정 때문에 아이 낳는 여자의 감정에 파묻히지도 못할 때, 그런 처지에서도 전혀 경험할 수 없었던 느낌, '따돌림'이었다.

영숙은 천천히 발을 떼어 놓았다. 아카시아 잎을 따서 하나씩 떼어 버리며 걸었다. 말없이 호미질을 하던 세거리집이 생각났다는 듯 고개를 돌렸다.

"미애야아, 감재 좀 갖다 먹재."

세거리집이 말했다.

영숙은 무슨 생각을 들킨, 당황한 낯이 되어,

"애쓰구 지은 농산데 거저먹으며 되나유. 나중에 일 없으면 감자 파 드릴게유."

하였다.

"감재가 요시 똥값 치이는 거 모르나아? 테레비서 뭔 박사라는 기 나와서 감재에 암 걸리는 거 있다구 해서 서울 것들이 안 사 먹는다아. 진부 사는 우리 시누가 망했다고 달부 미친다니!"

세거리집이 내친김에 물정 모르는 유식한 것들 욕을 해 대었다. 영숙은 고자리 먹은 거, 호미에 찍힌 거, 잔 것들을 가져가겠다고 말하였다. 돼지 먹이가 큰 걱정이어서 그랬다.

반장네 큰손자가 달음박질로 와서 아줌마네 배 들어왔다고 알려 주었다. 영숙의 한없이 늘어졌던 몸이 곧장 새처럼 가볍게 떠서 갯가로 달려갔다. 뱃전에서 동네 아이들과 어울려 미애가 깡총거렸다. 신발은 어디에 벗어던졌는지 맨발이었다. 사금파리에 발

바닥을 찔린 적이 있는데도 신발을 신지 않으려 하였다.

닻은 내려 있는데 꼽추의 모습은 보이지 않았다. 영숙은 곧 그가 그물을 벗기고 있는 걸 보았다.

"아버이요!"

영숙은 감격해서 이렇게 불렀다.

"애 달궜재."

꼽추가 부드럽기 그지없는 낯으로 아내를 바라보면서 말했다. 그 얼굴엔 투정이나 심술, 원망이 티끌만큼도 없었다.

"아버이요, 우따 망잘 다 찾았어유?"

영숙은 배 위에 올라가 개흙이 시커멓게 엉긴 그물을 얼싸안을 듯하며 말했다. 그물에 정어리가 잔뜩 걸려 있었다. 살 깊은 고기라 벌써 상한 것도 보였다.

"새치 봐유. 아침에 걸렸나 봐유. 진짜 살았어유."

영숙은 좋아 어쩔 줄을 몰랐다. 꼽추는 그 바람에 자기들 그물 세 폭과 성환네 것 두 폭은 아주 잃었다고 말하려던 걸 차마 입 밖에 내지 못하였다. 꼽추가 말하지 않아도 곧 영숙은 알게 될 터였다.

"몇 시나 됐나아? 안죽 멀었재. 날래 빗기다가 지약*장에 팔어야지……."

영숙은 그것이 비밀인 것처럼, 누가 눈치 챌까 두려운 듯 낮은 소리로 중얼거렸다. 급한 마음이라 우선 물 좋은 물건부터 벗겨 함지에 담았다. 그런 아내의 모습을 꼽추는 마냥 안쓰럽게 바라보았다. 그는 키가 작아 고무바지를 입지 못해서 대신 두른 앞치마

*지약: 저녁.

를 벗었다.

"성환이 봤나아?"

그가 아내에게 물었다.

"속초집에 있겠지유."

영숙은 습관적인 말투로 내뱉었다. 고기 벗겨 팔 욕심에 겨워 성환에 대한 갈등은 짐짓 잊혀진 거였다. 그리고 아직 작은 더듬이 발을 꼬무락거리는 중새우가 보이자 껍질을 벗겨 미애에게 주었다. 미애는 혀끝에 대보곤 도리질을 하였다. 영숙은 살을 반 토막 이빨로 잘라 잘근잘근 씹었다. 싱싱한 살이 쫀득쫀득 씹히며 고소한 맛을 내었다.

"아버이 이거……."

영숙이 꼽추에게 새우를 건넸다. 그러나 꼽추는 뱃전에서 내려서서 속초집에 갔다 오겠다고, 성환을 불러와야겠다고 말하며 걸음을 옮겼다. 이때 불현듯 영숙을 흔드는 감정이 솟구쳤다.

"내가 갔다 올게유. 여기 좀 쉬세유."

영숙은 기겁을 하고 꼽추에게 말하며 앞질러 뛰어갔다. 꼽추가 성환을 만난다는 게 무조건 겁이 나는 거였다. 영숙은 성환의 입과 그의 마음이 두려웠다. 두려움과 수치심 때문에 뛰는 영숙의 얼굴이 뻘겋게 달아올랐다.

성환은 속초집에 있었다. 그는 의자 두 개에 머리와 등을 누이고, 다리는 허벅지부터 바닥으로 늘어뜨린 채였다. 안에는 인기척이 없고 파리가 오락가락하고 안방에서 라디오 소리가 들렸다. 술내가 열기 속에서 병(炳)내처럼 퍼졌다.

순간적으로 영숙은 참혹한 기분에 빠졌다. 안타깝고 구역질이 났다. 그래서 아무 말도 못한 채 잠시 서 있었다.

"왜서 왔나아!"

자는 줄 알았던 성환이 이렇게 토하듯 내뱉었다. 영숙은 소름이 끼쳤다. 흠칫 뒤로 물러섰다. 아직 성환은 눈썹 하나 까딱하지 않고 있었다. 영숙은 성환의 현실에서 멀리멀리 도망가고 싶은 강렬한 충동에 사로잡혔다. 그러나 다리를 귀신 붙은 듯 굳어 있고 또 해야 할 말도 있었다.

"왜서 왔냐니!"

성환이 소리치며 벌떡 일어섰다. 머리는 쥐집 덤불처럼 엉켜 있고 눈은 야릇한 욕망으로 빛을 뿜었다.

"우리 아버이가…… 망잘…… 말깡…… 찾아왔어유우."

영숙은 다급해서 이렇게 더듬더듬 말하였다.

"에이 씨이팔. 뱅신 지랄두 해쌌는다아."

성환은 힘이 드는지 벽에 등을 기대며 게으르고 험상궂은 낯으로 내뱉었다. 영숙은 기가 막혔다. 입을 딱 벌리고 그를 어이없어 하며 바라보았다.

"야아! 난 싫다니! 그년의 짓 천년만년 해 봤자 굶어 죽는다아! 정신 똑바루 차리라니. 그래두 내가 구제해 줄라고 상구 있었다아, 아나? 니 인생이 불쌍하단 말이다아! 안팎꼽새로 언제나 붙어 살 거 같냐아! 씨발 내 손구락에 장 지지겠다아. 보문 몰르나아? 언제 배 장만하고 어느 세월에 비굴……."

성환은 화풀이하듯 떠들었으나 영숙은 여기서 더 이상 듣지 못하고 뛰쳐나왔다. 가슴이 마구 들뛰었다. 꼽추가 그런 아내의 모습을 멀리서부터 바라보았다. 그러나 키 작은 그의 모습은 영숙에게 잘 보이지 않았다. 그물과 이물 사이로 그의 검은 머리통만 겨우 보일 뿐이었다.

영숙은 꼽추의 눈을 피하면서 뱃전에 앉아 있었다. 그물 벗기는 손에 맥이 쥐여지지 않아 손을 모아 마구 비틀고 나서 일을 시작하였다. 꼽추에겐 그런 아내의 갈등이 느껴져 가슴이 저렸으나 아무 말도 하지 않았다. 내리쬐는 볕은 뜨겁고 바람은 더웠다. 걸린지 오래인 정어리 살이 물컹물컹 상하는 냄새가 훅훅 끼쳤다. 미애가 졸기 시작하였다. 꼽추가 먼저 알고 기관방에 아이를 뉘었다. 아이는 기겁을 하고 깨어 두리번거렸으나 꼽추가 투덕투덕 등 두드려 마름모꼴로 뉘어 재웠다. 그 안은 비좁으나 아직 미애쯤은 뉠 만하였다.

"정어리 더 썩기 전에 문어 매깥하라구 주까아?"

꼽추가 영숙에게 물었다. 영숙이 기다렸다는 듯 눈을 하얗게 흘겨 떴다. 이런 서슬은, 꼽추로선 처음 보는 거였다. 그는 아내의 서슬을 서글프게 피하였다.

"그러믄 누가 당신보구 천사래유?"

영숙이 소리쳤다.

"돼지 사료두 몽땅 떨어진 거 알어유?"

영숙은 손에 들고 있던 삼치 새끼를 내동댕이쳤다. 그리고 마구 퍼 대기 시작하였다. 제 집안에 멍드는데 바깥에서 좋다는 소리만 들으면 다냐! 도대체 그까짓 착하다는 게 다 뭐냐! 몸이 병신이면 마음은 발라야 하지 않겠느냐, 우리가 그래 무슨 희망을 가지고 산단 말이냐, 성환이 배 임자면 임자지, 그래 나이로 보나 그렇게 깔보일 게 뭐냐, 왜 죽어만 지내느냐, 무슨 죄 졌느냐……. 그러다 가 영숙은 속상하고 억울해서 울어 대었다.

꼽추는 아내를 물끄러미 바라보았다. 그물을 찾아왔을 때, 그렇게 좋아하던 마음을 깡그리 씻어 버린 것이 무엇인지 그는 생각하였다. 어렴풋이 떠오르는 것이 있었다. 꼽추는 그저 영숙이 제풀에 삭이길 기다렸다. 그래야 아내의 마음이 제 곬으로 잡아들리라 믿어서였다.

곧 영숙의 울음발은 잦아졌다. 그러나 대신 구시렁대기 시작하였다. 언제 적부터의 불만이 아직도 삭아 없어지지 않고 속에 숨어 있었는지, 언뜻언뜻 들리는 소리에 꼽추는 기가 막혔다. 문득 헛살았다는 느낌도 들고, 역시 여자 마음은 알 수가 없는 거라는 막막한 느낌도 들었다. 아내와 하나의 목숨이라고 믿었던 자신이 어리석게 보였다. 허전하고 섭섭하였다.

그렇지만 꼽추는 이런 자신의 마음을 이내 나무라고 고쳐먹었다. 결국은 아내가 아직도 그 마음이 흔들리고 있다면 자신에게 책임이 있다고 생각한 것이었다. 피멍 들고 지친 아내의 인생에 아무런 위안도 되지 못했다는 게 새록새록 부끄러움으로 자라났다.

……이게 사는 거냐. 언덕이 있어야 비빌 게 아니야…….

영숙은 결국 이런 불안에 시달리는 거였다.

꼽추는 한없는 연민에 싸여 마치 사람과는 말이 통하지 않는다는 생물처럼 영숙을 지켜보았다.

118

어느덧 영숙은 울음도 그치고 구시렁대던 입도 닫았다. 가끔 흐느끼며 볕에 상하고 마르고 파리하게 속수무책으로 내놓인 생선을 벗겼다. 장갑 낀 손이 닿기만 하여도 풀처럼 으깨지는 고기도 있었다.

꼽추는 아내의 등 뒤에 가서 어깨를 지그시 감싸 안았다. 영숙은 아무 말도 하지 않았으나 꼽추의 염려가 무슨 따스함처럼 살갗을 파고드는 게 느껴져 가슴이 저렸다. 그런데도 야릇하게 화가 치솟았다. 입술을 깨물고 화를 눌렀다. 차라리 바닷속에 빠져 죽고 싶었다.

꼽추는 팔을 풀고 제자리로 갔다. 그는 속이 출출해 막걸리 한 사발만 들이켜면 그리울 게 없을 것 같았다. 아내에게 막걸리 한 되 사다 나눠 마시려느냐고, 그렇게 말을 걸까 망설일 때, 성환이 술에 곯은 모습으로 나타났다. 그물을 벗기고 있는 꼽추 내외를 야비하고 경멸하는 눈으로 바라보았다.

"성님요, 재주 좋네요. 타고난 뱃놈은 어디가 달라두 다르지……."

성환이 이렇게 말하였다.

영숙이 용수철처럼 튀어 일어섰다. 그리고 성환을 쏘아보았다. 그런 모습이 같잖아 성환이 입 꼬리를 늘어뜨리며 웃음 지었다.

"성님 내 배 사시오. 난 떠날랍니다. 여태까지 정분으루 성이 산다면 싸게 넘기구 가겠수."

성환은 여전히 야비하고 불성실하게 건들거렸다. 그리고 그는 독이 오른 영숙을 도무지 눈에 두지 않는 태도로 뱃전에 와 안을 넘겨다보았다.

"그물이 이게 다요?"

성환이 물었다.

꼽추는 아내의 얼굴을 보았다.

"망자가 얼마 안 되네. 반이나 되나아?"

성환은 말하면서 슬리퍼 신은 발로 성큼 배에 올라섰다. 그는 발로 그물을 툭툭 건드렸다. 그의 맨발에 개흙과 비늘이 그을음처럼 묻었다. 영숙이 놀란 눈으로 두 사람과 그물을 번갈아 보았다.

"다섯 닥은 잃었다아."

꼽추가 풀 죽은 소리로 말했다.

성환은 영숙네가 그동안 벗겨 옆으로 내놓은 그물과 아직 손이 안 간 그물을 멱살잡아 젖히듯 들쳐서 살펴보았다.

"성 거만 날린 것 아니와."

성환이 말했다.

꼽추는 고개를 숙이고 말하지 않았다.

영숙의 얼굴에 그늘이 어둡게 드리웠다.

"게다빵이 훑어갔더라."

꼽추가 낮은 소리로 말했다.

잠시 세 사람 사이에 증오의 침묵이 깔렸다.

"지긋지긋하다니!"

성환이 내뱉었다.

"성님두 정신 차리슈유. 내년에 시(市)가 된답디다. 여기 국회의원이 세서 시 맹근다는데, 그럼 성네 집 같은 건 다 헐린다고 합디다. 멀 바래구 삽니까! 난 이제 바다에 대군 침두 안 뱉을 기라

120

아……."

영숙은 재처럼 그 자리에 까부라졌다. 빨랫거리 줄인다고 엉덩이 한 번 땅에 붙이지 않는 여자가 아주 그물에 퍼질러 앉았다.

"형수씨두 정신 차리시오. 그 인물루 뭐시 답답해 이 고생이나아. 남모르는 병신 아니구야……."

성환이 이렇게 말할 때, 재처럼 까부라졌던 영숙이 성환의 뺨을 후려쳤다. 연거푸 세 번을 그렇게 하였다. 순식간에 일어난 일이라 꼽추는 넋을 잃은 모습이었고 성환도 멍청한 눈으로 영숙을 바라보았다. 그러나 곧 맞받아치기 시작하였다.

"쌍년이 어디다 씹 주구 누구한테 분풀이야, 이 병신 같은 년이!"

성환은 사정없이 영숙을 걷어차고 머리채를 잡아당겨 밀어치고 뺨을 때렸다. 영숙이 썩어 가는 정어리 위에 엎어져서 일어나지 못할 때야 겨우 물러섰다.

"에이, 무식한 것들……."

성환은 몸을 털며 이렇게 말하고 돌아서서 가 버렸다.

꼽추가 쓰러진 아내를 일으켰다. 영숙은 그의 손을 뿌리치고 제 힘으로 일어섰다. 그리고 남편을 경멸하는 눈으로 쏘아보았다. 눈이 아프게 노려보다가 혼령처럼 배를 떠났다.

꼽추는 아내가 집으로 올라가는 걸 아카시아 울타리 사이로 얼핏얼핏 보았다.

아이가 깨어서 엄마를 찾았다. 꼽추는 미애를 들어올렸다. 아이에게 집으로 가 보라고 하였다. 미애는 본능적으로 을씨년스런 분위기를 감득하고 움츠러드는 낯이 되어 아버지가 시키는 대로 하였다.

꼽추는 아이가 갯가에서 길을 가로질러 언덕으로 올라가는 걸 하염없이 바라보다가 맥 풀린 손으로 그물을 쥐었으나 손가락이 움직여지지 않아 잠시 멍청하게 앉아 있었다. 다시 그물을 잡았다. 그래도 여전하였다. 천천히 일어났다. 속초집으로 갔다. 장에서 돌아와 술안주 거리를 펴던 속초집이 꼽추를 맞았다. 화통한 얼굴로 웃어 주었다. 꼽추는 힘없는 소리로 막걸리 반 되를 시켰다. 사발에 부어 빌컥빌컥 들이켰다.

"철 안 든 선주 밑에서 속 썩지야아."

속초집이 위로한답시고 말했다. 꼽추는 희멀거니 웃으며 그 집을 나와 배로 갔다. 무슨 소문이 그다지도 빨리 나서 속초집이 다 알고 있나 생각해 보았다. 성환이 싸울 때 아무도 구경한 사람이 없지 않았던가. 꼽추는 머리를 저으며 잊기로 하였다. 성가신 기억이어서 아무짝에도 이롭지 않았다.

얼추 두어 시간 지났을까.

해가 기울어 바람결에 가을 기운이 섞인 게 느껴졌다. 꼽추는 신이 지핀 듯 일을 끝내고야 허리를 폈다. 여태 영숙은 내려오지 않았다. 저녁장 보러 나가겠다고 춤추던 마음이 주저앉았을 때야 오죽하랴 싶어 속이 쓰라렸다. 성한 물건은 덮어 놓고 돼지 먹이 할 것만 한 함지 어깨에 메고 집으로 갔다. 마당가의 줄에 아내의 옷이 널려 있었다. 그런데 집이 고즈넉이 가라앉은 분위기였다. 문은 꼭꼭 닫혀 있었다. 아이와 어미의 슬리퍼가 아무렇게나 댓돌에 놓였다. 그것이 뚜렷한 이유도 없이 꼽추에게 불길한 예감을 느끼게 하였다. 몸에 찬 기운이 끼쳤다. 그래도 그는 아직 안심하였다.

"자나아?"

그는 태연하려고 애쓰며 문을 열었다. 방 안이 텅 비어 있고, 바깥보다 더 어두웠다. 꼽추는 자신의 머릿속에서 가느다란 줄들이 툭툭 끊어지는 걸 감득하였다. 그는 댓돌에 주저앉았다. 지금은 아무 생각도 떠오르지 않았다.

어두워지도록 영숙은 돌아오지 않았다. 겨우 기운을 차린 꼽추는 영숙이 말한 빈 사료 포대를 들여다보고 나서 정어리를 한 물 헹궈 낸 뒤 삶았다. 그는 움직이긴 하였으나 몸짓 마디마디에 아내와 아이에 대한 생각이 박여서, 몸 따로 마음 따로였다. 삶은 정어리는 식힌다고 마당에 놓았다. 그는 마당가에 우두커니 서서 앞을 바라보았다. 어둠 속에서 불들이 돋았다. 바다에 닿는 오십천 끝의 강폭은 검고 그 앞의 건너불에 불이 반짝였다. 더 앞으로 공장과 찻길과 봉황산의 한 끝이 보였다. 그는 더 멀리 눈을 던졌다. 읍내는 멀고 가까운 데에 산을 두르고 있었다.

이렇게 그동안 잊고 있었던 산과 마을과 거리를 하염없이 바라보다가 그는 깜짝깜짝 놀라 정신을 차렸다. 불쑥 영숙이 아이를 업고 올라올 것만 같아서 눈을 있는 대로 크게 떴다. 어두운 길을 한사코 바라보았다. 그의 눈길은 아무리 애를 써도 어둠을 갈라놓지 못해, 그는 안간힘을 써서 길을 바라보았다. 그렇게 보고 있지 않으면 아내와 아이를 잃게 될까 봐, 땅 밑 귀신이 잡아당길까 봐,

숲의 혼령이 삼킬까 봐.

꼽추는 뒤를 돌아보고 또다시 흠칫 놀랐다. 그는 마치 세상의 갓 나온 아이같이 놀라는 것 외의 다른 기능이라곤 모두 마비된 것 같았다. 어두운 방이 그는 속상하였다. 그리고 아직 불을 켜 두지 않은 자신을 나무랐다. 방에 들어가 불을 켰다. 부엌 불도 켰다. 어디서든 영숙이 집을 알아보고 자기가 있다는 것을 깨닫도록.

밝은 집이 그를 한결 마음 놓이게 하였다. 그는 배에 두고 온 고기를 생각해 냈다. 문득 아내를 기쁘게 할 방법 하나가 떠올랐다. 그는 이내 길로 내려갔다. 배에 가서 고기 함지를 내렸다. 속초집으로 갔다. 늦어서 팔러 갈 수 없고 얼음도 없는데 밤을 새우면 상할 거니 헐하게 맡아 달라고 부탁하였다.

"딱한 양반! 젊은 여편네 아껴 뒀다 뭐에 쓸라우!"

속초집은 임연수어와 고등어·청어 따위를 뒤적이며 말했다. 꼽추는 씨익 웃기만 하였다.

"두고 가우. 셈은 애 어멈한테 할라우."

속초집은 생선을 맡았다.

꼽추는 빈 함지를 들고 돌아섰다.

"오늘은 구정물 가져갔지이?"

속초집이 부엌 문턱을 내다보며 말했다. 그리고 어둠 속에 묻히는 꼽추의 모습을 잠깐 바라보다 들어갔다.

다음 날 대양호는 바다에 나가지 않았다. 겨우 고기나 벗겨 낸 그물이 배 위에 그대로 놓여 있었다. 동네에서 부지런하기론 으뜸가는 꼽추도 보이지 않았다. 성환도 마찬가지였다. 그래도 이웃들은, 꼽추가 그물 잃고 배도 나가지 않아 모처럼 늦잠을 자려니 여겼다. 그러나 게으른 성환이 씻지 않은 낯으로 갯가에 모습을 보였을 때 사람들은 꼽추의 안부를 궁금해하였다.

"제기랄 누구 꼽샐 끼구 사나아?"

꼽추가 여태 나오지 않는다고, 무슨 일이 있냐고 누군가가 묻자 성환은 대뜸 이렇게 쏘아 대었다.

그사이 성미 급한 사람 몇이 꼽추네를 다녀와서 그의 아내가 새끼만 차고 도망갔다고 마구 나발을 불었다. 이 말은 바람 타고 여기저기 구석구석 퍼졌다. 이 소식을 듣고 가장 놀란 사람은 성환이었다. 그는 꼽추네 집으로 정신없이 달려갔다. 사람들은 도대체 꼽추에게 무슨 일이 생긴 것인지 궁금해하면서 나름의 추측을 얘기하였다. 여자가 사내와 격이 맞지 않았다느니, 혼자 남은 꼽추가 가엾다느니, 틀림없이 사연 있는 여자일 거라느니, 딸이 꼽추를 전혀 닮지 않았더라느니, 바깥에 애인이 있었을 거라느니……. 돈 좀 모은 게 있지 않았을까, 사람은 주제대로 살아야 한다…….

꼽추는 돼지우리에 서 있었다. 성환이 씨근덕대고 등 뒤에 바짝 다가서도록 인기척을 느끼지 못하였다. 성환은 한 줌도 안 되게 밤새 오그라든 것처럼 보이는 꼽추의 뒷모습을 보는 순간 가슴이 메어져서, 차마 그를 부르지 못하고 뒤에 가서 섰던 것이다.

이윽고 그는 꼽추의 좁은 어깨에 손을 얹었다.

"아침 먹었나아?"

돌아보지도 않고 꼽추가 이렇게 물었다.

"성님은요?"

성환이 젖은 목소리로 물었다.

"밥은 했디이."

꼽추가 돌아섰다. 성환을 쳐다보며 애써서 웃음 지었다. 눈이 움푹 꺼져 있었다. 그는 앞장서서 부엌으로 들어갔다.

"형수가 없어요?"

성환이 참지 못하고 물었다.

꼽추가 고개를 끄덕거렸다.

"미애두요?"

"친정 갔을 거라."

"친정이 있습니까?"

"없다."

꼽추는 외운 대사 뱉듯 말했다. 성환은 어제 낮의 일이 떠올라 민망하고 부끄러워졌다. 영숙을 이 동네에서 내몬 것이 자신이라는 생각을 지울 수가 없었다. 부엌에 들어간 꼽추는 넋 나간 듯 서 있기만 하였다. 성환이 방을 들여다보았다. 여자 옷이 벽에 걸려 있고 팔 한 짝 떨어진 아이의 인형이 누워 있었다.

"성님요, 형수씬 아주 간 사람이 아닙니다아. 애 달구지 마슈!"

성환은 속마음으론 도무지 자신 없는 말을 겉으로는 자신 있게 뱉었다.

"속초집에 갑시다. 창새기가 쓰려 못 견디겠습니다아."

성환은 꼽추의 넋을 살린답시고 들뜬 말을 썼다. 서글픔에 축축이 잠긴 모습의 꼽추는 제 맘을 말하지 않은 채 성환의 뒤를 따라 나섰다. 그는 밤새워 아내를 기다렸던 것이다. 그러면서 새벽에

126

그가 다짐한 한 가지 생각은, 아내는 자신의 소유물이 아니라는 것이었다. 아내라는 목숨은, 잘 붙어살 수 있은 데로 갈 권리가 있다는 사실을 그는 깨닫고 인정하였다. 그래서 겨우 조바심은 가셨지만 서글픔은 더욱 넘쳤던 것이다.

길을 내려가면서도 꼽추는 걷잡을 수 없이 밀어닥치는 그리움을 있는 힘 다해 돌려세웠다. 영숙은 편안하게 살아야 한다고, 자기와 함께 지내는 것보다 더 좋게 살아야 한다고, 그럴 수 있는 사람을 잡고 늘어지는 건 죄악이라고……. 자꾸만 솟구치는 그리움을 이렇게 눌렀다.

그러나 길에 내려왔을 때, 그는 먼 찻길 쪽으로 한참이나 시선을 주고 있었다.

속초집은 성환이 발을 들치며 들어서자 악을 썼다.

"야아! 나쁜 새끼야아! 왜서 잘사는 가장 깨냐야아! 이 화적 같은 놈아! 어디다 빼돌렸어! 당장 데려와! 아무리 젊었기로 사람 사는 도릴 그렇게 몰르냐아! 에이 개 같은 놈, 퉤!"

"어이구우, 아침부터 쥐약 처먹었나아. 생사람 잡구 지랄이네야아."

어이가 없어 성환은 이렇게 지껄였다.

뒤늦게 들어온 꼽추를 속초집이 보고 혀를 찼다. 몸이 병신이면 속은 단단해지, 속초집은 이 말을 삼켰다.

"성님 들었수?"

성환이 눈을 까뒤집고 꼽추에게 물었다.

"그냥 앉지 왜."

꼽추는 그들의 부질없이 다툼에 끼어들 기력도 없어서 이렇게 말하고 의자에 올라앉있다.

속초집이 묻지도 않고 라면을 삶았다. 그는 영숙이 도망갔다는 소문을 듣자마자, 개새끼 기어이 일 쳤다고, 성환을 욕했다. 아직 그 울화가 가라앉지 않은 때에 성환이 들어온 거였다. 어제 있었던 일까지 한바탕 들춰 해 대고 싶은 걸, 안팎 병신 풀 죽은 꼴 못 보겠어 참고 있는 거였다.

성환은 입이 써서 씨팔 좆팔 찾으며 바닥에 마른침을 뱉었다. 꼽추에 대한 연민, 은근한 죄책감마저 홀랑 뒤집혀, 지금은 귀찮고 지겨워 이 좁고 초라하기 그지없는 고향을 등지고 싶었다. 좋고 나쁜 사람이 따로 있는 게 아니라던 어떤 깡패의 말을 떠올렸다. 환경이 사람을 만들기 때문에, 그 지랄 같은 환경을 바꾸지 않으면 자기는 평생 깡패일 수밖에 없다고 술 취해 게거품을 물던 모습이 눈에 선하였다. 사실, 화만 나면 서울 가겠다고 큰소리를 쳤지만 그게 쉬운 일은 아니었다. 거기서 붙어살지 못해 고향 찾아온 것인데 다시 고향을 떠나 서울에 간다면, 어디서부터 시작해야 할지 막막하기 한량없었다. 도둑질이나 깡패 노릇도 맘에 썩 내키지 않고 유흥업소에 빌붙어 지내자니 구역질이 났다. 고기만 어지간히 잡혀서 가정 꾸릴 수 있으면 여기 그냥 사는 게 심정 편하였다. 그런데 속초집이 성환을 뒤흔들어 놓은 거였다.

꼽추는 라면을 먹고 배에 가서 그물 날린다고 먼저 나갔다. 성환은 심통 나서 소주 한 병 까놓고 홀짝거렸다.

영숙이 왜 도망갔을까. 무엇 때문일까.

그는 소주 한 병을 다 비우도록 생각해 보았으나 딱 부러지는 해답을 얻어 내지 못하였다.

꼽추는 혼자서 그물을 날렸다. 억지로 배 끝에 그물을 걸고 일하였다. 어부들이 그에게 와서 무슨 위로의 말이나 궁금한 걸 물으려 하다가, 너무 많은 낯에 차마 말을 붙이지 못하고 그냥 돌아갔다. 동진호에서 생선국 끓였다고 점심 먹으라고 불러도 그는 그저 말갛게 웃고 집으로 올라갔다. 그는 마당 끝에 서서 먼 데를 한참이나 바라보았다. 아내가 예뻐하던 강낭콩 꽃을 만져 보았다. 열매를 맺느라 꽃이 져서 띄엄띄엄 있었다. 돼지 꿀꿀대는 소리를 들었다. 죽통이 허옇게 말라 있었다. 그는 아내가 그렇게 하였듯 구정물 통을 들고 속초집으로 갔다. 구정물을 따랐다. 속초집과 성환의 다투는 소리가 들렸다. 그는 듣지 않고 그냥 돌아서 왔다. 구정물을 주고 빈 사료 포대를 습관적으로 들여다보고, 또 한참 먼 데를 바라보다가 방 안으로 들어갔다. 그는 벽에 걸린 아내의 옷에 매달렸다. 냄새를 맡았다. 그립고 그리운, 살아 있는 냄새가 났다. 그가 헉 느껴 울기 시작하였다. 누가 등을 후려치듯 그는 그렇게 헉헉 소리 내며 울었다. 그의 등혹이 흔들렸다.

그는 마치 옷자락에 붙은 짐승처럼 오래도록 서서 울었다.

그는 잘 울지 않는 사람이었다. 이제껏 사는 동안 숱한 어려움과 억울함을 겪었지만 울게 되지는 않았다. 아프면 참거나 약을 먹었고 배가 고프면 더 열심히 일했거나 한 순간씩 거지이기도 해서 이겨 냈어. 그런데 지금 그는 울 도리밖에 없는 것이었다.

그는 열댓 살쯤 되었을 때, 아직도 생각나는 밤이 있는데, 그 밤을 내내 울면서 지새운 적이 있었다. 그때 그는 자기 혼자서 살아가야 한다는 사실을 불현듯 깨달았으며, 또한 자신의 겉모양이 남들과 달라 보이긴 하되 사는 데 불편함이 없고 똑같다고 믿는데도 모든 사람들이 그를 자기네와 다르다고 여긴다는 사실, 그 끔찍한 편견의 벽을 깨달았던 것이다. 그래서 그는 노 젓는 자그마한 배 안에서 오래도록, 지치도록 울었으며 마침내 외로움과 절망과 한 몸이 되었던 것이다.

그리하여 그는 수많은 세월을 외로움과 절망의 포로로 살아가야 했었다.

그날, 새로운 인생을 살게 인연 지어진 그날, 그는 우범 지대라서 깨끗한 청소년은 다니지 말라는 차별의 푯말을 박아 놓은 우중충하고 냄새나는 골목에서 자신과 똑같은 절망의 노예를 보았던 것이다…….

꼽추는 울지 않으려고 가슴에 힘을 주었다. 그러나 이내 굵은 빗방울이 끝내 참지 못하고 후드득 떨어지듯, 가슴이 그렇게 후드득 흔들렸다. 그는 다시 흐느끼며 울었다. 이렇게 우는 건 영숙의 편안한 삶을 가로막는 일이라고 자신의 옹졸함을 꾸짖으면서도 그는 울었다.

이날, 그는 갯가에 나가지 않았다. 세거리집이 저녁에 감자떡 한 사발을 들고 찾아왔을 때, 그는 한 손에 딸의 팔 떨어진 더러운 인형을 잡고 모로 누워 깊은 잠에 빠져 있었다. 세거리집은 그가 한없이 가엾고 측은하여 깨우지 않고 머리맡에 떡만 두고 돌아갔다.

사람들은 곧 성환이 마을을 떠날 것이라고 수군거렸다. 이렇게 믿는 데엔 속초집의 증언이 커다란 기여를 하였다. 성급한 어부들은 대양호를 누가 맡을 것인가, 값은 얼마나 칠까, 꼽추는 어떻게 살 것인가, 집이 철거되면 보상금이 나올까 등에 대해 얘기하였다.

다음 날 꼽추는 이웃들과 마주치고 쓸쓸하게 웃음 지으며 움직였다. 속초집에 가서 구정물을 가져오고, 가게에서 외상으로 국수 한 다발을 가져다 삶아 먹었다. 대양호의 그물은 그사이 티와 짝발이*들이 썩어서 고약한 냄새를 풍겼다. 구더기 알이 깨서 벌써 고물고물 움직였다.

꼽추는 그물을 물에 씻어 날렸다. 읍내에 나가 한바탕 바람 쐬고 온 성환이 저녁 무렵에 손을 보탰다. 그들은 영숙에 대해선 서로 피하는 눈치였다.

"성님, 5만 원 얻어 왔는데 낼 그물 냅시다아."

성환이, 사실은 그럴 생각이 없었던 말을 불쑥 내뱉었다.

"이자는 없는 돈이오."

아무 말이 없는 꼽추를 보고 성환이 다시 말했다. 그제야 꼽추가 물끄러미 성환을 바라보았다. 성환은 마주 바라보다가 이윽고 먼저 눈길을 돌렸다.

두 사람은 내일 그물을 놓으러 가자고 약속하였다.

꼽추는 성환이 속초집에 가서 저녁을 먹자고 여러 번 졸랐지만 뿌리치고 집으로 왔다. 국수를 삶아 출출한 속을 달래 놓았다. 댓돌에 앉아 짙어 가는 어둠을 지켜보았다. 그러다가 그는 빨랫줄에

* 짝발이 : 불가사리.

널려 있는 아내의 옷을 보고 깜짝 놀라 다급하게 걷어서 차곡차곡 개켰다. 산 사람 옷을 밤이슬 맞게 두면 좋지가 않을 기였다.

9시는 얼추 되어 방으로 돌아왔다. 그는 흑백텔레비전을 켰다. 뉴스 시간이었다.

바깥에서 무슨 소리가 들렸다. 그의 몸이 순식간에 빳빳이 솟았다. 분명히 그랬다. 문을 확 열어젖혔다.

"아빠야아."

미애가 불렀다.

꼽추는 머리에 포대를 이고 선 아내를 보았다. 그는 정신이 없었다. 뛰어나가,

"왔나아?"

영숙이 잠긴 목소리로 말할 때야 비로소 정신이 들었다.

"돼지가 얼매나 패랬을까유. 먹을 거 없지유?"

"괜찮아 여보."

꼽추는 아내의 손을 잡고 방으로 들어왔다. 미애가 어미 등에서 내리더니 좋아서 깡충거렸다. 아비의 등혹에 매달리고 올라탔다. 영숙은 그동안 무얼 어떻게 먹고살았는지 걱정이 되어 아주 바쁘게 부엌으로 나가 돌아보고 전등을 켜서 돼지우리를 들여다보고 인사하고 마당도 한 바퀴 비춰 보았다. 그러고 방으로 들어왔다. 꼽추는 아이를 목말 태워 흔들어 주고 있었다. 영숙은 꼽추에게 자기가 할 수 있는 일을 얘기했다. 읍내에 파출부 자리도 있고 식당 주방에서 설거지 하는 일도 있는데, 파출부는 아침 7시부터 저녁 8시까지 일하고 한 달에 12만 원 받고, 식당은 오전 10시쯤 나

가서 밤 10시까지 일하는데 15만 원 받는다. 당신이 정해 주면 어디든지 가서 일할 수 있다. 둘이 같이 벌면 살아가기 수월하다…….

꼽추는 웃으며 아내의 말을 듣고 나서,

"당신이 맘 내키는 일을 하게. 당신 맘이 내 맘이라."

하였다.

영숙은 남편의 무릎에 얼굴을 묻었다.

당신이 없는 데선 몸이 무거워 일이 되지 않고 아무 뜻도 없었지유.

그리고 이렇게 속으로 말했다.

이 편안함, 이렇게 소중한 것…….

영숙은 이제 잠이 왔다. 처음 꼽추를 만났을 때 몇 날 며칠을 잠만 잤던 것처럼. 그리하여 마침내 새 힘을 얻었던 것처럼.

틈

1

"햇아가 퇴원할라믄 상구두 멀었지야?"

군바우집의 외사촌 동서인 절골집이 말했다. 절골집은 장마 지기 전에 내다 판다고, 아직 속이 덜 찬 배추를 뽑아 장에 내온 것이었다. 읍내에서는 제일 좋은 집 쓰고 산다고 사장집에 식모 품팔이 다니는 군바우집이 김칫거리 사러 나왔다가 팔아 주었다.

"성이요, 무신 팔자가 요렇게 숭악하다와. 제워 살 만해즈믄 일이 글러지니……."

군바우집은 한숨을 내쉬었다. 막내딸 금단이 이름도 알 수 없는 병에 걸려 한 달이 넘도록 입원하고 있었던 것이다. 지금 초등학교 5학년인 금단은 학교에 들어가자마자 운동회 때 달리기에서 1등을 했고 학년이 높아질수록 체육을 좋아하더니 급기야 학교 배드민턴 대표 선수가 되었다. 이젠 운동선수로 출세할 수 있고 대학도 갈 수 있고 외국에도 갈 수 있고 일류 선수가 되면 큰돈도 벌게 된다고, 콩나물 같은 몸매에도 꿈이 대단하였다. 공부도 하지 않고 뙤약볕에서 연습한 덕분인지 군(郡) 대항 시합에 나가 상을 받아 왔다. 얼마 있다가 도(道) 시합에 나가고 거기서 이기면 서울로 간 다고 하였다.

금단이 갑작스레 병이 난 건 바로 상을 받고 돌아온 날 밤이었 다. 열이 전신에 펄펄 끓었다. 오른쪽 허벅지와 엉덩이 사이의 살 이 퍼들쩍퍼들쩍 떨렸다.

다음 날 병원에 데려갔더니 그냥 몸살감기라면서 가볍게 돌려 보냈다. 그러나 사흘이 지나도록 그 증세는 가라앉지 않고 가끔씩 깜짝깜짝 기절을 하였다. 겁이 난 아버지 심 씨가 아이를 입원시 켰다. 허약한 아이가 무리한 운동을 해서 병이 났다고 의사들이 말했다. 그러나 병명이 무엇이냐고, 언제나 낫겠느냐고 물으면 그 냥 한결같이 '두고 보자'고만 하였다. '의료 보험 환자인데 뭐 걱정 할 게 있느냐'는 것이었다.

운동을 무리하게 해서 생긴 병이라는 말을 듣고 군바우집은 득 달같이 학교로 갔다. 담임은 절대로 그런 무리는 없었다고 선생님 의 마음은 부모와 같은 거라고 해서, 군바우집은 그만 풀이 죽어 돌아왔다.

"동상이 한참 속겠다이."

절골집은 받은 배추 값을 군바우집에게 되돌려주며 아이 간식 이나 사 주라고 하였다. 군바우집은 질겁을 했으나 보따리를 이고 돌아서는 그에게 절골집이 몸뻬 주머니를 찾아 찔러 넣어 주었다.

금단이 입원하고 있는 도립 병원은 시장 거리를 에워싼 찻길 가

136

에 있었다. 군바우집은 시원한 거 사 들고 병원에 들러 보고 싶은 마음이 굴뚝같았지만, 시간 재고 있을 사장 마누라 얼굴이 떠올라 그냥 지나쳤다.

여름철에 접어들면서 대학 다니는 사장네 시동생이 친구들을 데리고 와 이틀간 진을 빼고 가더니, 그 뒤로 손님이 줄을 달고 있었다. 찾아오는 친척마다 교수니, 사장이니 대령이니 하는 사람들이었다. 그들은 비 오는 날이면 온종일 화투를 쳤다. 이름난 계곡이나 바닷가가 지척에 있어서 점심 아니면 저녁을 그런 데 가서 해 먹었다. 고기 구워 먹는다고 날이면 날마다 상추 씻고 쌀 씻고 된장 고추장 양념해서 비닐에 쌌다. 나가 먹는 김치라 헤퍼서 서너 포기씩 해도 닷새를 못 넘겼다. 일 많아졌다고 품값 더 받는 것도 아니고, 쉰 고개 접어들도록 해수욕 모르고 산 군바우집으로선 넌더리가 났다. 그런데 정작 힘겹다 푸념하는 건 사장 마누라가 도맡았다.

요즘도 크고 작은 시누이 내외가 와서 지냈다. 다음 주 사흘거리로 시어머니와 시이모가 오면 마지막이라고 하였다.

서울 손님들은 늙은 감나무 그늘 밑에 자리를 깔고 화투를 치고 있었다. 점심 내기를 하는 것이었다. 군바우집보다 일곱 살이나 더 먹어 쉰다섯이지만, 한참 손아래 동생처럼 늙지 않은 그 집 큰 시누이는, 아줌마가 주인 잘 만나 아저씨 취직도 하지 않았느냐고 하였다. 일이 많아져 미안하다고 5천 원짜리 한 장 억지로 쥐어 주고는 덧붙인 말이었다.

그건 사실이었다. 심 씨는 아내 덕에 취직을 한 것이었다.

사장네 회사엔 부실해서 팔려고 내놓은 자그마한 공장이 하나 있었다. 공장 문을 닫아 버리면 팔기 어렵냐고, 규모를 최대한 줄여서 끌고 가는 중이었다. 그곳의 경비가 다른 일자리를 구해 나갔다. 문 닫기 직전인 회사에 경비 구하기도 힘든 때, 사실을 다 알리고, 넉넉잡고 두 달 일하라고 심 씨를 들였다. 한 달이건 두 달이건 심 씨로서는 평생 처음 갖는 직장이었다. 회사에서 주는 제복도 입었다. 정한 시간에 집을 나갔다가 들어왔다. 월급도 탔다.

심 씨는 처음엔 웃질 마을에다 사장 백으로 취직했노라고 떠벌려서, 여러 사람들이 자식이나 동생의 취직을 부탁하러 왔다. 두 달 기한으로 일한다는 소린 싹 씻었기 때문이었다.

그런데 그 두 달이 벌써 반년이 되었다. 공장이 팔리지 않아 사장은 골머리를 앓았다. 그러나 심 씨는 좋기만 하였다. 그 공장은 재벌 그룹의 지방 공장 가운데 하나였다.

사장은 그 공장 말고 이 읍내의 노동자를 가장 많이 쓰는 공장을 경영하였다. 1년 조금 전에 이곳에 왔는데 갓 마흔에 출세한 사람이었다. 그룹 안에서 든든한 줄을 잡고 있다는 소문이었다.

사장네는 포기김치만 먹어서 한여름에도 배추를 쪼개서 절였다. 군바우집은 김치를 절여 놓고 전기 약탕관에 인삼 대추물을 들여놓았다. 이층 마루에는 재떨이에 담배꽁초가 넘치고 쟁반에는 색 바랜 수박 껍질, 참외 속에 먹다 만 토마토가 그대로 있었다. 술병 오징어 껍질 땅콩 껍질도 너저분하였다.

청소를 하다가 군바우집은 통유리 끼운 넓은 창으로 바깥마당을 내려다보았다. 3백 평 넘는다는 잔디밭에서 남자 둘과 여자 셋이 뭐라고 소리치고 웃으면서 화투를 치는 게 보였다.

두어 해 전까지 여기엔 일본 집이 있었다. 일제 때 도에서 가장 큰 비누 공장을 경영하던 일본인이 살던 집이었다. 대지 면적이 차고와 진입로까지 합쳐서 8백 평이었다. 축대로 높인 뒷마당은 빽빽한 대나무 숲으로 울타리가 쳐 있었다.

공사장에서 벽돌 짐을 지던 군바우집이 식모살이라는 게 맘에 들지 않았지만 그냥 한번 가 본다는 기분으로 점심 도시락 먹고 달려왔을 때, 야릇하게도 정나미가 확 떨어졌다. 넓은 언덕을 터 닦아 우뚝 솟게 지은 이층 양옥이며, 대문 앞에 그림처럼 서 있는 아름드리 벚나무며 붉은 벽돌의 담장과 엄청나게 큰 서양 개……. 그 모든 게 싫었다. 개 짖는 소리에 문밖으로 나온 주인 여자의 모습도 마찬가지였다.

군바우집이 돌아서는데 주인 여자가 한사코 불러들였다. 할 수 없어서 사람 구한다기에 왔노라고 했다. 여자가 우선 들어가자고 앞장서서 현관문을 열었다. 발을 주춤주춤 들여놓았지만 더욱 기가 죽었다. 읍내의 자동차 정비 공장 집에서도 일해 준 적이 있지만, 이 집은 이곳 사람 사는 집과는 너무 달랐다. 집안 모양이나 가구, 사람의 모습도 그랬다.

여자는 묻지도 않고 커피를 끓여 내왔다. 군바우집은 당황하고 쑥스러워서 바보처럼 픽픽 웃었다. 주인 여자는 이랑 같은 주름이 가득한 얼굴의 여자가 투박하긴 하나 무던하고 정직해 보여 이미 쓰기로 맘을 정한 후였다. 성실하고 곧은 사람을 부려야 탈이 없다고 오래도록 가정부 두고 사는 친정어머니에게서 배운 바

틈   139

가 있었다.

"난 이런 고급 실림은 못 삽니다!"

군바우집은 딱 잘라 말했다. 그리고 반 시간 점심시간을 이렇게
노닥거릴 수가 없어서 일어났다. 하지만 주인 여자는 놓아주지 않
았다. 사는 내력을 캐물었다. 그러더니 내일 당장 오라고 했다. 자
기네와 연을 맺어 두면 나중에 아이들 취직시킬 일이 생길지도 모
르며 그뿐 아니라 공사판의 일과 비할 수 있느냐는 것이었다. 월
급은 정한 날에 꼭꼭 주고, 미리 정할 수는 없지만 여러 가지 좋은
점이 있을 거라고 찰엿을 발랐다. 마음이 솔깃했다가도 더럭 겁이
났다. 아무래도 이렇게 좋은 집은 자기와는 맞지가 않게 여겨졌던
것이었다.

"아줌마, 겁나요? 괜찮아요. 청소는 진공청소기가 해요. 빨래
는 세탁기가 하구요. 기름보일러 때니까 연탄 가는 일 없어요. 그
리고 우리가 서울로 전근 가게 되면…… 다른 사장이 오지만 우
리가 아줌말 계속 여기서 일하게 해 드릴 수 있어요. 집은 커도 식
구는 많아야 넷이라구요. 우린 그냥 맵지 않구 싱거우면 반찬 투
정 안 해요. 아줌마! 아줌마가 이 집 주인이나 마찬가지라니깐!
우린 전근 가면 그만이지만 아줌만 원하기만 하면 10년이라도 있
을 수 있어요! 애들 장래도 생각해 봐요."

결국 군바우집은 주인 여자의 말에 넘어갔다. 그러나 집 앞에
처음 섰을 때, 개 짖는 소릴 들었을 때, 주인 여자의 예쁘고 단정한
모습을 보았을 때, 집 안에 들어섰을 때 끼치던 알 수 없는 두려움
은 조금도 가시지 않은 상태였다. 1년 넘는 시간 동안 무쇠 끝에

달린 듯 두려움은 가슴 밑바닥으로 가라앉아, 가슴 바닥에 갈빗살로 붙어 버린 것이었다.

심 씨가 벼락출세 같은 취직을 했고 이자 붙지 않는 돈을 한두 달씩 10만 원 넘게 빌려 쓰고 하여도 그 두려움은 생채기처럼 남아 있는 것이었다.

감나무 그늘이 해의 방향을 따라 움직여, 거기 있던 사람들이 일어나 자리를 옮겨 깔았다. 그리고 그들은 다시 화투 패를 돌렸다.

"아줌마아! 뭘 봐요?"

등 뒤에서 주인 여자가 말했다.

군바우집은 깜짝 놀라며 그 자리에 자지러졌다.

"아이구머니."

군바우집은 신음을 뱉었다. 조금 전까지 화투판에 끼여 있는 걸 보았는데, 그리고 자신은 그 모습을 내려다보고 있었는데……. 귀신이 곡할 노릇이었다. 찬 기운이 화악 끼치고 지나가는 게 느껴져서 군바우집은 진저리를 쳤다.

"아유, 아줌마, 지겨워 지겨워. 피서지에 와서 산다구 가족끼리 오붓하게 해수욕장 한번 못 가 보구. 이건 뭔 내가 여인숙을 하나 식당을 하나 안 그래요, 아줌마? 와서 개개는 사람들이야 사나흘이지만 당하는 나는 한 달이라구요. 바닷가라구 회는 꼭 사 줘야지요. 수영해서 피곤하니 고기 먹겠다지요. 우린 뭐 돈을 긁어 오나요? 아유 지겨워."

주인 여자가 의자에 다리를 펴고 앉아서 마구 소리 높여 떠들었다. 아직 놀란 가슴이 가라앉지 않아 멍청한 얼굴을 한 군바우집은 뭐라고 맞장구를 쳐야 할지 몰라 말을 못하고 있었다.

주인 여자는 조금 낮춘 목소리로 시누이들을 흉보기 시작하였다. 그에겐 군바우집이 방 안의 가구(자기가 골라 들여놓은)같이 여겨져서 어긋나는 감정들이 있을 수 있는 목숨 가진 사람이라는 걸 인정하지 못하였다.

군바우집은 깃털이 매달린 먼지떨이를 바닥에 하릴없이 문지르며 투정을 들었다. 부러울 거 없이 사는 사람들도 시누·올케 사이, 며느리와 시집 사이의 얽히고설키는 어지러운 마음은 있는 모양이라고, 신기한 사실을 깨달았다.

"……이 집 식구들은 모였다 하면 화투더라. 바닷가 나가려면 빨리 나가든가. 참 아줌마, 점심은 자기네들이 해결한대요."

주인 여자는 팔짱을 끼고 창가로 갔다.

"어머머 끝났잖아!"

주인 여자가 소리치더니 군바우집에게 말했다.

"아줌마! 이층 청소 빨리 끝내요!"

그러고는 동동동 아래층으로 내려갔다. 그래도 군바우집의 움직임은 한결같았다. 감나무 밑의 사람들이 없어진 걸 눈으로 보고 쟁반이며 재떨이를 치웠다.

손님들은 아래층의 방 둘을 쓰고 있었다. 밑에서 왁자지껄한 소리가 층계참을 타고 올라왔다. 군바우집은 가만히 귀를 기울였다. 무슨 목적이 있어서가 아니라 자신도 모르게 그렇게 되었다.

염소 쓸개를 덤으로 준다는 염소구이집, 한치물횟집, 횟밥집. 동숭춘의 냉채……. 그들은 먹을 것에 대해 얘기하고 있었다.

얼마 후에 그들은 해수욕 준비를 갖추고 집을 나갔다. 저녁도 외식을 한다고 했다. 주인 여자는 여러 핑계를 대더니 그들 무리에서 빠졌다. 군바우집은 그도 함께 떠나기를 기대했었다. 함께 있을 땐 그다지 느끼지 못하지만, 주인 여자가 없이 일을 하게 되면 어깨가 가벼워졌다. 주인 여자는 잔소리를 잘 하지 않았다. 물론 걸레 한 번 빨지 않고 아이들 머리도 감기지 않았다. 신문을 오래도록 읽었고, 잡지도 읽었고 노래도 들었다. 창가에 앉아 바깥을 하염없이 바라보기도 했다. 서울에서 전화가 오거나 걸 땐 한참씩 얘기하였다.

군바우집의 눈엔 주인 여자가 하루해를 그런 일로 지우는 것처럼 보였다.

저녁 반찬은 무엇을 할까. 어떤 걸 사 오라고 종이에 적어 주고, 또 슈퍼마켓에 전화로 주문하는 일도 했다. 아이들 학교에도 가끔 갔다. 주인 여자의 이런 생활이 군바우집의 일을, 일하는 마음을 무겁게 짓누르는 듯 느껴지게 하는 이유는 뭘까?

이층 청소를 끝내고 계단을 내려오다 군바우집은 올라오는 주인 여자와 마주쳤다. 그 여자의 몸에서 찬바람이 나는 게 느껴졌다. 군바우집을 전혀 모르는 사람처럼 그런 낯빛으로 지나치는 것이었다. 군바우집은 이곳에 와서 두어 달 동안은 그것이 소름 끼치듯 싫었다. 오십 평생에 사람과 사람 사이가 그렇게 싸늘한 건 처음 겪었던 것이다. 등짐 지는 인부들끼리 하루 종일 일하다 보면 무수히 마주치게 되는데, 거기에선 그런 섬뜩한 싸늘함이 느껴지지 않았다.

하기야 군바우집이 살아 본 곳이라곤 이 읍의 사방 백여 리 안쪽으로 동네만 여기저기 옮겨 다녔있다. 그러나 다 같은 사람인데, 그저 배운 거 돈 더 있는 것밖에 다른 게 없는데……. 군바우집으로선 이해할 수도 납득할 수도 없었다.

군바우집은 아래층 응접실을 치우려다가 의자에 아이들이 부스러뜨린 과자를 주워 먹으며 창유리로 기어오르는 흰불나방을 바라보다가 그만 조리를 쳤다.

"아줌마아, 전화 받으라니깐요! 병원이라구요!"

주인 여자가 이렇게 소리치는 소리를 듣고서 깜박 깨어 마구 눈을 비볐다.

"아줌마아 뭐해요?"

참지 못하고 주인 여자가 내려왔다.

군바우집은 졸았던 티를 없애려고 일어나서 걸레를 들었다.

"아줌마, 병원에서 큰딸이 전화했어요. 받아 봐요."

주인 여자는 군바우집이 일을 하지 않고 잔 것을 알아내고 언짢은 낯이 되어서 퉁명스레 말했다.

군바우집은 알아들을 수 없는 소릴 구시렁거리며 식탁 옆에 놓인 수화기를 들었다.

"뉘기나! 나다. 왜서. 다리가 우째? 한 짝이 늘어났다구? 병신이란 말이나! 의사한테 뵈 봤나! 우째? 알았다! 에이 씨이."

군바우집은 수화기를 내려놓았다.

"왜 그래요, 아줌마?"

주인 여자가 옆에 와서 물었다. 군바우집은 머리를 벅벅 긁고 여자를 피하듯 고개를 돌렸다. 시커멓고 숱 많은 머리털이 남달리 헤프게 자라서, 한 번에 2천 원 주고 볶는 걸 오래 가라고 짧게 잘라 영락없는 흑인 머리였다.

"에이 씨이."

군바우집은 못마땅할 때 이렇게 내뱉는 버릇이 있었다.

"다리가 어떻게 되었나요?"

돌아서서 두어 발 떼어 놓다가 다시 가까이 와서 여자가 물었다.

"씨이, 깁스한 다리가 늘어났답니다. 병원이란 게 아를 병신 만들라는지, 에이 씨이."

군바우집은 속이 상해서 말도 하고 싶지가 않았다.

"어디 가 봐야겠는데, 가두 되겠습니까?"

군바우집은 일하다 말고 병원으로 간다고 말하기가 어려워 억지로 말한다는 게 시비 거는 것처럼 삐덕삐덕하게 되었다.

주인 여자의 표정이 매섭게 변하며 싸늘하게 물었다.

"김치 절인 건 어떻게 됐어요?"

순간 군바우집은 속마음이 부글부글 끓었지만 할 말이 없었다. 속이 끓는 건 주인 여자도 마찬가지였다. 다리가 짝짝이라면 지금 당장 달려가 본다고 나아질 리가 없었다. 어차피 저녁에 가 봐야 할 텐데, 저러한 태도는 직분 의식이 없기 때문이라고 생각하였다. 그러나 군바우집이 툴툴 바깥 수돗가로 나가자 주인 여자의 마음은 불편해졌다. 나가서 그냥 두고 가 보라고 할까? 그랬다가 자꾸만 고비를 풀어놓는 결과가 되는 건 아닐까? 궁리하였다.

결론은, 주인은 주인이어야 하고 일하는 사람은 일하는 사람이

어야 한다는 거였다. 촌사람들은 이런 구분을 명확하게 지을 줄
모른다고 짜증스럽게 생각하였다. 이것도 지겨워진 주인 여자의
시골 생각을 더욱 싫증나게 만들었다. 자기가 하는 일이 무엇인가
를 정확하게 알고, 그 일로 자신이 존재한다고 인식하면 남의 감
정을 껄끄럽게 하는 경우는 생기지 않으리라는 것이 주인 여자의
생각이었다.

서울에서 주인 여자는 여성 단체에서 훈련시킨 파출부를 썼다.
신원이 확실하고 고등학교를 졸업했으며, 특히 자기가 하는 일—
이를테면 주제 파악이 확실하였다. 정해진 돈만 주면 정해진 시간
만큼 일하고 가는 거였다. 일하러 온 사람이 누군지 알 필요가 없
었다. 파출부는 기계처럼 일하고 돌아가기 때문이었다.

주인 여자는 이런 관계를 좋아하였다. 인간들의 문명(文明)한
관계라고 생각하였다.

그룹의 창업주와 인척 관계가 없는 남편이 서른아홉의 나이에
사장으로 승진해서 이 읍의 슬레이트 공장 사장으로 발령을 받았
을 때, 주인 여자는 유배지로 떠나는 기분이었으나 1년쯤 휴양을
다녀오리라고 자신과 아이들을 달래었다. 그러나 1년이 훌쩍 넘
어 버린 것이었다. 이번 가을 이동 때엔 어떤 일이 있더라도 무슨
방법을 써서든지 서울로 올라가리라고 주인 여자는 결심하고 있
었다.

처음에 와서는 푸른 바다와 사계절의 자연 변화와 닷새 거름으
로 서는 시골장이며, 개발되지 않은 온천, 계곡들과 오래된 절간들
을 구경하느라 손해 보는 기분 없이 살았다. 그러나 주인 여자는

146

생명 가진 자연물의 변화에서 그 겉모양만 보고 즐겼기 때문에 곧 지루해하였다. 해와 바다의 관계, 바람과 모래의 관계, 바람이 낙엽을 끌어 모으는 관계…… 등에 대해서 깊이 사랑할 줄 몰랐다.

주인 여자는 가을을 기다렸다. 다시 서울에 가서 영화를 보고 가끔 연극도 가고 배우다가 그만둔 수영도 계속 가고 중국차도 마시러 다니고 파이도 구워 이웃을 초대하고 백희 언니를 통해 밀수되는 가구, 보석, 장신구, 옷들을 구경하고 사기도 하면서 살고 싶었다.

아이들은 어머니와는 다른 이유로 시골 생활을 질색하였다. 학교 가는 길에 떨어져 있는 쇠똥을 신경질적으로 싫어하였다. 아이들 몸에서 냄새가 나고 한 가지 옷만 오래도록 입고 머리도 잘 감지 않고 욕을 잘하는 아이들과 공부하고 싶지 않다는 것이었다.

둘째 아이는 제 누나에게 '누나 이구 얼마지? 이구 씹팔, 삼육 얼마지? 삼육 씹팔'하면서 욕을 뱉었다.

군바우집은 뙤약볕에서 배추를 씻었다. 소금을 골고루 흩트리지 않아서 숨이 죽지 않은 줄기도 있었다. 뒤적여서 좀 더 간이 들게 할까 망설이다가 풍덩 수돗물에 처넣었다. 이러나저러나 목구멍 타고 넘어 들어가면 똥이 되어 나오기는 마찬가지라고 혼잣말을 하였다. 혀끝에 도는 맛 타령 하는 것들은 다 팔자가 늘어져서인데 늘어진 팔자는 병이거나 죄받은 거라고 군바우집의 시어머니가 늘 말하였던 것이었다. 군바우집은 자신도 모르게 이 말을 익혀서 써먹고 있었다. 일흔이 넘은 그의 시어머니는 허리가 직각으로 굽은 노인네건만 공밥 먹지 않으려고 무던히도 꼼지락거리며 큰아들네에서 살고 있었다.

이런 생각을 하며 배추 포기 흔들어 씻고 있을 때, 대나무 숲 언덕에서 사람 머리통만 한 돌덩이가 굴러서 쿵 떨어졌다. 군바우집은 엉겁결에 뒤로 나자빠졌다. 돌은 다행히 군바우집 한 발 앞쪽에 떨어져 있었다. 아이들이 '와아' 소리치며 손뼉 치며 달아나는 소리가 들려왔다. 군바우집은 화가 나서 벌떡 일어섰다가 그냥 참기로 하고 파와 부추를 헹구었다.

이 동네는 읍내에서 부둣가 다음으로 어려운 사람들이 사는 동네였다. 동네 첫머리에 두어 줄로 일본집이 번듯하게 지어져 있고 그 옆 골목을 두고 건너편으로는 전부 땅 일궈 먹고 사는 농부들이 사는 집들이었다. 일본집 물려받아 사는 집들에선 자식들이 서울이나 다른 도시에 나가 공부해서 이곳을 아주 떠나 버리고 늙은 부모가 세놓아 살기도 했지만, 농부들은 가르친 자식도 거의 없고, 그래서 공장으로 떠돌이 살림 하며 낱알을 가져다 먹는 형편이라 부모들의 형편이 퍼질 못하였다. 수십 년 된 집은 날이 갈수록 헐고 사는 푼수는 옛날이나 다름이 없었다.

그런 데서 사는 아이들이 사장네의 으리으리한 집을 담 너머로 구경하면서 종이를 뿌리고 나뭇가지나 깡통, 돌멩이를 던져 넣었다.

군바우집은 부엌으로 들어가서 김치 속 버무리는 걸 참견하러 나온 주인 여자에게 아이들의 짓거리를 일렀다. 주인 여자의 얼굴이 어둡고 창백해졌다. 입을 굳게 다물고 눈을 가늘게 떴다. 한참이나 굳어서 그렇게 있다가 불쑥 못질하는 말투로 말했다.

"가난하게 사는 사람들은 그렇게 살 수 밖에 없는 원인이 자기 자신한테 있어요!"

그러고는 이층으로 올라가 버렸다.

군바우집은 그게 무슨 뜻인가에 대해 생각해 보지 않았다. 그러나 슬그머니 기분이 나빠졌다. 양념 버무리는 손짓이 거칠었다. 화학조미료를 절대로 음식에 넣지 못하게 당부하지만 그거 안 넣은 반찬은 맛이 없다고 핀잔을 하였다. 군바우집은 몰래몰래 넣었다. 지금도 붓는다는 게 너무 많이 부어서 덜어 낼까 하다가 그냥 섞어 버렸다.

일거리를 전부 끝내고 아침쌀도 씻어 두었다. 더 할 일이 없었다. 부엌 바닥에 앉았다. 덩치 큰 집 안이 조용해서 바윗덩이처럼 느껴졌다.

이층에서 계단 딛는 발소리가 들려왔다. 군바우집은 벌떡 일어나 싱크대 위를 행주질하였다.

"너무 조용해서 아줌마 없는 줄 알구……."

주인 여자가 중얼거렸다.

"일은 다 끝냈습니다……."

"그래요?"

"빨래하구 청소하구 김치 버무려 담구……."

"김치를 벌써 버무렸다구요? 언제 다 절였어요? 기가 막혀!"

주인 여자가 혀를 찼다.

군바우집의 붉어진 얼굴에 뻔뻔스런 웃음이 흘렀다. 이미 어쩔 수가 없었다.

주인 여자는 냉장고 옆에 놓여 있는 김치 통을 열어 보았다. 빛

깔은 좋았다. 그러나 기분은 여전히 상큼하지가 않았다. 자기 일처럼 하지 않는다는 건 부리는 입장에서는 소름이 끼쳤다.

"익으면 맛있겠지…… ."

주인 여자는 체념하고 중얼거렸다.

"간만 맞으면 다 맛있습니다."

군바우집은 도망갈 구멍을 찾아서 자신감을 가지고 말했다. 주인 여자가 돌아서려 하자 군바우집은 말하였다.

"사모님, 아침 쌀두 씻어 놨습니다. 손님들이 저녁밥은 식당에서 한다구…… ."

군바우집이 주인 여자의 눈치를 집요하게 살폈다.

여자는 깜짝 놀랐다. 언제 외식한다는 얘기까지 엿들었을까! 일이 끝났다구? 목욕탕 바닥엔 때가 끼고 거울들엔 얼룩이 져 있고 변기도 구석구석을 닦아야겠던데.

그러나 주인 여자는 모든 걸 모르는 체하기로 마음먹었다.

"그럼 가세요. 아침에 일찍 오시구."

고압적으로 말했다.

"고맙습니다, 사모님."

군바우집은 저도 모르는 사이에 이렇게 말하였다. 갑자기 사슬이 풀려 차라리 불안해지는 마음이기도 했다. 군바우집은 부엌을 돌아보았다. 손갈 데라곤 한곳도 보이지 않았다. 마음이 놓였다.

"다녀오겠습니다."

군바우집이 인사하고 대문을 나서는데 주인 여자가 불러 세웠다.

"이거 금단이 주세요."

과일이 든 비닐 가방이었다.

"아이구 사모님."

군바우집은 고맙다는 인사말도 할 수가 없어서 엉거주춤 서 있었다.

"빨리 가세요."

주인 여자가 말하고 먼저 등 돌리고 들어갔다.

군바우집은 그의 빠른 걸음으로 10분 남짓 걸리는 병원까지 가면서 주인 여자는 인정이 많다고, 인정 많은 사람이라고 수없이 속으로 뇌까렸다. 그러나 참으로 불가사의하게 정이 끌리지 않는 것이었다.

볼이 잔뜩 부은 큰딸 금자가 군바우집을 맞았다.

"왜서 인제 오나. 애 말라 죽으라구!"

큰딸이 눈을 흘기며 소리쳤다.

군바우집은 파도를 헤치듯 큰딸의 성화를 뚫고 앓는 아이의 침대로 갔다.

"아 다리가 우찌 됐다구?"

다리부터 잡아 대어 보았다.

"에이구우."

큰딸이 입을 삐죽거리며 다가왔다.

"친구들이랑 약속 있어서 나오라구 갠부러 그랬는데……. 나오지두 않구."

군바우집은 어처구니가 없어 큰딸을 노려보았다. 아무리 볼일이 급하다고 해도 그런 방정을 떨어야 한단 말인가. 그러나 이내

속을 누그러뜨렸다. 큰딸에겐 죽인다고 달려든다 해도 할 말이 없
있다.

"상구두 안 늦었나. 날래 가 봐라."

군바우집은 풀 죽은 소리로 말했다. 큰딸은 벌써 가방을 챙겨
팔에 걸고 나서고 있었다. 민망한지 뒤돌아보고 씩 웃어 보였다.
짙게 화장한 얼굴이, 그래서 대여섯 살이나 더 나이 들어 보이는
딸에게서 전혀 육친 같지 않은 낯설음이 느껴졌다.

아이가 철이 든 이후로 심 씨나 군바우집은 늘 떳떳치 못한 마
음으로 딸을 대하였다.

맏이로 태어난 큰딸은 두 살 터울로 생긴 사내 동생을 봐 주는
일부터 시작했다. 네 살부터 제 밥벌이는 하면서 산 셈이었다. 커
서 학교에 들어갈 나이가 되었을 땐 살림을 하였다. 기저귀도 빨
고 밥도 차려 동생들과 먹었다. 내외가 사방팔방으로 돈벌이를 다
녔건만 끼니 때우기가 어려웠다. 동생들이 얼마만큼 자라났을 때
큰딸은 학교 들어갈 나이를 이미 훌쩍 넘겨서 학교를 가려고 하지
않았고 결국 지금까지 학교 문턱을 넘어 보지 못한 것이었다. 큰
딸 아이의 나이에 의무 교육인 초등학교도 안 가르친 부모는 거의
없었다. 군바우집과 심 씨는 내내 그것이 가슴에 못 박혀 있었다.

큰딸은 철이 들더니 훌쩍 집을 나갔다. 집구석에서 심통 부리는
모습을 안 보게 되어서 군바우집은 차라리 다행이었다. 포항, 울
진, 강릉으로 떠돌아다니며 다방에서 일하는 걸 보았다는 뜬소문
이 가끔 들려왔다. 그러다가 지난봄에 불쑥 사내를 꿰차고 집에
들어왔던 것이다. 무리실 변 씨네 집안이었다. 언제부터 눈이 맞

152

앉는지 읍내에 방 한 칸 얻어 살림까지 차려 놓고 있었다.

　말하자면 맏사위가 되는 청년은 중학교를 졸업하고 철공소에 다니고 있었다. 심 씨나 군바우집에게는 청년의 인상이 궁해 보여 영 성에 차지 않았다. 그리고 그건 잔치를 미루는 좋은 빌미가 되었다. 사실 당장 이불 한 채 꾸며 줄 여유도 없었던 것이다.

　막내가 병이 난 다음 집안에 꼭 품 하나가 더 있어야 되었다. 한쪽 다리를 깁스를 하고 있어서, 똥오줌 받아 내고 갖은 시중을 들어 줘야 했다.

　보호자 의자도 없는 6인용 병실에서 밤이면 아이 침대 귀퉁이에 가까스로 몸을 붙이고 죽은 듯 곯아떨어졌다가 작은 소리에도 소스라치게 깨어나곤 하는 일은 심 씨와 군바우집이 돌아가며 했다. 밥은 큰딸과 군바우집이 집에서 날라 왔다. 아이는 사장님네 집에서 동화책을 빌려 오라고 떼를 썼다. 군바우집은 그건 별도의 신세를 끼치는 일 같아 여러 번 망설이고는 아이에겐 언제나 잊었노라고 둘러대었다.

　중학교·고등학교 다니는 아이들은 집에서 새끼 한 마리 받기로 하고 길러 주는 염소와 소가 돼지 값보다 싸다고 해서 기르는 송아지 여물 때문에 바빴다. 10만 원 주고 얻은 밭에 심은 옥수수와 수박도 들여다보아야 했다. 동네 끝머리 산등성이 바로 밑에, 남의 땅 얻어 시멘트 블록으로 지어 사는 세 칸 집 작은 식당에 아들 둘이 친구들 불러다 제법 모양을 갖춰 외양간도 얼기설기 갖춰 놓았고 금단이 친구한테서 얻어 온 토끼가 새끼를 한꺼번에 다섯 마리나 낳아 그 우리도 곁에 엮어 놓았다.

기진해서 잠들었던 금단이 눈을 부스스 떴다. 군바우집의 가슴이 후벼 파이는 듯 아렸다. 군비우집에겐 아이의 눈이 해골처럼 팬 것으로만 보였다. 그뿐이 아니었다. 두 발 가지고 움직이는 짐승을 쇠침대에 묶어 두어 지레 말라 죽이지 않나 벌컥벌컥 겁이 나기도 했다. 의사라는 사람을 도대체 얼마만큼 믿어야 할지 답답하였다. 지금 먹이는 약이 어떤 약인지, 놓아 주는 주사는 무슨 주사인지, 깁스는 언제까지 하고 있어야 하는지, 그건 모두 둘째치고서라도 아이의 병명이 무엇인지 참으로 땅을 치다 죽을 노릇이었다.

군바우집은 아이의 머리카락을 적신 땀을 마른 수건으로 훔쳐냈다.

"엄마야, 은제가 장날이나?"

아이가 기어 들어가는 목소리로 말했다. 주인집에서 준 과일 자루에서 참외를 꺼내 깎던 군바우집이 고개를 들었다.

"야가 장날은 알아 뭣에 쓰나? 낼이다."

마주 보이는 침대에 있는 노파가 심심하던 차에 일어나 앉아 참견하였다. 달콤한 참외 내가 코를 찔러 차마 누워 있을 수 없었던 모양이었다.

"하마 그렇게 됐나? 얼진하믄 한 파수가 오니……."

다시 참외를 깎으며 군바우집이 중얼거렸다. 그리고 금단이 장날 찾는 마음을 알아냈다. 어제, 옥수수가 익었느냐고 물어서 장날 내다 팔 거니 그때 쪄다 주겠다고 말했던 것이다.

"엄마야, 토끼 새끼 많이 컸나?"

아이가 추억에 잠기는 낯빛으로 물었다. 군바우집은 참외 한 쪽을 아이에게 쥐어 주었다.

'지즈바야, 토끼 새끼가 니 걱정할라.'

군바우집은 속으로 말했다.

공으로 생긴 과일이라고 병실에 있는 환자들에게 한 쪽씩 돌리고 간호원에게도 복숭아를 가져다주었다.

군바우집은 아이가 먹는 동안, 사람 하나 산다고 시답잖게 모여 있는 그릇이며 냄새나는 빨래를 주섬주섬 씻고 빨았다. 군바우집은 기름기라곤 없어 보이는 얼굴인데도 뼈가 굵어 남들이 보면 힘이 펄펄 나는 듯 보였다.

"저런 사람 일손 놓으면 대박 죽재."

노파가 측은한 목소리로 혼잣말을 하였다.

심 씨가 퇴근하고 곧장 왔다. 인상이 좋지 않았다. 아이를 들여다보고 잘 있었느냐고 묻고, 마른 풀줄기 같은 손을 잡아 보고 나서 뚱한 얼굴로 서 있는 아내에게 말했다.

"사장집에서 무신 말 못 들었싸?"

"무신 말이라니!"

군바우집이 무턱대고 내쏘았다. 그리고 남편을 쳐다보았다. 심씨가 그 눈길을 피하였다. 잠시 침묵이 흘렀다. 뭔가 심상치가 않게 느껴졌다. 고생은 고생이려니 견디겠는데 놀라는 일만은 생기지 말아 달라고 군바우집은 빌었다.

"공장이 오늘 팔렸단다."

심 씨가 토하듯 뱉었다. 그는 죄지은 사람같이 어디 숨고 싶어 하는 눈치였다.

군바우집은 미동도 하지 않았다. 얼핏 보면 태연한 모습이었다.
심 씨가 주전자 꼭지를 입에 대고 목젖이 울도록 들이켰다.

"일곱 달 댕겼으믄 많이두 끌었재."

군바우집이 중얼거렸다. 그는 남편의 뜻밖의 취직보다 차라리
실직에 더 익숙한 편이었다.

"수박 밭에 짐을 안 매 줘서 남새시룹더와."

군바우집은 곧 마음을 가다듬고 남편이 할 일을 일깨워 주었다.

"인부들 넷 남아 있는데 사표들을 낼 것 같지 않더라. 팔린 데로
넘겨달라는 거란다."

심 씨가 비장하게 말했다. 군바우집이 흘깃 쳐다보았다.

"저 아배가 정신이 있나아? 두 달하구 공장 팔릴 때까지루 못
박은 처진 모르구……."

군바우집은 혀를 찼다. 세상 물정 모르는 아이를 대하는 기분이
었다. 이런 기분은 아내를 보는 심 씨도 마찬가지였다.

심 씨는 오늘 서무과 직원이 공원들에게 사표를 받으러 왔을 때,
그들과 합세하여 사표 쓰기를 거부했다. 직원은 심 씨의 태도를 가
소로운 웃음으로 넘겨 버렸다. 그가 어떤 연유로 일을 하게 되었는
지는 다 알고 있는 터수였다. 심 씨는 문제가 아니었다. 10년 넘게
일한 나이 든 공원들이 정작 문제였다. 공장을 인수한 쪽에서 나이
로 보아서도 그들을 쓸 수 없다고 못 박았기 때문이다. 회사 쪽에
서도 남겨진 공원 몇 명에 대한 문제는 티끌만큼도 염두에 두지 않
고 매매 계약을 맺었던 것이다.

"데모하기루 했어!"

심 씨가 결연히 부르짖었다.

군바우집은 처음엔 무슨 말인지 알아듣지 못하였다. 그러다가 되새김질하듯 알아낸 말뜻에 어이가 없어 입을 벌리고 웃었다. 어쩌다 틀어 놓은 텔레비전에서 서울의 대학생들이 공부는 하지 않고 무슨 데모한다고 불 지르고 개지랄한다는 걸 듣고 보긴 했지만, 그 말을 남편 입에서 듣게 되다니 아닌 밤중에 홍두깨였다. 그래서 우스웠다. 웃고는 잊어버렸다.

병원 잠은 군바우집이 자기로 하였다. 금단이 먹다 남긴 식은 밥은 그가 저녁으로 먹고, 아이는 자장면을 시켜 주기로 했다. 다른 때는 군바우집은 사장네에서 저녁밥을 먹고 설거지까지 끝내고 퇴근하였다.

심 씨가 내일 새벽 아이들과 함께 옥수수를 따다가 가마솥에 찌기로 했다. 그때쯤 군바우집은 아이를 오줌 누이고 물도 먹여 목마르지 않게 해 두고, 걸어서 한 시간 걸리는 옷질 집으로 갈 것이다. 금단은 혼자서 두세 시간을 견뎌야 했다.

집에 가서 군바우집은 밥을 해서 아이들 점심 싸고 병원 밥도 싸고 무 썰어 소금 뿌리고 고춧가루, 마늘, 파, 대충 넣어 깍두기도 버무려 단지에 담아 둬야 했다. 그리고 심 씨와 함께 옥수수를 이고 장에 올 것이다. 심 씨는 곧장 버스 타고 공장으로 가고 군바우집은 장사꾼에게 도매로 옥수수를 판다. 알이 고르지 않다느니, 통이 잘다느니, 수염을 깨끗이 다듬지 않았다느니 해서 접에 2천원 정도나 받을 것이다. 시간이 있으면 낱개로 팔아 억울한 맘도 가시게 하고 싶었다. 그러나 늦어도 8시까지 사장네 대문에 닿아야 했다. 병원엔 언제 들를 것인가.

금자는 신랑을 철공소에 보내고 제 일굴 몸치장 끝내고야 나올 거였다. 젖통 훤히 들여다보이는 소매 없는 옷은 입지 말라고 해도 늘 막무가내였다.

2

군바우집은 이틀 동안 아무것도 달라진 것을 보지도 못하였고 다른 말을 듣지도 못하였다. 그런데도 심 씨는 눈치를 잘 살피라고 닦달이 여간 아니었다. 그는 사표를 쓰지 않는 자신이 마냥 편안하지가 않았던 것이다. 자기 때문에 아내의 파출부 일까지 잃게 될까 불안하기도 하였다. 그래서 사장 내외가 무슨 얘기를 나누나 잘 엿듣고 군바우집을 대하는 태도의 변화나 낯빛을 주의 깊게 살피라는 것이었다. 어쩌면 군바우집을 통해 심 씨더러 사표를 기분 좋게 내라고 부추길 거라고 생각했던 것이다.

그러나 이틀 동안은 심 씨의 예측이나 예감을 적중시킬 어떤 기미도 찾아지지 않았다.

오늘도 군바우집은 시간 맞춰 출근하였다. 사장은 다른 때보다 10분이나 늦게 식탁에 와 앉았다. 국 냄비 뚜껑 위에 엎어서 뜨겁게 데운 사발에 곰치국을 떠다 놓았다.

"여보, 잡숴 봐요, 곰치국이라구, 아주 시원하대요."

주인 여자가 남편 뒤에 서서 국 사발을 바짝 앞에 끌어당겨 주며 말했다. 군바우집은 살짝 사장을 쳐다보았다. 술독이 풀리지 않은 얼굴이었다.

"거 시원한데."

사장이 거나한 목소리로 말했다. 몸집이 크고 이마가 넓어 마흔다섯은 되어 보이는 얼굴이었다.

"아주머니, 한 그릇 더 있습니까?"

사장이 부엌에 대고 소리쳤다. 말이 끝나기도 전에 그의 아내가 건더기만 남은 국 사발을 들고 왔다.

"아줌마 국 솜씬 알아줘야 한다니깐."

주인 여자가 식당 방으로 가며 말했다. 내외가 한꺼번에 이런 칭찬을 하기는 처음이었다. 군바우집은 정말 비행기에 태워진 것처럼 어안이 벙벙하여 말을 잊었다.

주인 여자는 시누이들이 떠나고 그날로 시어머니가 오지 않겠다고 해 기분이 좋아 있었다. 그렇지만 남편이 술을 먹고 늦게 들어온 날은 같이 식탁에도 마주 앉지를 않았는데 오늘은 별났다.

사장은 국만 두 사발 들이켜고 아침 식사를 끝냈다. 아이들은 시누이들 편에 서울로 보내 다음 주말 내외가 올라가 데려오기로 해서 집안이 조용하였다.

저렇게 기분 좋을 때 한번 물어볼까? 군바우집은 생각하였다.

주인 여자는 대문의 쇠빗장을 지르고 현관문을 걸고 이층으로 올라갔다. 이제 습관대로 군바우집은 커피를 타 들고 올라가야 했다.

주인 여자는 안락의자에 누워 신문을 보고 있었다. 군바우집은 주인 여자가 그래도 누워 있어서 기척을 내려고 찻잔을 떨그럭거리다가 커피를 흘렸다. 얼른 휴지를 가져다 닦았다.

안방 문턱에 두툼한 보따리 두 개가 놓여 있었다.

"사모님, 저게 뭡니까?"

군바우집이 궁금해서 물었다.

그제야 여자는 신문을 내던지고 일어나 앉았다.

"사장님이 어제 늦게 들어오셨어요. 새벽 2신가? 나두 죽겠어
요. 지겨워서 서랍 정리를 했어요. 버리긴 아깝구……. 그래서 싸
뒀는데 아줌마가 필요한 건 챙기구 누구 주든가 걸레 하세요."

여자는 하품을 하였다. 그리고 커피를 한 번에 마셔 버렸다.

"잠을 자야 하는데……."

여자가 중얼거렸다.

군바우집은 궁금한 게 따로 있었다. 주먹 쥔 손으로 마룻바닥을
자꾸만 문질렀다. 주인 여자는 처음엔 아무것도 눈치 채지 못한
얼굴이더니 군바우집에게 물었다.

"아줌마, 나한테 하고 싶은 말 있어요?"

공연히 군바우집의 검고 투박한 얼굴이 붉어졌다.

"저어……. 사장님이 우리 아 아배 얘기 안 하십디까?"

군바우집은 화끈거리는 얼굴을 손바닥으로 누르며 더듬거렸다.

"뭐요?"

갑자기 여자가 사무적인 말투로 물었다. 군바우집은 움찔 주눅
이 들어 말 꺼낸 걸 후회하였다. 그러나 이대로 호지부지할 단계
가 지난 것 같다고 생각했다.

"사모님, 공장이 팔렸답니다."

주인 여자는 바닥에 떨어져 있는 신문에 눈길을 박았다. 그리고
움직이지 않았다.

"사장님이 우리 아 아배 얘기 안 하십디까?"

군바우집은 너무 어렵게 말을 해서 울먹이는 것처럼 들렸다.

"아니요."

주인 여자는 확실하게 대답하였다.

"왜요? 사장님은 바깥일을 절대 집에 와서 늘어놓지를 않으셔
요."

이렇게 말하고 나서 비로소 여자의 얼굴에 보통의 표정이 찾아
왔다.

군바우집은 그가 생각했던 것과는 딴판으로 얘기가 흘러서 마
구 헷갈려 주춤주춤 일어섰다. 아직은 아무 일도 없는 모양이라고
생각해 버렸다. 주인 여자에게 뒷모습을 보이며 아래로 내려가는
게 뻑뻑했다. 뒤가 켕겼다.

"아줌마, 보따리 내려다 두세요."

주인 여자가 말했다. 갑자기 군바우집은 자기가 콩알만 해지는
환상을 느꼈다. 보따리를 양손에 들었다. 무지근하였다.

"아줌마, 공장이 팔렸으면 아저씬 어떡하지요? 우리 아빠 그거
안 팔려 속 무척 끓였어요."

주인 여자가 보통의 그 여자 말투로 말하였다.

"되는 대루 살지요."

군바우집은 외면하고 뱉었다. 말끝에 '흥' 하고 콧방귀가 뀌어졌
다. 아래층으로 내려갔다. 옷 보따리가 성가시게 느껴졌다. 부엌
에서 곧장 뒤뜰로 낸 문을 열고 추녀 밑에 놓았다. 꼭지 무른 감이
떨어지며 장독대 옆으로 뻗은 머루 잎을 툭툭 쳤다.

군바우집은 얼굴을 찡그리고 한정 없이 무거운 몸을 빨래방 문지방에 내던졌다. 누비 홑이불이 욕소에 담겨 있고 담요도 그 속에서 물을 먹고 있었다. 주인 여자는 손님들이 쓴 이불, 요, 수건, 소파의 덮개도 모조리 벗겨 내놓은 거였다. 담배 냄새 배었다고 커튼도 뜯었다. 어제 호청 빨았고 오늘 홑이불, 담요 빨고 내일은 커튼과 잡다한 것을 빨면 꿰매는 것까지 사흘은 더 매달려야 끝을 낼 것이었다.

"젠장, 뜬벌이 다니라지."

군바우집은 혼자서 말했다.

옷을 걷어붙이고 욕조에 들어가 빨래를 밟으면서 생각은 온통 다른 데 가 있었다. 큰아들을 고등학교를 잘못 보낸 것 같았다. 중학교 들어갈 때 한 해 묵고, 고등학교 들어갈 때 또 한 해 묵어서 친구들은 졸업반인데 1학년에 다녔다. 방학 동안이라고 쉬지도 않고 보도블록 까는 데 일 다녔다. 중학교 3학년짜리도 같이 다녔다. 큰아이는 하루에 5천 원, 둘째는 4천 원씩 받기도 했다. 점심은 싸 가지고 다녔다.

둘째 아들은 졸업하면 원주에 있는 직업 훈련원에 들어가겠다고 하였다. 나라에서 돈을 대 준다는 거였다. 1년 배우고 나면 그곳에서 일자리까지 맡아 주는 좋은 데라고 했다. 아무래도 큰아들이 걱정이었다. 왜 그렇게 공부하지 못해 안달을 하는지, 뿌듯하기도 하고 걱정스럽기도 하였다. 기약 없이 병원에 누워 있는 딸도 걱정이고, 군바우집이 알게만도 세 번이나 아이를 긁어 낸 큰딸의 앞날도 걱정이었다.

"두 달 다니기루 하구 반년 넘게 다녔으면 큰 덕 본 거라니."

군바우집이 말했다. 누가 앞에 서 있기라도 한 것 같았다. 그러나 이것은 말뿐이고 마음은 아쉽고 아쉬워서 쉽사리 놓여나지지가 않았다.

데모라는 걸 하면 더 다니게 된다는 말인가?

문득 생각이 여기에 미쳤다. 공장을 판 사장한테 하는 데몬가? 산 사장에게 하는 데몬가? 이것도 궁금하였다. 만약 데모를 해서 공장에 더 다닐 수 있게 된다면 차라리 그게 훨씬 나았다. 군바우집 자기는 식당 주방에 취직하든가, 일손 달리는 농사 품을 팔아도 되었다.

그러나 곧 이 모든 생각을 부질없이 여겨 훌훌 털어 내었다. 대학생들의 데모와 4, 50대의 공원 네 명의 데모라는 게 아무리 뜯어 맞춰도 어울리지가 않았다. 심 씨가 괜스레 허풍을 떠는 거라고 생각했다. 그에겐 허풍기가 꽤 있었다. 읍내 노래자랑에 나가 「신고산 타령」을 불러 입상 한 번 하고 나서는 주현미를 가소롭게 여기는 그였다. 그의 말에 의하면, 가수들은 노랠 기술로 부른다는 거였다. 노래란 인생의 가락으로 목청을 울리고 나와야 하는 법이라는 게 입상 1회 경력을 가진 심 씨의 지론이었다. 작년 정월 대보름날 극장에서 있었던 대회 이후, 그는 가수가 되고 싶어 안달을 했다. 그리고 꿈을 이룰 수 없는 애달픔을 술로 달랜다고 밤낮을 가리지 않았다.

그의 이런 난봉 기운은 큰딸이 제일 많이 물려받은 폭이었다.

점심을 먹고 나서 주인 여자는 외출을 했다. 미장원에 들렀다가 시장을 봐 오겠다고 하였다.

"아줌마!"

대문을 닫고 계단을 다 내려간 주인 여자가 뒤돌아서서 군바우 집을 불렀다. 주인 여자가 물었다.

"막내요, 몇 호실이라고 했지요?"

담에 기대서서 바라보던 군바우집이 대답을 했다.

"4층입니다. 506홉니다. 사모님, 왜서요?"

"글쎄, 시간이 나면 들러 볼까 하구요."

"사모님 바쁘신데 안 디다 봐두 됩니다."

군바우집이 송구해서 말했다.

그러나 여자는 앞집의 담을 끼고 돌아 모습을 감췄다.

군바우집은 오래도록 서 있었다. 앞집 담의 덩굴은 붉은빛을 띠어 가고 있었다. 여자 고등학교 뒤편의 플라타너스 앞에서 이미 물기가 마르기 시작하였다. 벚나무 가지 위에서 벌레 잡아먹는 새가 쩍쩍거렸다. 군바우집은 아무 생각도 들지 않았다. 붉은 벽돌 사이로 쇠파이프를 가로지른 담에 턱을 괴고 있는데 슬그머니 졸음이 왔다. 정신을 차리자고 기대었던 몸을 곧추세웠다. 잔디밭을 밟고 빨랫줄로 갔다. 발밑에서 메뚜기가 톡톡 튀어 달아났다. 담요와 홑이불을 뒤집어 널었다. 볕이 따가웠지만 여름 볕은 아니었다. 담 가의 전나무에 심지도 않은 개수박이 주렁주렁 열려 있었다. 잎이 무성할 땐 용케 몸을 숨겼다가 씨 안고 나면 사람 눈에 띄었다. 이런 건 개수박만이 아니었다. 알맞게 큰 호박, 오이도 아침마다 헤집어서 따다 먹어도 덤불걷이를 할라치면 누렇게 씨를 안은 놈들이 몇 개씩 나왔다.

군바우집은 아래층 마루 의자에 가서 잠깐 눈을 붙였다. 어쩌다 낮에 잠을 좀 자고 나면 며칠이 개운하였다. 그러나 잠깐 잔다는 게, 초인종이 수없이 울려서야 깨었다. 정말 죽었다 살아난 기분이었다.

주인 여자는 입이 써서 아무 말도 하지 않고 들어왔다. 군바우집은 그가 자기를 늘 주인 눈 피해 잠만 잔다고 여길까 봐 변명하고 싶었다. 하지만 주인 여자는 틈을 주지 않았다.

주인 여자는 커다란 전복을 꺼내 놓았다. 살아서, 사람 손이 닿자 몸을 돌덩이처럼 웅크렸다.

"사모님, 초고추장 맹글랍니까?"

"아냐 아줌마, 죽 쑬 거야. 사장님이 퇴근하고 곧장 오신대요."

"전복으로 죽 쑵니까?"

"아줌마 몰라요?"

"난 모릅니다."

"아줌마 아는 게 뭐 있어요?"

주인 여자가 살이 있는 홍해삼을 꺼내 놓으며 말했다. 군바우집은 기분 나쁜 기색 없이 멀뚱히 서서 주인 여자가 하는 양을 지켜보았다. 주인 여자는 해삼도 볶는다고 했다.

"사모님하구 몇 년 더 있으믄 나두 요리사 되겠습니다."

군바우집이 말했다. 솔직한 심정이었다. 주인 여자가 소리 내 웃으며 말했다.

"그럴까요?"

군바우집은 별로 할 일이 없었다. 옆에서 바라보기만 하는 게 더 힘이 들었다. 생각 끝에 마늘이 들 성싶어 그것을 내다 깠다. 쌀을 씻었다. 다시 옆에 섰다.

"아줌마, 냉동실 좀 봐요. 구질구질한 거 많을 거예요. 좀 치우세요."

"다아 괴긴데요?"

"너무 오래 되었어요."

주인 여자가 잘라 말했다.

군바우집 가슴이 느닷없이 벌렁벌렁 뛰기 시작하였다. 차마 자기가 가져가겠다고, 그런 말이 나오지 않았다. 덩어리 지어 얼린 봉지가 한두 개가 아니어서 더욱 그랬다.

"아줌마 가져다 잡수실래요? 꼭 버릴 거 드리는 거 같아 가져가시라구 하기가 민망해요."

군바우집은 허드레 음식이나 남은 음식을 가져가는 게 한두 번이 아니었음에도 그때마다 늘 생뚱스러웠다.

"차암! 금단이 보고 왔어요. 얼마나 가엾던지."

"가 보셨습니까?"

"뼛국이라도 먹여야겠더라구요."

주인 여자가 말했다.

군바우집은 침울한 낯으로 고개만 끄덕였다.

"내가 원장을 만날까?"

주인 여자가 혼잣말로 나직이 중얼거렸다. 군바우집이 밧줄 잡은 사람처럼 눈을 번쩍 떴다.

"사모님, 힘 좀 써 주세요."

군바우집이 정성으로 매달렸다.

그러나 무슨 힘을 어떻게 쓰라는 건지 부탁하는 쪽이나 부탁받는 쪽이 똑같이 막연한 상태였다. 다만 주인 여자는 읍의 기관장 부인 오찬 모임에 나가면 도립 병원장 부인도 만나게 될 것이므로 그것을 염두에 두고 해 본 말이었다.

군바우집은 퇴근을 할 때까지 야릇한 흥분에 들떠 있었다. 마치 찰랑이는 물 위에 발이 떠 있는 기분이었다.

냉동실을 비운 고기들과 해수욕 손님이 오지 않아 남아도는 배추김치를 싼 비닐 가방과 옷 보따리 하나를 들고 사장네를 떠나는 발걸음에 신명이 실린 듯하였다.

사장과 그의 아내는 오랜만에 단둘이서 늦여름의 잔디밭에 앉았다. 새끼를 등에 업은 방아깨비가 껑충껑충 뛰어다녔다. 독만 남은 모기 쫓는다고 주인 여자가 분무기를 뿜어 대었다. 감이 툭 툭 떨어졌다. 골목 저쪽에서 어린아이들이 떼 지어 노래 부르며 고무줄놀이를 하였다.

"여보, 오늘 이 사장 부인 만났어. 내가 말했지. 왜 다이아 두 줄 돌린 비취반지."

사장은 팔베개를 하고 잔디밭에 누웠다. 이 사장은 이 지역의 토박이 부자였다. 새로 부임하는 기관장들이나 의원들도 그 집안의 자문을 받았다.

"주말에 꼭 가기? 당신 못 가면 나라도 가서 회장님 댁에 들를 거야."

사장의 아내는 둘만 있을 땐 남편에게 반말을 하였다. 여자는 가을 인사이동 때 서울로 옮기기 위해 손을 쓰려는 것이었다. 이 사장의 아내는 가까운 항구의 밀수품 보석들을 사는 구멍을 트고 있었다.

"야아, 금성이 저렇게 반짝이나?

하늘만 바라보고 있던 사장이 감탄해서 말했다.

"사모님이 그런 반지가 없겠어?"

여자는 자조적인 말투로 내뱉었다.

사장은 어릴 때 본 하늘을 기억해 보았다.

"여보, 공장 팔렸다면서!"

여자가 급작스럽게 소리치며 남편의 팔뚝을 탁 쳤다. 얼마나 손끝이 매웠던지 솟아났다.

"으응, 다아 끝났어."

사장이 기지개를 켜며 말했다. 그는 어린 시절의 밤하늘을 기억하는 동안 삶의 허망함을 잠깐 느끼고 있었다.

"끝나다니? 아침에 아줌마가 자꾸만 뭘 캐내려는 듯이 굴더라구. 왠지 달려들 거 같아서 얼마나 조심했는지. 아이구 지겨워. 가난한 사람들은 왜 있는지…….''

"당신 그런 소리 하지 말어. 가난한 사람 없어지면 누가 파출부해 줄 줄 알구?"

사장의 말끝에 여자가 잔디를 쥐어뜯으면서 까륵까륵 웃어 대었다.

"거 참 사람 속은 알 수 없어."

사장이 눈을 지그시 감고 말했다. 그의 눈앞에 순박하기 그지없어 보이는 심 씨의 모습이 떠올랐다. 사람은 참으로 다루기 쉽고도 어렵다는 생각이 들었다.

"또 가난한 사람 얘기유?"

여자가 사장의 팔뚝 털을 가볍게 잡아당기며 물었다.

"바람이 달라. 가을바람인데."

사장이 자신의 맨살을 손바닥으로 문질렀다.

"빨리 얘기해 봐요. 뭐야, 누굴 알 수 없다는 거냐니깐?"

여자가 투정을 했다.

사위에 어둠이 내리고 있었다. 사장은 은하수를 보았다. 서울에 가면 볼 수 없을 것이라고 생각하였다. 그는 일어섰다. 습관적으로 등을 털었다. 주인 여자의 궁금증은 아직 그대로 살아 있었다.

"심 씨 말이야."

"그게 누구야?"

"파출부 남편!"

"아, 그래요. 그 사람이 어쨌어?"

"참 기가 막혀서. 알 수가 없어."

사장은 쓸쓸한 웃음을 혼자 웃었다. 여자는 남편의 팔에 매달려 걸었다. 그리고 귀를 기울였다.

"그 사람이 사표를 안 내는 거야."

"어머머, 그럴 수가! 자기는 두 달 일하기로 하구선. 공장 안 팔리는 덕에 얼마나 일을 했어? 평생 월급은 처음 받아 보았다는데. 가난한 사람들은 문제가 있다구. 남을 도와줘 봤어야 알지!"

그들은 집 안으로 들어갔다. 현관문을 걸었다. 이층으로 올라가 다시 문을 걸었다. 그들은 전망이 좋은 이층 소파에 앉았다.

"어떡해, 안 내서?"

여자가 짜증스럽게 말했다.

"받긴 받았지. 겨우 오늘 오후에. 내가 집어넣은 사람이 사장 명령을 거역하면 내 체면은 뭐가 되겠어."

"물론이지."

여자가 장단을 쳤다.

그들은 더 이상 거기에 대해 말하지 않았다. 여자는 군바우집이 대낮에 낮잠 자는 것을 떠올렸다. 옛날엔 충직한 하인도 있었고 임금을 위해 대신 죽는 신하가 있었다는데 지금은 인간관계가 뒤죽박죽이라고 그 여자는 생각하였다. 무엇이 인간의 위계질서를 이렇게 어지럽혔을까? 그 여자는 한심한 생각이 들었다. 남편에게 동네의 가난한 아이들이 울안으로 돌멩이를 던지더란 얘길 하려다가 꿀꺽 삼켜 버렸다.

조금 뒤에 그들은 잠자리에 들었다. 그들은 둘 다 피곤했으나 야릇한 의기투합으로 길고 짙은 방사를 가졌다.

군바우집이 날듯이 걸어서 병원으로 왔을 때, 금단만 혼자서 쿨 적거리고 있었다. 언니는 5시에 나갔다고 다른 환자의 보호자가 고자질하듯 말했다. 아이는 어머니가 나타나자 쿨적이며 울음을 삼키려던 노력을 내던지고 아주 흑흑 느껴 울기 시작하였다. 그동안 참았던 슬픔과 오랜 병원 생활의 우울함, 내일에 대한 불안이 더 이상 숨겨지지 않고 마구 터져 나와 어린아이를 서러움에 휩싸이도록 하였다.

아이는 가끔 목발을 짚고 다니는 자신의 모습을 떠올리곤 하였다. 운동장 한 귀퉁이에 앉아서 선수들의 시합을 구경하는 초라한 모습도 떠올랐다. 메달을 목에 걸고 꽃다발을 든 손을 활짝 펼쳐 보이는, 텔레비전에 나오는 자신을 그려 볼 땐 목이 콱 조여들어 죽을 것만 같았다.

그러나 오늘 금단의 슬픔을 건드려 울게 한 것은 그런 것이 아니었다. 나간다고, 오줌 마렵지 않느냐고 금자가 물었을 땐 전혀 소식이 없던 오줌이 언니가 나가고 반 시간도 지나지 않아 마구 마려웠던 것이다. 금단은 참는 데까지 참아 보려고 혀를 깨물었다. 그러나 조금씩 오줌을 지리기 시작했던 것이다. 금단은 오줌을 지리면서 자신의 현실이 이렇게 참혹한 것임을 뼈저리게 깨우쳤다.

군바우집은 사랑의 힘만이 가능한 육감으로 금단의 슬픔을 알아내었다. 거친 손으로 조심해서 아이의 속옷을 벗겨 오줌을 누이고 옷을 갈아입혀 주었다.

비로소 아이의 얼굴에 밝은 빛이 돌았다.

"엄마, 사모님 있잖아, 저거 사 왔다."

아이가 어린애 말투로 어리광을 부렸다. 고기 봉투를 펴던 군바우집이 침대 밑의 과일 음료수 상자를 돌아보았다.

"거 보래이. 다들 널 위하잖나?"

군바우집이 아이 기가 꺾일세라 말하였다.

"엄만 그건 뭐야?"

"쇠고기다. 볶아서 먹자. 사모님이 줬다."

군바우집은 화도 나지 않았건만 말을 토막 쳐서 뱉었다. 봉지엔 고기만 들어 있는 게 아니라 언제 적 것인지 인절미도 있고 생고 등어 토막도 있었다. 몇 달씩 지난 것들일 거였다. 군바우집의 기억에도 없었다. 그는 시계를 보고 오지 않는 큰딸을 미워하였다. 냄비야 작은 거 하나 있지만 양념이 없어 걱정이었다. 그러나 병원을 비우고 어디 가기도 그랬다. 심 씨가 돌아올 때가 되었는데 오지 않아 속이 상했다. 잠깐 궁리하다가 아이를 달래 놓고 시장엘 뛰어갔다 왔다. 살 좋은 토막으로 골라 잘게 썰어서 맛소금으로 간하고 파, 마늘을 넣어 볶았다. 배추김치도 길게 찢었다. 금단이 하루 먹는 밥이 찬합에 절반 넘게 남아 있었다. 낮에는 큰딸도 함께 먹었을 테니 앓는 아이는 거의 먹지 않은 거였다. 군바우집은 속이 찢어졌다.

아이의 누운 침대를 등 쪽으로 높이고 등 뒤에 턱을 만들어 밥 먹기 편하게 해 주었다. 밥은 아이가 떠먹고 고기는 군바우집이 떠 넣어 주었다. 금단이 김치가 맛있다고 그것만 밝혔다. 아이는 어머니의 맘이 놓일 만큼 밥을 먹었다. 밥 먹은 뒤에 주스도 한 깡통 마셨다. 아이는 더 바랄 게 없는 얼굴로 앉아 신장이 나빠 와 있는 아주머니의 흑백텔레비전을 함께 보기 시작하였다.

군바우집은 빈 그릇을 씻으며 오지 않는 심 씨를 속으로 마구 욕했다. 주전자에 보리차를 받아 가는데 간호사가 불렀다. 전화를 받으라는 것이었다. 심 씨의 술 취한 목소리가 들렸다.

"임자, 고생이 많소!"

172

심 씨는 무턱대고 이렇게 말했다.

"정신이 있싸 없싸! 지금이 어느 땐데 술이나 처먹구 지랄이나!"

군바우집은 저녁 내내 키운 화를 이렇게 한마디로 쏟아 버렸다.

"임자, 걱정 말아. 곧 갈 거야."

그는 여전히 혀 꼬부라진 소리로 말하였다.

"날래 와."

군바우집은 간호사들도 듣는데 악다구니친 게 부끄럽고 해서 나직이 풀 죽은 소릴 하고 끊었다.

그러나 울화는 사그라지지 않았다. 복도 끝에 가서 먼지 끼고 때 묻은 창으로 어두워진 밖을 내다보며 씨익씨익 화를 가라앉혔다. 손바닥으로 얼굴을 문질러 굳은 낯을 풀었다. 그리고 병실로 들어갔다. 텔레비전 쪽으로 고개를 돌린 채 아이가 잠들어 있었다. 머리를 바로 놓아 주었다. 침대를 벽에 붙였다. 물건들도 챙겼다.

"언나는 약두 안 먹재?"

입이 답답해진 할머니 환자가 말을 걸었다. 잠시 후에야 군바우집은 그 말이 자기에게 건 것임을 알았다.

"약두 안 주구 뭔 지랄인지…… 달부 아를 붙들어 매 놓구……."

군바우집은 생각하면 기막히고 속 터져서 화만 뻗쳤다.

할머니는 괜한 속을 쑤셨다 싶어 몇 모금 빨다가 꺼둔 담배에 불을 붙였다. 간호사나 의사, 자식들까지 합세해서 담배는 금물이라고, 다른 환자에게도 좋지 않다고 그렇게 못 피게 하여도 그것만은 안 되겠다고 하였다. 할머니가 피워 내는 담배 내는 유난히

고약스러웠다. 이미 헐고 더러워진 내장을 돌고 나온 냄새같이 역하였다.

신장 나쁜 여자가 제일 질색하였다. 그 여자는 눈 흘기고 입 빼물고 병실을 나갔다. 텔레비전을 끄고 코드도 빼놓았다. 머리를 긁적이던 군바우집도 잠든 아이를 들여다보다가 나갔다. 아무래도 김치 한 가지는 떨어뜨리지 말아야 할 것 같았다. 김치가 없으면 아이들이 된장을 퍼다 오이, 고추 찍어 먹는다며 도둑맞은 것처럼 먹어 치웠다. 제철이나 담는 된장은 아껴야 했다.

파장된 장마당은 을씨년스러웠다. 겨우 양배추 한 통을 싸게 샀다. 마늘은 돈 주고 사고 생강은 덤으로 받아 넣었다. 양배추 한 통 썰어 고춧가루를 슬쩍 섞어 버무리면 맛도 칼칼하고 배추보다 덜 헤플 성싶었다.

심 씨는 아직 와 있지 않았다. 군바우집은 헛시간 지우기 죄스러워 과일 깎는 칼로 양배추를 썰었다.

그걸 다 썰어 비닐봉지에 담아 넣고 났을 때 심 씨가 나타났다. 9시가 거의 다 되어 있었다. 술내가 확 풍겼다. 군바우집이 늘어진 눈꺼풀을 쳐올리고 눈에 불을 번쩍번쩍 키우는데 심 씨는 아랑곳하지 않고 소리쳤다.

"사장님이 취직 보장했다!"

군바우집은 너무나도 뜻밖의 말이라 언뜻 이해가 되지 않았다.

"사장님이 나 취직 보장했네!"

심 씨가 다시 못 박듯 말했다.

군바우집은 입을 벌렸다. 몸피가 부풀어나는 것 같은 느낌이 스

174

쳤다. 그는 남편을 똑바로 쳐다보았다. 결혼 후 처음으로 그는 남편의 권위 혹은 위엄 같은 기운을 심 씨에게서 느꼈다. 아주 당당하고 위압적인 분위기였다.

"워때, 아는 이상 없나?"

그는 시찰 나온 소대장처럼 물었다. 군바우집은 이상하게도 기쁘면서 겁이 나고 또한 허전하였다.

"그……러믄, 거기…… 팔린 공장에 일 나가와?"

군바우집이 조심스럽게 물었다.

"사표 냈다."

심 씨가 씩씩하게 말했다.

"사장이 다른 데 일자리 구해 준단다니……."

심 씨가 아내의 실망하는 표정을 눈치 채고 재빨리 말했다.

군바우집은 좋아서 입이 찢어질 것 같았다. 아침에 곰치국 칭찬하던 사장 내외의 말소리가 귓가를 맴돌았다. 군바우집은 사장네의 여러 가지 친절에도 불구하고 물과 기름처럼 겉돌던 떨떠름한 기분을 지금 깨끗이 버렸다. 한 번도 경험하지 못한 일체감, 혹은 화합의 느낌이 군바우집의 가슴을 뿌듯하게 해 주었다. 편안하고 가벼운 기분이었다. 아무 거리낌이 없었다.

심 씨 내외는, 사장이 취직을 보장했다는 사실 때문에 그가 오늘 사표를 냈고 내일 당장 일 나갈 데 없는 처지라는 사실에는 생각이 미치지 못했다. 그리고 그 보장된 취직이 언제 어떤 일거리로 확실해지는가에 대해서도 의문을 갖지 않았다. 그들에게 사장은 그들의 삶을 결정하는 능력을 가진 존재였기 때문이다.

심 씨는 오늘 오후 회사 직원이 작성한 사표 용지에 도장을 찍었다. 그는 끝까지 버티기로 한 공원들과 함께 있었는데 혼자 불려 나갔다. 직원은 사장님이 취직시켜 주지 않았느냐, 아주머니도 사장님 댁에서 일하지 않느냐고 그의 각별한 처지에 대해 일깨웠다. 그리고 사장님이 심 씨의 어려운 사정을 잘 알고 계시니까 틀림없이 선처가 있을 거라며 그의 얼굴을 쳐다보았다. 몇 초쯤 응시하다가 사장님이 일자리를 알아보신다 하셨다고 말했다. 심 씨 앞에 사표 용지를 내밀었다

심 씨는 떨리는 손으로 도장을 눌렀다.

"그러잖아두 저 사람들이 날 이상하게 봅니다. 혼자 외따로 행동하기가 막막합니다."

심 씨는 자신의 입장을 변명하였다.

직원은 그의 변명이 채 끝나기도 전에 일어섰다. 그는 선량해 보이는 얼굴을 한 30대의 남자였다. 직원은 곧장 회사 차로 떠났다.

심 씨는 차가 떠난 뒤에도 얼마쯤 엇갈리는 표정으로 서 있었다. 미래를 보장받은 자신은 되었지만 남은 사람들이 걱정이었다. 그동안 정도 들고 사는 형편도 알게 되었고 술도 마시고 갖은 얘기를 나눈 사이였다. 그들을 어떤 낯으로 볼 것인가? 심 씨는 꽁무니를 감추고 이대로 도망치고 싶은 심정이었다. 한참이나 망설였다. 치사하고 비굴하고 야비한 인간은 되지 않기로 작정했다. 그는 안으로 들어갔다.

그러나 심 씨의 걱정은 기우였다. 그들은 심 씨의 입장을 이해하고 격려해 주었다. 함께 공장 앞 실내 포장마차에서 소주를 마

시자고 했던 것이다. 심 씨는 「신고산 타령」을 구성지게 불렀다. 그의 뜬벌이 삶이 무르녹은 가락을 소박한 목청으로 울려서 노래가 되게 하였다. 「정선 아리랑」을 줄줄이 자아냈다. 모두들 흥에 겨워하였다. 누가, 사람은 심 씨처럼 살 수 있어야 한다고, 자기는 그렇게 맺힌 데 없이 살고 싶다고 주정을 하였다.

군바우집이 사장네서 얻어 온 여러 가지 것들을 무슨 전리품처럼 이고 들고 병실을 나간 다음, 심 씨는 딸의 침대 틈을 비집고 누워서 하염없이 울고 싶은 마음을 한사코 어루만졌다.

3

사나흘 거리로 비가 내렸다. 한 차례 비가 오고 나면 하늘은 더욱 푸르러지고 대기는 정갈하게 차가워졌으며 산의 나뭇잎들은 오색으로 물들어 갔다.

몇 파수가 지나도록 심 씨네 집안엔 아무런 변화도 일어나지 않았다. 금단은 며칠 후면 입원한 지 두 달이 될 것이었다. 심 씨가 실직한 걸 알게 된 당밑거리 오촌이 슈퍼마켓 배달부 자리를 말해 줬지만 그는 거절하였다. 그는 번듯하고 직장 같은 데에 다니는 것이 모든 면에서 좋다고, 좀 더 기다리겠다고 했던 것이다. 심 씨가 번듯한 직장에 반한 것 중 하나는 제복을 입는 것 때문이었다. 그는 회사 마크를 왼쪽 가슴에 수놓은 제복을 입고 건물로 출퇴근하고 싶었다. 그가 거절한 건 배달부만이 아니었다.

군바우집은 어시장 옆에 식탁 두 개 놓고 사시사철 감자부침에 소주 팔아 자식 대학 가르치는 먼 일가 아주머니한테서 아주 마땅한 일자리 소식을 들었다. 새로 지은 정형외과 병원에서 남자 청소부를 ㅜ한다는 것이었다. 군바우집은 남편에게 딱 맞는 일감같이 생각되어 그길로 사방 전화질을 해서 심 씨를 찾아냈다. 당장 원무과 최 과장을 찾아가 보라고 했을 때, 그는 아내를 무식한 여편네라고 세상에 아는 게 돈밖에 없다고 마구 욕하였다. 병원에 청소부 일자리라는 것은 요령만 있으면 생기는 것도 있다더라고 했을 때 그는 더욱 길길이 뛰더니 먼저 수화기를 놓아 버렸던 것이다.

군바우집이 심 씨의 일자리를 고약한 병 소문내듯 알아보는 것은 사장네에서 그의 취직이 어려우리라는 막연한 느낌을 받았기 때문이었다. 사장이 식사를 할 때, 군바우집은 내키지 않는 걸 참으며 물그릇, 과일 접시 가져다 놓는다는 구실로 그 눈앞에 얼찐거려 보았다. 그래도 심 씨의 안부 한번 묻거나, 일자리 늦어 어떻다는 말 한마디 없었던 것이다. 그래서 군바우집은 아무 일이나자리 나서면 다니게 하려고 애를 썼다. 그는 심 씨가 바라는 번듯한 직장에 대한 맛을 이해하지 못했다. 심 씨는 조직 속에 들어가고 싶은 것이었다. 그것은 참으로 뜬벌이 신세와는 비교할 수가 없었다. 비록 받는 액수가 뜬벌이보다 적더라도 마음은 한갓졌다. 그리고 든든했다. 무슨 보장이라는 걸 받는 기분을 느꼈다. 그는 다시 소속되고 싶었다.

주인 여자가 뻔질나게 서울 나들이를 하였다. 여름 끝물에 아이들 데리러 갔다 와서 열흘 있다 또 가더니 오늘 또 간다는 거였다. 내일 막차 타고 오겠다고 하였다.

군바우집은 문득 더 이상 참을 필요가 없겠다는 생각이 들었다.

심 씨는 날마다 사장 마누라한테 일이 언제 되겠느냐고 물어보라고 닦달이었으나 군바우집은 지그시 참고 있었던 것이다. 그쪽에서 어련히 알아 처리하겠나 싶기도 했다.

그러나 이제는 심 씨를 헛바람 들어 살도록 마냥 내버려 둘 수 없다고 판단하였다.

그래도 차마 입이 떨어지지 않았다. 아침상 차리는 거 돌아보러 나온 주인 여자를 불러 놓고는 얼굴만 붉혔다.

"말해 봐, 아줌마."

주인 여자가 허물없는 말투로 말하였다.

"저어……. 아 아배가……. 뭣하지만 사장님한테 물어보라지 않습니까?"

군바우집은 어렵게 말을 마쳤다. 감히 채근한다는 인상을 줄까 두렵고 또 하나 나쁜 얘길 들을까 겁이 나기 때문이었다. 군바우집은 싱크대에 기대서서 투박한 손으로 모서리를 자꾸만 쓰다듬었다.

"아저씨가요? 뭔데 그러나?"

주인 여자는 여전히 친근한 음성으로 물었다.

"상구 몰랐습니까, 사모님?"

갑자기 질린 낯빛으로 바뀐 군바우집이 자지러지는 목소리로 말했다.

그러나 주인 여자의 표정이 아주 밝고 부드러워서 내친김에 다 털어놓았다.

"사장님이 다른 데 일자리 구해 주신다고 했답니다. 아 아배가 언제나 될라나 물어보라구 하잖습니까?"

일단 후련하였다.

"그으래요?"

주인 여자가 의아한 눈을 하고 고개를 끄덕거렸다.

"지금 아무 일도 안 하셔요?"

여자가 물었다.

"일은요? 사장님이 부르실 때만 기다리구……."

군바우집은 집요하게 말하였다.

주인 여자가 다시 고개를 끄덕거렸다.

"아줌마, 지금 상 차리다 말구 왜 이러구 있죠?"

주인 여자가 벽시계를 보며 소리쳤다.

군바우집은 음식을 나르고, 주인 여자는 남편을 부르러 갔다.

사장님은 바깥일을 말하지 않는 어른이시라니. 군바우집은 주
인 여자가 모르고 있었던 까닭을 이렇게 생각해 내고 마음을 편안
히 가졌다.

그들이 식사를 할 때 군바우집은 젖 빨던 힘까지 내어 귀를 기
울였다. 남편의 얘기는 하지 않는 것 같았다. 그러나 곧 출근하는
차를 배웅하고 들어온 주인 여자가 와서 이렇게 알려 주었다.

"아줌마, 사장님이 좀 시간이 걸릴 것 같다구 하시네요. 지금 빈
자리가 있는 게 아니구 있던 사람이 나가면 아저씰 넣어 주실 생
각인가 봐요. 지금 불경기거든요. 여긴 시골이라 덜하지만 서울은
대학 졸업한 사람두 일자리가 없어 줄을 지어 기다리는 세상이에
요. 사장님 생각이 그러니 기다려 보세요. 그러다 다른 데 또 좋은

직장 나서면 취직하시구요. 일이 꼬일 땐 정말 될 듯 될 듯 사람 애태우지만 풀리기 시작하면 엉뚱하게 잘되는 수도 있거든요. 안 그래요?"

주인 여자가 좔좔좔 얘기하더니 군바우집의 어깨를 잡았다가 놓았다. 군바우집은 수줍어서 낯을 붉혔다. 여자는 오늘따라 손수 커피를 타서 들고 올라갔다. 11시 고속버스를 탄다고 하였다.

군바우집은 빈 그릇을 설거지통에 집어넣다가 망연히 일손을 놓았다. 주인 여자가 좔좔좔 쏟아 놓은 말이 요컨대 무슨 뜻인지 갑자기 갈피를 잡을 수가 없었던 것이다. 일자리를 준다는 것인지, 그러니 기다리라는 것인지, 안 된다는 것인지, 다른 일자리를 구해 보라는 것인지. 아무튼 심 씨에겐 이 얘기를 입 싹 닦기로 마음먹었다. 그에게 꼬집어서 알려 줄 말이 없기 때문이기도 하였다.

군바우집으로선 알 수 없을 것이었다. 주인 여자가 차를 타러 나가는 남편에게 심 씨 얘기를 했을 때, 사장은 몹시 짜증스런 표정으로 '사표 받으려고 한 소리지 내가 어떻게 그런 사람 취직시키나!' 하고 화를 벌컥 냈던 것이다.

주인 여자는 이 사정을 곧이곧대로 까발릴 수가 없었다. 우선은 군바우집의 실망을 감당하고 싶지 않았고, 또 그렇게 중요하게 느껴지지 않아서였다. 그 여자는 그저 좋게 좋게 지내다 헤어지고 싶다는 생각뿐이었다.

다행하게도 심 씨에겐 바쁘고 신경 쓸 일이 생겼다. 병원에서 금단을 큰 병원으로 옮겨 수술을 받게 하라고 지시했던 것이다. 꼭 두 달이 되는 날 그랬다.

이 소식을 병실 지키던 심 씨가 듣고 사장네에서 빨래하던 군바우집에게 전화로 알렸는데, 그는 미친 듯이 악을 썼다. 무슨 병인지 보호자한테 말 한 마디 없이 두 달이나 아이를 붙잡아 두고 이제 와서 큰 병원에 가라니 말이나 되는 소리냐, 당신은 듣고만 있었느냐, 원장 놈의 뿌옇게 살찐 상판대기에 똥물도 못 끼얹느냐, 그것들이 우릴 무식하다고 사람 취급도 안 하고 이렇게 마음대로 해도 되느냐, 배운 것들은 인간을 짐승 취급해도 되느냐, 누군 가난하고 싶어 가난하느냐…….

"야아 니가 제정신 있나. 무슨 그따위 소릴 하구 있나. 알지두 못하믄 아가리 닥쳐라. 여기 원장이 소개장 써 준다고 했다."

심 씨는 군바우집의 악다구니에 자신의 화는 슬그머니 녹아 버리고 한술 더 떠 이렇게 책망까지 하였다. 군바우집은 심 씨가 말할 때도 여전히 뭐라고 악악 씨부려 대었으나 다행히도 공중전화라 3분 만에 끊어져 버렸다.

군바우집으로부터 사정을 듣고 난 주인 여자는 병원 측의 부도덕성을 비판하였다. 군바우집은 그 여자의 유식한 언어들을 낱낱이 씹어 음미할 수는 없었으나 막연히 야무진 판단이라고는 여겼다. 그래서 똑똑하고 말 잘하고 힘이 있는 주인 여자가 원장을 따끔하게 혼내 주길 기대하였다. 그리고 그렇게 코를 납작하게 밟힌 사실이 읍내 바닥에 자자하게 퍼지길 희망하였다. 그렇게라도 하면 깡그리 속은 듯한 이 구역질나는 기분이 좀 위로될 것 같았다.

그러나 주인 여자는 아무런 행동도 하지 않았다. 다만 한 달 치 월급을 가불해 준 것이 그 여자가 보인 실천의 전부였다.

군바우집의 파출부 삯은 한 달에 12만 원이었다. 그 돈으로 아이를 원주까지 데려다 수술하고 며칠 기다렸다가 데려오기엔 새 발의 피였다.

돈 마련 걱정 때문에 똥 세례는 그만두고 원장 멱살이라도 잡아 보려던 군바우집의 계획은 무산되었다. 시간도 없고 마음 갈 여유도 없어서였다.

아이는 아이일 뿐이어서 금단은 두 달이나 갇혀 있던 병원에서 나간다는 사실만으로 기뻐 어쩔 줄을 몰랐다. 한사코 집에 가서 하룻밤 자 보고 내일 새벽에 떠나자는 거였다. 토끼 새끼 다섯 마리를 보고 싶고 송아지가 얼마나 컸는지 보고 싶고 동네의 아무개 아무개도 만나고 싶다는 것이었다. 깁스한 다리로 누워만 있어야 하는 아이가 그러는 게 심 씨와 군바우집의 피눈물을 후벼 내었다.

그동안 그럭저럭 정이 들고 낯이 익은 환자와 보호자들이 금단의 침대 곁으로 어수선하게 와서 한마디씩 아는 소리들을 하였다. 그중에서 의사들이 환자의 병을 시험용으로 키우면서 공부한다는 누군가의 말이 심 씨의 가슴을 찔렀다. 어떤 사람은 병원과 의사의 비리를 줄줄이 엮어 내기도 하였다. 심 씨는 자기 자신을 위해 병원을 의심하지 않고 의사를 믿으려고 애썼다.

군바우집은 3, 4시에 퇴근하였다. 내일과 모레 이틀은 결근하기로 했다. 웬일인지 주인 여자가 그 깐깐하던 성깔을 죽이고 몹시 부드러워졌다. 가는 길에 점심이나 사 주라고 2만 원을 주었다. 아이 때문에 정신이 없는 군바우집은 주인 여자의 부드러움이나 과외의 2만 원에 대해서조차 깊이 새겨 보지 못하였다. 아이가 뻗

정다리라 버스로는 갈 수가 없었다. 택시 모는 이질*을 찾아내서 사정을 하였다. 이질은 회사에 내놓는 사납금만 주면 기름은 자기가 넣고 가 주겠다고 선선히 말했다.

군바우집은 저녁밥을 특별히 차려 먹이고 싶었다. 닭집에 가서 3천 원짜리 큰 닭 한 마리 사는 데 한 푼 못 깎고 닭발만 열 개 덤으로 받아 왔다.

택시로 동네까지는 와도 집까지는 한참 걸어야 되었다. 금단은 한사코 걷겠다고 졸랐다. 심 씨와 군바우집이 겨드랑을 부축해서 아이의 소원을 풀어 주었다. 그러나 아이는 한 집도 지나치지를 못하고 기진맥진해 버렸다. 군바우집은 속으로 병원에서 아이를 완전히 곯게 해서 내보낸 거라고 이를 갈았다.

아이가 퇴원하고 돌아왔다는 얘기가 이내 웃질 마을에 퍼졌다. 심 씨는 아이가 춥다고 해서 군불을 지피고 있는데 늘그리집 큰며느리가 찐 고구마를 한 투가리 실하게 가져왔다. 이장네에선 침담근 감을 가져왔다. 금단의 학교 친구가 사탕 한 봉지를 들고 왔다. 마을 부녀회장은 딸자식 여의고 난 음식을 싸 들고 와서 아이를 들여다보았다. 심 씨는 토끼장을 통째 들어다 앞뜰에 놓아 주었다. 아이는 선생님이 자기를 진급시켜 줄는지 궁금해서 찾아온 친구에게 묻고 또 물었다. 그리고 2학기 책을 받아다 달라고 신신당부하였다. 군바우집은 무쇠 솥에 닭을 통째로 넣고 아카시아 장작을 때어 폭 삶았다.

그러나 금단은 어머니가 떼어 준 닭다리 하나를 다 먹어 치우지

*이질 : 언니나 여동생의 아들딸.

184

못하고 피곤하다면서 픽 쓰러졌다. 그리고 다음 날 꼭두새벽에 깨울 때까지 단 한 번도 깨지 않고 잠을 잤다.

군바우집은 장날 낯익은 장돌뱅이한테서 4천 원에 산 검정 통치마를 빨아 널었다. 정비 공장 사장 부인이 입다 준 하얀 블라우스와 감색 조끼도 꺼내 손질하였다. 그는 여러 가지 감정에 휘말려 거의 한잠도 자지 못 하였다. 심 씨도 마찬가지였다. 수술을 한다지만 과연 제 다리를 그냥 둘 것인지, 그 병원엔 언제까지나 있어야 할 것인지 모든 게 궁금하고 심란하기만 하였다. 특히 심 씨는 그쪽 병원에 가서 내보이라는 편지를 조바심 끝에 꺼내 보았지만 한문과 영어로만 씌어 있어 답답하고 불안하긴 마찬가지였다.

그런 것 말고도 걸리는 것이 또 하나 있었다. 심 씨가 집을 비운 사이에 사장이 일하러 나오라고 할까 봐 걱정되는 것이었다.

이질이 운전하는 택시 뒤에 아이를 받치고 앉아 있다가 심 씨는 참지 못하고 그 말을 아내에게 내뱉었다. 군바우집은 코웃음을 쳤다. 답답하긴 밴댕이 콧구멍 같다는 거였다. 전화 한 통화면 다섯 시간 만에 돌아오는데 뭐가 걱정이냐고 구박하였다.

영 넘어서는 비가 내렸다. 길바닥이 미끄러워 속도를 늦췄다. 그래도 병원 문 열기 전에 닿았다. 근처에는 여관 잠 잔 환자와 보호자들이 벌써 서성거리고 있었다. 심 씨는 첫 번째로 정형외과에 접수시켰다. 그러나 그는 어쩐 일인지 네 번째에 가서야 의사를 만나게 되었다.

편지를 읽은 의사가 투덜거렸다. 심 씨는 그의 투덜거림 속에서 나쁜 사람들이라는 말과 환자를 이 지경으로 만들어 놓을 수 있느냐는 두 가지 말을 알아들었을 뿐이었다. 그걸 빌미로 심 씨가 어떻게 되었느냐고 다그쳤지만 의사는 입을 씻었다.

금단은 급성 결핵성 관절염이었다. 두 달이나 방치해서 결핵균이 뼈를 다 파먹은 꼴이었다.

수술은 잘 끝났다.

수술비는 일주일 입원하는 것까지 40만 원이 들었다. 퇴원 후엔 집에서 요양하라고 했다. 아직 어린아이라서 잘 먹이기만 하면 회복이 빠를 것이라고 하였다. 한 달 후에 아이를 다시 데려오면 깁스를 풀 수 있을 것이라고 했다.

더 이상 병원 생활을 하지 않게 된 것만도 그들은 다행으로 여겼다. 깁스를 푼 다음에도 곧장 걸을 수 없기 때문에 목발을 짚고 걷는 연습을 해야 한다고 말했다.

심 씨가 집을 비운 동안 그가 가장 초조하게 여겼던 직장 문제는 생기지 않았다.

병원에서 당번을 서지 않게 되었다뿐 여전히 금단의 옆에 품 하나가 있어야 했다. 아이가 그동안 주린 거 벌충하려는지 자꾸만 먹을 걸 찾았다. 동네에서 몇 집이 어울려 병든 소 밀도살할 때, 거들어 주고 뼈와 선지를 얻어다 고아 먹었다.

금단은 하루가 다르게 생기가 돌았다.

군바우집은 거의 날마다 주인집에서 먹을 것을 싸 들고 왔다. 밀린 우유와 선물 들어온 과자, 먹다 남은 전유어, 신 김치, 튀긴 가자미, 오래되어 아이들이 먹지 않는 어묵 볶음, 장조림에 넣은 계란, 오징어채 볶음 등 가짓수를 셀 수가 없었다. 봄에 군바우집이 기름집에 가서 만들어 온 들깨 가루는 주인 여자가 버리겠다고 해서 집에 가져왔다.

주인 여자가 함께 넣어 먹으라고 3킬로그램짜리 설탕 한 봉지까지 주었다. 금단은 그것을 들깨 똥을 싸도록 일삼아 날 것으로 설탕 섞어 먹고 물에 타서도 먹었다.

심 씨는 하루에 한 번씩 두세 시간 뒷산에 꿩잡이를 나갔다. 사장네에 선물하겠다는 거였다. 꿩고기가 서울 사람들한테는 약처럼 먹힌다는 소릴 듣고부터 그랬다.

주인 여자는 요즘 집에 잘 있지 않았다. 관광 안내서를 펴 놓고 이곳 가까이에 있는 이름난 곳을 두루 돌아다녔다. 그뿐만이 아니었다. 이곳의 특산품을 수소문해서 사 모으기도 하였다. 온종일 이층에 있을 때보다 군바우집은 마음이 편했다. 바람을 쐬고 온 그 여자는 아주 기분 좋아 보여서 덩달아 군바우집도 즐거웠다.

아이들은 군바우집을 잘 따랐다. 그동안 배운 솜씨로 아이들 주문에 맞춰 카레라이스, 오므라이스, 감자튀김, 핫케이크를 해 주었다.

그러던 어느 날, 아이들과 라면을 삶아 먹는데 작은아이가 불쑥 내뱉었다.

"우리 서울 간다."

"야아! 누가 너보구 그런 소리 하랬니!"

큰아이가 눈을 흘기며 동생을 야단쳤다.

군바우집은 그게 무슨 소린지 잘 알아듣지 못하였다. 그러다가 잠깐 지나서야 비로소 깨달았다.

"서울 가나?"

아이들에게 물었다.

큰아이가 군바우집의 눈치를 살피더니 동생이 말을 못 하게 눈을 부릅떴다.

군바우집이 아이의 눈을 찬찬히 들여다보았다.

아이는 확실히 망설였다. 발그레 붉은빛 도는 입술이 떨리듯 움직였다.

"아줌마, 엄마한텐 말하지 마세요. 꼭요. 알았지? 약속!"

아이가 새끼손가락을 내밀었다. 군바우집의 새끼손가락은 굵어서 겨우 걸렸다. 작은아이도 덩달아 손가락을 걸자고 하였다.

"우리 서울 가. 정말이야."

"정말 갈 거야. 어젯밤에 외할머니가 전화했어."

"아줌마두 갈 수 있나?"

군바우집은 피가 거꾸로 돈다는 걸 실감하였다. 아이들이 자기의 얼굴을 쳐다보며 조잘거리는 소리가 전혀 귀에 들어오지 않았다. 자기의 마흔여덟 해 생이 곤두박질치기당하는 느낌이 들어 미칠 것만 같았다.

그러나 군바우집은 참았다. 곤두박질치기당한 느낌을 삭여 보려고 무던히 애를 썼다. 하지만 잘 삭여지지 않았다. 그것은 차돌멩이처럼 속에 꽉 붙어서 떨어지지도 녹아내리지도 닳아빠지지도 않는 것이었다.

주인 여자는 자기 자신에게만 충실하느라 바빠서 군바우집의 어둡게 이지러진 표정을 발견하지 못했다. 군바우집의 얼굴은 주름이 거칠고 사나워서 그가 감추려고 하는 표정은 잘 드러나지 않았다.

그러나 군바우집은 퇴근하려고 인사하고 나서 불쑥 쑤셔 보았다.

"우리 금단이 아배, 우짤랍니까? 더 기다려야 합니까!"

주인 여자가 군바우집의 퉁명스런 말투가 걸리는지 신경을 세우고 그를 쳐다보았다.

"아이휴, 남자들 일을 내가 어떻게 알아요. 목마른 사람이 샘을 파야지. 안 그래요 아줌마? 사람들은 다 제가끔 걱정이 있고 어려움이 있어요. 그런데 아줌마 얼굴이 왜 그래? 무슨 나쁜 일 있수? 금단이는 좋아진다더니…….."

군바우집은 할 말이 없었다. 차마 당신네 서울 간다며? 우릴 속였지! 라고는 말할 수 없었다.

"가 봐요. 오늘 밤 사장님 들어오시면 한번 알아나 볼게."

주인 여자는 군바우집의 몸을 감싸듯 해서 바깥쪽으로 내밀었다.

군바우집은 처량한 걸음으로 걸어서 집으로 갔다.

분하다고 해도 옳지 않았다. 억울하다고 해도 전부는 아니었다. 이 모든 것을 포함해서 그 밑바닥에 쓸쓸하고 서글픈 것이 연기처럼 피어오르는 것이었다.

그래도 남다른 사람들인데 어찌 우리 같은 사람에게……. 가더라도 무슨 대책을 세워 주겠지. 집 앞에 다다랐을 때 군바우집은 이런 결론을 내렸다.

잠이 들기 직전에 '아이가 잘못 말했겠지. 토요일 외가에 간다는 소리였을 거야' 하고 고쳐 생각하였다. 그러다가 자기가 잘못

들었다고 생각하며 잠이 들었다.

아침에 일 나가는 군바우집에게 심 씨가 밀했다.

"사장한테 직접 좀 물어봐라."

"목마른 사람이 샘 파재!"

군바우집이 기다렸다는 듯 내쏘았다.

"야, 뭔 말 그래 하나. 나가 우짜 사장실로 가 보나."

"다 같은 남자야! 죄졌나? 담판을 지어 버리든가 해야지 맨날 여편네만……."

군바우집은 남편을 뿌리치고 나오며 구시렁거렸다. 결국 심 씨는 담판을 짓지 못하였다. 그들에겐 그럴 시간이 주어지지 않았다.

다음 날 사장은 서울로 발령을 받았다. 군바우집은 오전 11시에 그 소식을 알았다.

주인 여자가 회사에서 여비서의 전화를 받으며 얘기하는 걸 들은 거였다. 군바우집은 어지러웠다. 그러나 있는 힘을 다해 정신과 몸을 가다듬었다.

이층으로 올라갔다.

주인 여자는 차분한 낯으로 창밖의 시골 풍경을 구경하고 있다가 발소리에 몸을 돌렸다. 그리고 눈을 크게 떴다. 마치 공룡 같은 표정의 군바우집이 자기를 향해 다가오는 것이었다.

"아줌마, 아줌마 왜 그래요?"

주인 여자는 질린 목소리로 군바우집을 불렀다.

군바우집은 주인 여자가 앉아 있는 소파 밑에 주저앉았다. 여자는 늘어뜨린 가늘고 하얀 맨살 다리 하나를 재빨리 끌어 자기의 치마폭에 숨겼다.

군바우집이 주먹으로 마룻바닥을 피 터지게 내리쳤다. 그리고 울부짖었다.

"우린 우짜 삽니까! 우린 우짜 삽니까!"

주인 여자는 평생 이런 놀라운 경험은 처음이었다. 두려움에 겨워 그 여자의 몸은 굳어 있었다. 다만 인간이 어떤 상황까지 가면 저런 짐승의 지경에 다다를 것인가 그저 무섭기만 하였다.

군바우집의 거친 얼굴에서 늘어진 눈꺼풀 사이로 푸른빛을 내쏘이는 눈만은 생명의 원형질이었다.

할미소에서 생긴 일

장산(長山) 벌의 바람은 파도처럼 휘몰아쳤다.

흐린 잿빛 하늘 끝 산등성이로 부윰히 내비치던 겨울 해가 힘없이 빠져나갔다. 산기슭과 벌판으로 땅거미가 제 세상을 만난 듯이 끼어들었다.

그들은 벌판의 가장자리로 옹색하게 난 자갈길을 걸어갔다. 길 아래로는 갑작스런 비탈이 있고 그 밑에 개천이 있었다. 얼어붙은 개천에선 돌 틈으로 흐르는 물소리가 을씨년스럽게 울렸다.

바람은 벌판의 한구석에서 시작해 곧장 내달리다 제 힘에 한바탕 몸부림을 치고는 스러지길 되풀이했다. 그 바람은 물갑리 쪽으로도, 개천을 건너 대문터로도, 혹은 웅크리고 걷는 그들을 휘감기도 했다. 그럴 때면 아이는 날아갈세라 제 어미 치마통으로 파묻혀 들었다.

"그러게 왜 따라나서서 이 지랄이여!"

어미는 아이를 쥐어박을 듯했다.

그 떨거운 악다구니엔 필경 순미에 대한 원망도 섞여 있었다. 그러나 징작 순미는 딴 세상 사람 같은 얼굴이었다. 아이 어미 쇠풍골집은 갈고리 눈길로 옆의 순미를 흘겨보았다. 눈가와 눈썹 위로 기미가 짙게 낀 거며, 허옇게 마르고 튼 입술이 한눈에 신수 사나운 몰골이었다. 한겨울인데도 벗어던지지 못한 얇은 나일론 치마가 바람을 타 가랑이 사이로 도망치면 볼록한 배가 툭 돋보였다. 팔때기만 겨우 낀 오버는 단추를 채우지 못해 너풀거렸다. 이제 일곱 달째라는 아이가 쌍둥이인지 꼭 산달만큼 불러 보였다.

쇠풍골집은 혼잣말을 씨불였다. 물소리와 바람 소리에 먹혀 그녀의 말은 아무에게도 들리지 않았다.

"엄마! 저기야?"

아이가 개천 건너 산 아래 보이는 마을을 손가락질했다. 집집마다 굴뚝에서 연기가 피어오르고 있었다. 함석이나 슬레이트 지붕에 붉고 푸른 칠을 해서 새뜻한 인상이었다.

아이는 대답을 기다렸으나 아무도 대꾸해 주지 않았다. 그들이 가고 있는 싹은다리[沙橋里]는 벌판 끝 장산 모롱이를 굽이돌아 한참은 가야 보일 것이었다.

아이는 어미와 순미의 눈치를 번갈아 보면서 투정 부릴 꼬투리를 잡으려 했다.

순미는 자기가 지금 어디로 무엇을 하러 가는 건지 까물까물 잊어버렸다. 자꾸만 정신이 멍청해지는 것이었다. 어제 아침에 집을 나와 아직 들어가지 않았다. 어젯밤엔 경찰서 유치장에서 잠을 잤다고는 해도 장거리의 미친 여자가 쉬지 않고 지껄이며 울고 웃고 해서 제대로 눈을 붙여 보지도 못했다. 벌써 몇 해째 그렇게 돌아치는 여자를 왜 유치장에 가뒀는지 알 수 없었다. 외아들 하나 바라고 살던 여자가 그 아들을 월남 전쟁터에 보내 잃고 나서부터 정신이 돌았다는 것이었다. 그 여자의 손등은 터서 피가 흐르고 흐른 피는 굳어 더께가 앉아 있었다.

순미는 괜스레 가슴이 미어지는 걸 느꼈다. 미친 여자를 기억해서만은 아니었다.

아침에 풀려난 즉시 집으로 돌아가지 않은 게 후회되었다. 남편은 끼니를 어떻게 때우고, 말없이 돌아오지 않는 아내에 대해 어떤 맘을 먹고 있을지 알 수 없었다. 그녀는 처음 봉수를 만나 살림을 차릴 때, 다시는 혼자되는 일이 없도록 하자고 맹세하였다.

잠자리에 들어 남편이 태동(胎動)을 시작한 아이로 꿈틀거리는 배를 신비하고 귀하게 만져 볼 때, 순미는 언제나 콧마루가 시큰해졌다. 어쩌다 남편이 우울해 보이면 불안해했다. 혹시 그가 자기의 모진 과거를 알게 된 게 아닐까 하는 생각도 들었다. 그녀는 문득문득 고백해 버릴까 했지만 그래도 모르는 게 약이거니 해서 충동을 억누르곤 했었다.

쇠풍골집이 고개를 돌려 주위를 살폈다. 그녀는 길가 바위 뒤로 가서 허겁지겁 치마를 걷어붙이고 급한 오줌을 누었다. 아이도 어미 곁으로 가서 그렇게 했다. 순미는 무심한 얼굴로 개천 건너 쪽을 바라보았다.

"증말 간다구 했녀?"

내복을 걷어 올리며 다가온 쇠풍골집이 큰 소리로 물었다.

"예에?"

순미가 멍한 대꾸를 했다.

"아이구, 저 정신 좀 보게. 큰일 칠 상판이야, 저게."

쇠풍골집은 숨이 넘어가는 듯 수선을 피웠다.

"우리가 가는 걸 색싯집에서 아냐구!"

그녀가 다시 소리쳤다.

"기별했으니깨 가지유우."

순미는 말꼬리를 길게 끌었다.

쇠풍골집은 땡삐 쏀 표정으로 순미를 흘겨보았다. 바글바글 지진 머리가 사납게 공중으로 뻗쳐 있었다.

'저것두 지집이라구 사내놈 떨어질 날이 없으니…….'

쇠풍골집은 속으로 된욕을 씹었다.

그녀는 여태 순미를 단 한 번이라도 좋게 여긴 적이 없는데 무슨 연분으로 10여 년씩이나 알고 지내는지 몰랐다.

아이가 칭얼거리기 시작했다. 문수 작은 운동화를 터지게 신은 발을 질질 끌며 걸었다. 아이는 곧 뒤에 처졌다.

"저 주리 틀 년은 왜 따라나서서……."

쇠풍골집은 주먹 쥔 팔을 추켜올려 때릴 시늉을 했다. 아이는 삐죽거리며 뛰어서 따라왔다.

순미가 아이 앞에 등을 대고 앉았다.

"어서 업혀!"

정작 어미가 소리쳤다.

아이는 제 어미 눈치를 보며 순미의 등판에 몸을 대었다.

그들은 이제 산허리를 돌아들 참이었다. 산 아래론 땅거미가 한 결 짙었다.

순미는 자꾸 정신이 몽롱해졌다. 등에 업힌 아이는 기운을 빼고 있어서 힘에 부쳤다. 색싯집이 있다고 한 싹은다리가 가까워 올수록 그녀는 불안해지는 것이었다.

순미가 쇠풍골집에 갔을 때, 그 집 식구들은 수제비로 점심을 때우는 중이었다. 순미는 허기진 김에 두어 그릇이나 비우고 나서 아무 생각 없이,

"경실이 큰오빠 장개 안 보내유?"

했던 것이다.

"처녀가 씨가 말랐는지 중신 드는 데두 읎써."

쇠풍골집은 시큰둥이 대답했다.

"싹은다리에 색싯감이 있긴 있는데……."

순미는 지나가는 말로 얘기했다.

"그으래애?"

쇠풍골집이 대뜸 몸을 달궜다.

순미는 상을 헐어 설거지를 했다.

이곳에 오면 언제나 재바르게 일을 해 놓곤 해서, 그녀가 나타나면 으레 쇠풍골집은 다리를 펴고 길게 앉아 있었다.

"색시가 몇 살인데?"

쇠풍골집은 이것저것 쉬지 않고 물었다. 순미가 대충 부엌일을 마칠 때쯤은 색싯감을 보러 가는 게 어떻겠느냐고 한 수 더 떴던 것이었다.

이렇게 해선 나선 길이건만 쇠풍골집은 순미에게 트집을 잡으러 드는 것이다. 아무리 제 새끼가 소아마비를 앓아 한 쪽 다리를 절기는 한다 해도 순미 년 따위의 중신이 성에 차지 않았다. 게다가 터무니없이 짧은 겨울 해며 휘몰아치는 바람이며 성급하게 따라나선 자기 처신 모두가 맘에 들지 않아 쇠풍골집은 성화가 이는 것이었다.

할미소(沼) 위로 다리가 놓여 있었다. 우차 한 대 지나가기에 알맞은 시멘트 다리였다.

순미는 다리를 건너면서 마주 보고 선 할미 할아비 바위를 보았다. 할아비 바위 위엔 작은 솔 한 그루가 서 있었다.

"신랑한텐 말했너?"

쇠풍골집이 소리쳤다. 그녀는 물소리보다 목청을 크게 내려고 핑계 김에 악을 썼다.

순미는 넋을 뺀 표정으로 그녀를 바라보았다. 쇠풍골집은 그 표정에서 아무것도 가려낼 수가 없었다. 그러나 그녀는 더 채근하지 않았다. 꼭 대답이 듣고 싶어서 물은 것도 아니기 때문이었다.

그들은 비탈길을 올라갔다. 비탈이 끝나고 평지가 시작되는 곳, 첫머리에 작은 비각 하나가 서 있었다. 이 근방에 살고 있는 예순 넘은 노인들은 대부분 이 비각의 내력을 알고 있었다. 앓아누운 남편에게 자기 허벅살을 베어 먹이고 손가락을 잘라 더운 피를 마시게 해 이레나 더 살게 했다고 해서 세운 열녀비(烈女碑)인 까닭이었다.

아이가 물을 찾았다. 어미는 참으라고 말했다. 순미는 숨이 차고 허리가 끊어질 것 같아 아이를 땅에 내려놓았다. 마을은 아직 보이지 않았다. 쇠풍골집은 아이를 건성 욕하면서 순미의 눈치를 살폈다.

"시덕시덕 가세유. 경실이 물 맥이구 갈게유."

순미가 말했다.

아이는 몸을 빼는 강아지처럼 순미 치마에 매달렸다.

"어디서 맥이너?"

쇠풍골집이 말하면서 두리번거렸다.

"천상 저 아래까정 가야쥬."

순미가 개천 쪽을 보면서 말했다.

"꽁꽁 얼었는데 쥐뿔을 먹여?"

쇠풍골집은 역정을 냈다. 그러면서도 그녀는 아이에게 참으라거나 어서 가자거나 하지는 않았다.

"질깡으루만 쭉 올라가유."

순미가 말하고 아이 손을 잡고 올라온 길을 다시 내려가기 시작했다. 쇠풍골집은 잠시 서서 그들을 바라보았다. 할미소 쪽은 산기슭이 깊어 더욱 어둑신했다. 그녀는 돌아섰다. 바람은 좀 자는 듯했다. 그러나 어디선가 계속 윙윙 소리가 났다. 그녀는 곧 제자리에 멈춰 섰다. 어둑어둑한 길을 혼자 가기 싫어서였다. 가파른 산에 푸른 솔이 빼곡 들어차 있었다. 그녀는 어디 앉아 쉴 만한 곳이 있나 찾아보았다. 마땅한 게 눈에 띄지 않았다. 밭 가운데에 댓 말 쌀자루만 한 바위가 하나 보였으나 거기까지 가 앉아 있을 맘은 없었다. 그래서 그녀, 쇠풍골집은 쉬엄쉬엄 다시 걸었다. 그녀의 걸음새는 살찐 암거위처럼 뒤뚝뒤뚝했다. 걸으면서 그녀는 순미에 대해 생각했다. 벌써 몇 차례나 딱 부러지게 돈이 없다고 잘라 말했지만, 이번 혼사만 이루어지면 공치레 겸해서 액수의 반만 빌려 줘 볼까, 어쩔까 하고 저울질을 했다.

순미는 하루 벌어 하루 먹고사는 게 지겹고 낙이 없어, 점포 하나 세내어 먹는장사를 하면 승산이 있을 것 같다고 말했다. 그녀뿐 아니라 봉수도 식당 주방에 있어 봤고 만두 빚는 기술도 있으니 아무래도 짧은 밑천 가지고는 손 익은 장사가 낫지 않겠느냐는 것이었다. 쇠풍골집은 때마침 복골 가산을 판 뒤라 딱 잘라 거절하기는 민망했으나 등 비빌 언덕조차 없는 순미에게 덥석 내줄 수도 없어 시치미를 뗐다. 그래도 순미는 사나흘 걸음으로 와서 애걸복걸했다.

쇠풍골집은 슬며시 후회가 되었다.

자기가 한없이 괄시하고 종처럼 부려먹어도 원망하는 기색 없이 10여 년을 피붙이처럼 찾아오는 아이가 아닌가 하는 생각이 들었다. 그녀는 순미의 이런저런 지난날들의 일을 떠올렸다. 열아홉에 15년이나 나이 많은 뜨내기 약초 장수와 배가 맞아 도회지로 나가더니 몇 해 있다 다시 홀몸으로 나타났다. 소문은 빨라서, 아이 둘을 낳았다고 했는데 사실은 순미가 동네 사진사와 좋아 지내는 게 그의 눈에 걸려 고소를 당했다고 했다. 그러니까 순미가 물치에 온 것은 감옥살이 끝내고 갈 데 없어 기어든 거나 다름이 없었다.

산 밑에 나란히 집 세 채가 보였다. 이제 싹은다리에 닿은 것이었다. 쇠풍골집은 문득 뒤를 돌아보았다. 아무것도 보이지가 않았다. 순미 생각에 그저 걸어오느라 날 저무는 덴 신경을 못 쓴 것이었다. 불길한 예감이 스쳤다. 그러나 그녀는 그 예감을 터무니없어 했다. 곧 경실이 어미를 부르며 순미와 나타날 것이라고 애써 믿었다. 길가에 드문드문 서 있는 소나무가 사람처럼 보이기도 했다. 그녀는 자기가 색싯집의 위치를 물어 놓지 않은 걸 후회했다. 하기야 위치를 안다 한들 불쑥 신랑감 어미가 혼자서 들이닥칠 수는 없는 노릇이었다.

배 속이 출출해 왔다. 춥고 졸음도 왔다. 쇠풍골집은 그녀답지 않게 늑장 부리는 순미에 대해 관대했다. 그녀는 눈앞에 이는 세 집 중의 어느 한 집으로든 들어가 몸을 녹이고 싶은 심정이 간절했다. 그녀는 속으로 마땅한 집을 점치기 시작했다.

개천은 빈틈없이 얼어 있었다. 할미 할아비 바위 밑은 아늑했다. 아이는 아직 소리 내어 울었다. 순미는 아이의 털 바지에 묻은 마른나무 잔가지와 솔잎 따위들을 털어 주었다. 아이를 업고 개천으로 내려오다 발을 헛디뎌 엉덩방아를 찧고 미끄러진 것이었다. 아이는 마침내 기회를 잡았다는 듯 고래고래 울어 대었다. 순미는 머리가 팽 돌았다. 가슴이 마구 뛰기 시작했다. 울음소리는 어둠이 짙어 가는 계곡을 날카롭게 흔들어 놓았다. 쇠풍골집이 악머구리같이 찾아올 것만 같은 생각이 들었다. 순미는 우는 아이를 달랬다. 아이는 말을 들으려 하지 않았다.

순미는 얼음을 깨고 물을 마실 만한 데를 찾았다. 크고 작은 바위들은 물에 씻겨 둥글둥글했다. 한여름이면 개천 물이 불어나 할미 할아비 바위 윗등만 겨우 남겨 두고 모두 불에 잠기기 일쑤였다. 시멘트 다리를 놓기 전의 외나무다리는 해마다 장마에 떠내려가서 다리 놓는 게 동네의 한 일이었다.

아이는 제풀에 울음기를 꺾고 순미가 하는 것을 보았다. 그녀는 아이 머리통만 한 돌을 들고 여기저기 얼음을 깼다. 아무래도 물은 할미소에서나 흐를 성싶었다.

순미는 바위를 건너뛰어 할미소로 갔다. 그곳까진 아무도 잘 가려 하지 않았다. 장마철엔 연어나 송어가 떼 지어 올라와도 쉽사리 잡으러 들어가지 못 하는 데였다. 떠도는 얘기로는 이무기가 사는데, 처녀가 소에 빠져 죽어 버려 용이 되지 못한다고 했다. 장거리 학교에서 소풍날을 잡거나 운동회 날을 잡아 놓으면 비가 오는 것도 다 그 이무기의 조화라고들 얘기했다.

할미소는 허옇게 얼어 있었다. 그곳에서 물 흐르는 소리가 쿵쿵 울렸다. 허연 빙판은 순미를 두렵게 했다. 그녀는 조심스럽게 얼음 가장자리를 깼다. 그것은 잘 깨어지지 않았다. 서너 번이나 돌을 내리쳤지만 사방으로 쩍쩍 갈라지고 돌 맞은 자리에 파편이 튈 뿐이었다.

순미는 허리를 폈다. 쪼그리고 앉아서인지 아랫배가 똘똘 뭉치며 당기는 것이었다. 순미는 배에 신경을 모았다. 아이가 태동을 멈춘 것 같았다. 그녀는 다리를 펴고 바위에 엉덩이를 걸쳤다. 어느 결에 다가왔는지 아이가 순미 옆에 쪼그리고 앉았다. 순미는 다시 얼음을 깨기 시작했다. 가장자리엔 물이 없었다. 그녀는 얼음 위로 들어갔다. 아이가 얼음 조각 하나를 들어 입에 넣었다.

순미는 어렵게 얼음을 깼다. 주먹만 한 구멍이 뚫리고 나니까 수월해졌다. 그녀는 구멍을 넓게 만들었다. 큰 세숫대야만큼이나 넓게 뚫었다. 물이 튀어 올라 그녀의 얼굴과 머리털과 옷과 손을 적셨다. 아이는 재미있어 했다.

"경실아, 물 먹어."

순미가 젖은 손을 옷섶에 닦으며 말했다.

"아줌마, 더 깨애."

아이가 투정을 부렸다.

"엎드려서 마셔어. 어머니가 기다리잖어."

순미는 어처구니가 없어 화를 내며 말했다.

"지금두 고기가 살어?"

아이가 낭랑한 소리로 물었다.

순미는 대꾸하지 않았다.

진땀이 써늘하게 식으며 오한을 느끼게 했다.

"어서 마시구 가자아!"

순미가 재촉했다. 아이가 물가로 갔다. 얼음 위에 퍼질러 앉더니 엉덩이로 미끄럼질을 했다. 그렇게 늑장 부리며 웅덩이로 갔다. 아이는 엉덩이를 하늘로 치켜세우고 고개를 박았다.

순미는 장산 벌 짙어 가는 어둠 속을 바라보고 있었다.

슈퍼마켓 진열대 앞에 서 있는 그녀 자신을 떠올렸다. 처음엔 조미료 하나를 사기 위해 들어갔었다. 조미료 옆에 통조림 종류가 놓여 있었다. 순미는 주위를 살펴보았다. 진열대에 가려 아무도 보이지가 않았다. 그녀는 보자기 끝을 이쪽저쪽 잡아매어 손가방을 만들어 팔에 걸었다. 통조림과 1킬로그램짜리 설탕을 넣었다. 계산대에 갔을 때 그녀는 3백 그램짜리 조미료 하나만 들고 있었다. 계산을 끝내고 그녀는 계산대에 바짝 붙어 걸어 나왔다. 문턱에서 어떤 청년이 쏘아보고 있었다. 순미는 곧 그 눈초리에 걸려들었다.

아이가 짧고 날카로운 비명을 질렀다. 그 소리에 그녀는 정신을 차렸다. 아이가 물속으로 빠져 드는 걸 본 듯했다. 허우적대는 모습도 보이는 듯했다. 그녀는 정신없이 웅덩이로 갔다. 웅덩이가를 디딘 발 아래로 빙판이 쩌억 소리를 내며 갈라졌다. 순미는 허겁지겁 뒤로 물러섰다. 순미는 주위가 캄캄해져 버린 것 같았다.

그녀는 죽은 듯 서 있었다. 아무 소리도 듣지 못하고 아무것도 보지 못하고 그렇게 서 있었다. 이렇게 서 있는 잠깐 동안의 시간은 영원히 순미 그녀에게서 '없는 시간'이 되어 버릴 것이었다. 그 시간을 그녀는 살지 않았다.

순미는 졸다 깬 사람처럼 갑작스런 몸짓으로 웅덩이 옆에 주저앉아 팔을 물속에 집어넣었다. 손을 마구 휘저었다. 그녀의 팔소매만 물에 흠뻑 젖었다.

'어딜 갔지?'

'누가 죽였나?'

헛소리처럼 그녀가 중얼거렸다.

순미는 할미소에 등을 돌렸다. 그녀는 빈 몸으로 둔덕을 기어올랐다. 물에 젖은 팔소매가 물이 빠지면서 얼어들었다. 그러나 그런 건 아무렇지도 않았다. 그녀는 뛰는 걸음으로 걸었다. 순식간에 비각까지 왔다. 시커먼 비각이 그녀를 가로막고 서는 착각을 했다. 어둠 속에서 그녀는 자지러들었다. 그녀의 얼굴은 추악하게 보였다. 그녀는 그녀가 외치는 소리를 들었다.

'나는 죽이지 않았어.'

'난 안 죽였어.'

그 소리는 잔뜩 겁에 질린 것이었다.

순미는 자기가 죽이지 않았다고 중얼거리면 그럴수록 자기가 죽였다는 참으로 불가사의한 의심에 빠져들었다. 꿈속에서 늪으로 빠져드는, 그런 참혹한 상태라고나 할는지.

'나는 안 죽였어.'

순미는 비각이 무서워 도망가며 열심히 열심히 생각했다. 그럼에도 불구하고 그녀에겐 살인에 대한 확신이 밀물처럼 차오르고 있었다.

쇠풍골집은 좀이 쑤셔 앉아 있을 수가 없었다. 경실이 물을 마시고 뒤쫓아 왔어도 수십 번은 오갔을 시간은 지난 것이었다.

주인네 식구들은 두리반에 둘러앉아 저녁밥을 먹기 시작했다. 함께 먹자고 권하는 걸 쇠풍골집은 막무가내로 사양했다. 김장 김치와 동치미에 무국을 곁들인 메조 밥상이었다. 초저녁부터 출출하던 배 속은 거짓말처럼 말짱해서 김이 오르는 밥상을 곁에 두고도 그녀는 무감각이었다. 그녀는 시렁가래에 매달린 메주를 불안한 얼굴로 바라보고 있었다. 바람에 헛간 문이 여닫혀도, 소가 뿔을 여물통에 긁는 소리에도 신경을 곤두세우곤 했다.

"번한 시상에 호랭이 물어 갔을까 부아?"

반백의 할머니가 초조해하는 쇠풍골집을 위로한답시고 말했다.

그러나 목소리가 굵고 갈라져서 퉁명스레 들렸다.

"아무 데서나 한 술 뜨고 때워유우."

주인 아낙네가 다시 채근했다.

부엌에서 여물 끓이는 아궁이에 솔가지를 지펴 주며 이 얘기 저 얘기 하면서 주인과 손님은 인사를 텄다. 장거리의 아무개네 아무개네 하며 짚어 가노라니 서로 알 만한 처지였다.

"누가 부르잖녀? 글치유? 뭔 소리가 났는데……."

쇠풍골집은 그녀를 바라보는 주인 식구들의 시선을 받지 못했다. 그녀의 눈은 어두운 밖으로 뛰어 나가 있은 지 오래였다.

그녀는 혼자 일어섰다. 그리고 문을 열었다. 정말 누구를 부르는 소리가 들려왔다. 소리는 바람에 쓸려 가까워졌다가 멀어지곤 했다.

"부엌에 신발을 벗어 놨잖유!"

중학생짜리 여자 아이가 수선 피우는 쇠풍골집 뒤통수에 대고 소리쳤다. 그녀는 그제야 부엌문을 열고 나가 제 신발을 찾아 신었다.

"살펴 가유."

주인 아낙네가 닫힌 문을 다시 열고 말했다. 그러나 쇠풍골집은 벌써 마당 중턱을 벗어나고 있었다.

"경실아아-."

텃밭 사이 길로 줄달음쳐 가며 쇠풍골집이 소리쳤다. 살진 암거
위처럼 뒤뚱거려 꼭 넘어질 것만 같았다.

"아주머이-."

마을 쪽에서 순미 목소리가 뚜렷하게 들려왔다.

"여깄써어-."

쇠풍골집은 소리 질렀다. 목이 잠겨 제 소리가 나오지 않았다.

저 앞 동네 쪽에서 시커먼 물체가 어른거렸다. 쇠풍골집은 어둠
속에서도 순미라는 걸 알 수 있었다. 달려가서 콱 붙잡고 싶은 간
절한 마음과는 달리 그녀는 제자리에 서서 가슴팍에 주먹손을 대
고 숨을 크게 쉬었다. 이제야 그녀는 숨이 차고 기운이 달리는 걸
깨달은 것이었다.

'아이구, 저 미실이 같은 년, 천치 밥통을 믿구서 내가…….'

쇠풍골집은 속으로 욕했다. 그러나 그녀는 순미가 두어 발짝 앞
까지 왔을 때는,

"어딜 갔었너 그래애."

하면서 반가운 말씨를 내뱉었다. 그리고 그녀는 비로소 순미가 혼
자라는 걸 발견했다.

"아는 어쨌너?"

쇠풍골집은 눈을 크게 떴다.

"어디 가셨대유우?"

볼멘소리로 순미가 엉뚱한 말만 했다.

"경실인 어딨냐구!"

"어딨긴 어딨데유. 색싯집에 있지유."

"색싯집에?"

순미는 입을 다물었다. 쇠풍골집은 순미를 찬찬히 훑어보았다.

'색싯집에 갔다 오느라고 여태 있었나아?'

그녀는 이렇게 생각했다. 그러나 웬일인지 맘 한구석이 석연치 않았다.

"낯선 집에서 뭘 한대애?"

무엇을 캐내려는 말투로 천천히 차근차근 말했다.

"……자유."

순미는 뿌루퉁해서 퉁명스레 대꾸했다.

"색싯집에서?"

"그러태두유."

순미는 짜증을 부렸다. 그녀는 지금 와들와들 떨고 있었다. 그 떠는 모양을 쇠풍골집이 눈치 챘다.

"중풍 걸렸너? 떨기는 육실하게두 떨구 지랄허네."

순미는 가슴이 철렁하는 걸 느꼈다.

그녀는 자기가 떨고 있었다는 사실에 새삼 놀랐다. 그녀는 통이 좁은 오버 자락을 추슬렀다.

"오한이 나네유. 몸살할란가 봐유. 빨리 가유. 질깡에 서 있을라유?"

순미가 걸을 채빌 했다.

"얼루 가!"

쇠풍골집이 발을 떼어 놓는 순미의 발을 잡아챘다. 옷소매가 차갑게 얼어 있었다. 쇠풍골집은 흠칫 놀랐다.

"팔때긴 왜 이렀너?"

순미는 갑자기 쇠풍골집을 죽여 버리고 싶다는 충동을 느꼈다. 그 느낌은 번개처럼 강하게 그녀의 마음을 긁고 지나갔다. 징그러운 팥망아지를 짓이겨 죽이듯.

그녀는 얼굴을 찡그렸다.

"빨리 가유, 추워 죽겠구만유."

"어디루 가? 색싯집에 들르잖구."

쇠풍골집은 순미의 눈치를 살피며 말했다.

"색시가 강릉 이모네 집에 갔대유. 경실인 깨워두 잠이 췌서 안 일어나유. 낼 장날 색시 어머니가 델구 온댔어유."

"증말이너?"

"어이구. 증말이지 그럼 그지뿔이래유?"

순미는 자기도 모르게 성깔을 부려 팩팩 쏘아붙이고 있었다.

"그녀러 간난 누굴 닮어 잠귀가 그렇게 질겨 빠졌는지 몰러. 한 번 자빠져 자면 코빼기를 꿰 가두 모르니……."

쇠풍골집은 혼잣말로 경실을 욕했다. 순미는 찬바람을 일으키며 벌써 앞서 가고 있었다. 그녀는 뒤뚝거리며 순미를 따라잡으려 바삐 걸었다.

"지약은 처먹었너?"

쇠풍골집이 물었다. 그녀는 이제 정말 뱃구레가 가라앉을 지경으로 시장기를 동했다.

순미는 대꾸하지 않았다.

"귓구녕에 솜방치를 처넣너, 왜 사람 말에 대답이 없너!"

쇠풍골집은 배알이 뒤틀렸다. 그러나 곧 자기 속을 다독거려 가라앉혔다. 오늘 일도 따지고 보면 다 자기 탓이라는 생각이 들었다. 순미도 제 살림 차리고 사는 형편인데 신랑 놔두고 나와 남의 일에 하루해를 지웠으니 울화가 치받칠 만도 하다고 생각하는 것이었다. 순미가 워낙 천덕꾸러기로 자랐고 맘이 유순하니까 남의 일을 제 일 보듯 도와주는 게 아니겠냐고도 생각했다.

두 여자는 제가끔 자기 생각에 젖어 아무 말 없이 밤길을 걸었다. 바람 소리와 물소리 이외엔 아무 소리도 들리지 않았다.

순미는 숨이 찼다. 옆에서 그 숨 가쁜 소릴 듣는 사람도 힘이 들 지경이었다. 그래도 그녀는 뛰는 걸음으로 걸었다. 아랫배가 돌덩이처럼 딱딱하게 뭉쳐서 당장이라도 밑이 빠져 내릴 것만 같았다. 순미는 얼어서 감각마저 무뎌진 손으로 아랫배를 받쳤다.

걸음 좀 걸었기로서니 아이가 설마 죽을 거냐 싶으면서도 불안하고 무서워졌다.

그녀는 옆에 쇠풍골집이 따라오고 있다는 사실을 잠깐씩 잊어버렸다. 그러나 할미소가 가까워지자, 그녀는 마음의 갈피를 잡을 수 없게 되었다. 물귀신이 되어 쇠풍골집을 끌어 잡고 할미소로 들어가는 환상이 자꾸만 떠올랐다. 어느 결에 빠져나와 제 어미를 붙잡고 나불나불 지껄이는 경실도 보였다.

"먼 걸음이 그렇게 빨러. 좀 천천히 가아."

쇠풍골집이 뒤에서 소리쳤다.

순미는 다리를 건널 때 후들후들 떨렸다. 그녀는 온 힘을 다해 다리 한가운데로 걷기 위해 애썼다. 난간 없는 다리이기도 했지만, 꼭 떨어져 내릴 것만 같아서였다. 그보다, 쇠풍골집을 밀어 던 질까 봐 겁이 났는지 몰랐다. 그녀는 할미소 쪽으로 돌아가는 고 개를 죽을힘을 다해 앞으로만 보게 하고 걸었다. 할미소 쪽에서 이상한 기운을 뻗쳐 와 그녀의 얼굴을 돌리게 하는 것이었다. 다 리를 건넜을 때, 순미는 진이 빠져 더 걷기가 어려울 지경이었다.

차라리, 그녀는 차라리 다 말해 버릴까 하고 생각했었다. 그럼 두말할 여지도 없이 끝장나리라.

끝장이라면……. 끝장 같은 건 정말 진저리가 났다.

여섯 살인가 일곱 살이었을 때, 그녀의 어머니는 갑자기 행방불 명이 되었다. 다시는 어머니를 볼 수 없게 되었다는 걸 알았을 때, 순미는 생전 처음 캄캄한 끝장을 경험했던 것이다.

버스 정류장에서 지게벌이를 하는 아버지는 간이 좋지 않아 까 맣게 타들어 가는 얼굴이었으나 쉬지 않고 술을 마셔 대었다. 그 아버지가 세상을 떴다고 하는 소문을 순미는 애 보는 아이로 들어 간 포목점 집에서 들었다. 그녀는 열일곱 살이 되었을 때 그 집을 나와 공장에 들어갔다. 먹는 거나 잠자리는 포목점에 비할 수 없 이 형편없는 거지꼴이었으나, 순미는 난생처음 해방감을 맛보았 다. 그러나 기사(技士) 송 씨가 담배 심부름을 시키면서 순미를 특별히 보기 시작하자 그녀의 해방감은 허물어져 갔다. 텅 빈 공 장 안 어둠 속에서 제품 더미에 쓰러져야 했을 때, 그것은 또 다른 절망과 갈등의 시작이었다.

순미가 공장을 버리고 식당으로 일자리를 옮긴 건 단지 그 수치 감 때문이었다. 식당은 쇠풍골집에서 세를 주고 있었고 그때부터 순미는 그 집과 오랜 인연을 맺어 온 것이었다.

장이 서면 약초 장수가 언제나 식당에 들렀다. 그는 서울에 집이 있으나 산이 좋아 배운 공부도 제쳐 두고 약초 장사를 한다고 순미에게 얘기했었다. 그녀에겐 그가 모르는 게 없는 사람 같았고, 그가 넓은 곳으로 데려다 줄 수 있으리라는 기대 때문에 그녀는 쉽사리 사랑을 불태웠다.

그에 대한 그녀의 사랑이라는 것은 환상 같은 것이어서 몸과 마음으로 진실하게 수고하는 게 없었다.

약초 장수는 서울이 아니라 서울 바로 옆의 경기도 땅에서 살고 있었다. 그는 아이가 셋이나 있었고, 아내도 있었고 비좁은 단칸 셋방살이를 하는 처지였다.

순미가 사랑이라고 믿었던 감정은 추하게 깨어져 마침내 그녀마저 추하게 되었다. 그녀는 다시 식당에 일자리를 얻었다. 가끔씩 약초 장수가 나타나 사내구실을 하려 했다. 두 사람은 살을 섞었고 자신들에게 파렴치해졌다.

그녀가 간통으로 고소를 당한 것도 이 시기에 일어난 일이었다. 동네 사진관에 배달을 갔을 때 사진사가 그녀를 유혹했다. 그는 순미의 몸이 아름다워서 사진을 찍어 주고 싶다고 했다. 배달이 아닌 경우에도 그들은 자주 만나 동침했고 그의 아내가 고소를 했다. 사진사는 순미를 사랑하지 않았고 그녀도 그를 사랑하지 않았다. 그들은 경찰관 앞에서, 검사와 판사 앞에서 서로 욕하고 죄를 덮어씌웠다.

그녀가 봉수를 만난 것은 지쳐서 고향에 돌아온 때였다. 봉수는 그녀보다 세 살이나 어렸다. 그래도 그는 순미를 감싸 주었다. 순미는 그와 만나면 자꾸 눈물이 나왔다.

지금도 순미는 가슴이 미어졌다. 앞이 캄캄해서 어떻게 해야 할지 알 수 없었다. 봉수는 어둠 밖에 있었고 그녀는 어둠을 헤쳐 나갈 힘이 없었다.

'난, 아니야. 안 그랬어!'

순미는 속으로 울부짖었다.

"억울해!"

그녀가 중얼거렸다.

"머얼!"

쇠풍골집이 무슨 말이냐고 물었다.

"예에?"

순미가 얼떨떨해했다. 그녀는 와들와들 떨고 있었다.

"뚱딴지같긴, 날 보고 물으면 뭘 하너!"

쇠풍골집은 이렇게 내뱉고 나자, 마뜩찮은 뭔가가 느껴졌다. 그래서 그녀는 잠자코 있다가 입을 열었다.

"색싯집이 살 만은 하더너?"

"예에?"

"아니 왜 저래, 사내 생각하너?"

"귀가 멍멍한 게 잘 안 들리네요."

"그래 색시가 우리 아하고 짝이 맞겠어?"

"예, 맞어유."

"쳇, 뭔 대답이 원 저렇게 싱겁너."

쇠풍골집은 혀를 찼다.

그녀는 경실이 깨이 울지나 않을는지 걱정이 되었다. 하지만 난
생처음 가는 집에서 잠이 든 아이나, 그 아일 내일 장에 데려오겠
다는 색싯집 마음 씀새나가 다 연분이 닿은 징조 같아서 걱정은
접어 두기로 했다.

그들은 말없이 걸었다. 가는 길은 올 때보다 수월했다. 솔밭 사
이로 접어들었을 때 그들은 두어 해 전 눈이 끔찍이 내린 겨울 해
에 이 장산 벌에서 눈에 홀려 죽은 장꾼 얘기를 했다. 죽으려고 환
장을 했지 그 눈두덩으로 왜 술에 취한 주제에 기어드느냐고 쇠풍
골집은 욕했다. 죽으려면 별짓을 다 한다더라고도 덧붙였다.

순미는 그녀의 말끝에, 죽으려면 별짓을 다 한다는 말을 곱씹었
다. 경실이 물 먹고 싶다고 보챈다 해서 지나온 길을 다시 가서 꽁
꽁 언 개천까지 내려갈 게 뭐랴 싶은 생각이 들었다. 더군다나 날
이 저물어 어두워지는 때에 말이었다.

그러나 이 생각이 그녀를 위로하지는 못했다.

이제 솔밭은 거의 다 왔다. 곧 장거리가 시작될 것이었다. 내일
아침이면 모든 게 끝장이 날 터였다.

"몸살하겠다. 홑몸두 아닌데 욕봤어."

쇠풍골집이 가라앉은 목소리로 말했다. 그녀는 결코 부드러운
성격은 아니었으나 속 깊은 데다 인정이 있었다. 언제나 순미를
함부로 다루면서도 냉정하게 내친 적이 없었다. 바로 이 점이 두
여자의 오랜 친교를 이루어 온 끈인지도 몰랐다.

"뭘유……."

순미도 쉰 목소리로 대꾸했다.

"너두 참말이지 이젠 좀 사람답게 살 만두 한데……."

쇠풍골집은 혼잣말처럼 나직이 말했다.

순미는 더럭 겁이 났다. 무섭기도 했다. 쇠풍골집의 인정이 그녀를 두렵게 만드는 것이었다.

"그래, 신랑두 장사를 하자는 거여?"

쇠풍골집이 다시 물었다.

"하자믄 뭘 해유."

"뭘 하다니?"

"가진 돈이 있어야쥬."

쇠풍골집은 히뜩 순미를 칩떠보았다.

꼴에 성깔은 있어서 뒤슬러 댄다고 아니꼬워했다. 이쪽에서 생각해 주면 다소곳이 머리 숙이고 들어와 고맙게 여길 일이지 튕기는 건 무슨 소갈머린가 싶어 배알이 틀리는 것이었다. 그녀는 내친김에 꾸어 달라던 돈 얘길 꺼낼 셈이었으나 맘이 바뀌어 입을 다물어 버렸다. 아무렴 아쉬운 년이 우물 파야 되지 않겠느냐는 게 쇠풍골집의 생각이었다.

장거리 불빛이 보였다. 장거리라고 해야 국도를 끼고 있는 조금 큰 동네에 지나지 않았다. 가까이에 이름난 관광지가 있어 덩달아 덤으로 촌티를 벗어 가지만 그만큼 섣부른 도회지의 불건강한 모습이 옮아오기도 했다. 사람들은 일하기를 창피하게 여기기 시작했고 끼니 걱정을 않게 되면서 취미랍시고 낚시니 관광이니 하면서 놀고먹는 풍조가 일었다. 부인들은 나이가 적든 많든 관광 계를 만들어서 떼 지어 외지 바람을 한바탕씩 쐬고 돌아왔다.

처녀 총가은 어디든지 씨가 말랐다. 중학교만 졸업하면 공장에서 데려가고 연줄연줄 줄을 띄운 가정부 일자리를 잡아 도회지로 떠났다. 어쩌다 쇠풍골집 큰아들처럼 사지가 성하지 못해 남아 있는 경우도 드물었다.

택시 한 대가 헤드라이트를 밝히고 달려왔다. 순미는 기겁을 하고 피했다.

"어쩔라너."

쇠풍골집이 불쑥 물었다.

순미는 대답하지 않았다.

"들렀다 갈라너?"

"그래유."

순미가 느리게 대답했다.

"욕봤네. 이번 일이 잘되면 내 공치례할겨. 그나저나 신랑이 쎄 빠지게 기다리잖겠너어?"

"뭘유."

"지집이 서방 우습게 알믄 집안 거덜나아!"

쇠풍골집은 자기 형편은 생각지 않고 어른스레 꾸짖었다. 그러나 순미는 귓등으로 흘려듣고 있었다. 쇠풍골집은 흘끗 순미를 쳐다보았다. 그러다가 그녀는 몸서리를 쳤다. 순미의 얼굴은 지금 사람이라고 할 수 없었다. 그녀는 악마를 본 적이 없음에도, 순미의 얼굴을 악마라고 생각했다. 그녀는 잠깐 걸음을 멈추었지만 순미는 기계처럼 걸었다. 쇠풍골집은 다시 부르르 몸을 떨었다. 그

216

녀는 순미를 이해할 수 없었다. 그리고 무서웠다. 하지만 그녀는 잰 걸음으로 순미를 따라잡았다.

"거냥 갈 티여?"

부드럽게 물었다. 음성은 가늘게 떨렸다. 순미는 대꾸하지 않았다. 쇠풍골집은 자기가 왜 이렇게 두려워하는지 따져 보려 하지 않았다. 50년 넘게 살아오는 동안 사람의 얼굴을 보고 이렇게 몸서리를 쳐 본 적이 없었는데도 불구하고.

순미는 눈초리는 길게 찢어져 올라가 보였다. 희미한 불빛에서도 얼굴은 거칠고 검버섯으로 궁색해 보였다. 광대뼈와 일자로 다문 입 모두가, 쇠풍골집에겐 두려움을 느끼게 했다.

"늦은 김에 집에 가서 한술 뜨구 가아."

쇠풍골집이 말했다.

"예에."

순미가 가래에 걸려 걸그럭거리는 소리로 대꾸했다.

순미는 잠이 오지 않았다. 이제 쇠풍골집도, 그녀의 남편 추 씨도 잠이 든 모양이었다. 쇠풍골집은 큰 입을 벌리고 숨을 쉬어, 순미의 귀와 머리와 뺨에 입김과 숨을 닿게 했다. 순미는 그게 싫어 돌아눕고 싶었다. 그러나 그녀는 가만히 누워 있었다.

쇠풍골집은 순미와 한 이불 속에 누웠다. 오래전에도 한방에서 잠을 잔 적이 있었건만 그때는 순미 혼자 누웠었다. 그들 부부는 잠든 시늉을 하고 있는 순미를 두고 도둑고양이 담 넘어 들듯, 엉겨 붙곤 했었다. 그런 쇠풍골집이 오늘은 웬일로 남편을 제쳐 두고 순미와 한 이불에 들었는지 알 수 없었다.

경실을 두고 온 데 대해 秋 씨가 못마땅해할 때도 쇠풍골집은 순미를 두둔하고 나섰다. 연분이 닿을 만하니 남의 집에서 잠이 들고, 아침나절이면 사돈 될 집에서 데리고 오겠다는 걸 왜 성질 내고 야단이냐고 그녀가 남편을 닦아세웠다.

순미에 대한 쇠풍골집의 이런 태도는 참으로 의외의 것이었다. 그녀가 순미에게 미운 마음을 품은 적은 한 번도 없을지 모르지만 따뜻하게 사람대접을 해 준 것은 정말 한 번도 없었다.

어쩌면 불빛에서 언뜻 본 순미의 그 무서운 얼굴 때문인지도 몰랐다. 여하튼 쇠풍골집의 속마음 사정은 그저 지나가는 생각으로는 이해할 수 없으리라.

순미는 문득 시계 소리를 들었다. 그 소리는 갑작스레 그녀의 귀에 들려왔고 그녀에겐 그 소리로 방 안이 진동하는 것같이 느껴졌다. 시계는 처음부터 전축 위에 돼지 저금통과 나란히 놓여 있었다. 그리고 그것은 순미가 방에 들어올 때부터 같은 크기의 소리로 움직이고 있었다.

순미는 시계 소리가 점점 빨라진다고 생각했다. 그러자 그녀의 가슴이 빡빡하게 죄어들기 시작했다. 숨을 크게 쉬려고 노력했다. 그러나 시계는 잠깐 동안 제 속도를 찾았다간 이내 또 빨라지는 것이었다. 시계 소리는 속도를 빠르게 하는 만큼씩 그녀의 호흡 속도도 독촉했다. 순미는 그 속도에 맞춰 숨을 쉴 수가 없었다.

순미는 벌떡 일어나 앉았다. 그녀는 마치 멱살을 잡듯 제 가슴을 두 손으로 옥죄고 있었다.

218

쇠풍골집이 짜증을 내는 것처럼, 그런 몸짓으로 돌아누웠다. 순미는 초조하게 그 모양을 지켜보았다. 쇠풍골집은 깨지 않고 그냥 계속 잠을 잤다. 순미는 전축 위에 놓여 있는 책상 시계를 보았다. 희끄무레한 어둠 속에서 그녀는 작은 주발만 한 시계의 형체를 찾아낸 것이었다.

'저거구만.'

순미는 새삼스럽게 자기 자신을 안심시키려 했다. 그저 시계에 지나지 않는다고.

그녀는 대체 지금은 몇 시나 되었을까 궁금해졌다. 밖에서는 아무 소리도 들려오지 않았다. 멀리서 혹은 가깝게 파도 소리가 들려올 뿐이었다. 그러나 파도 소리는 시계 소리보다 더 친근한 소리였다. 바다는 늘 거기에 있기 때문인지 몰랐다.

추 씨는 아랫목 벽을 향해 모로 누워 잤다. 그는 이불을 허리 아래에 밀쳐 내고 팔짱을 낀, 웅크린 자세로 잠들어 있었다. 그의 머리맡엔 벽에 붙여 전축과 텔레비전 수상기와 반닫이가 놓여 있었다. 반닫이 옆이 한 자 가웃은 되게 비어 있고 다음 벽으로 장롱이 놓여 있었다. 지금 순미는 장롱에 기대 앉아 있었다. 장롱과 방바닥 사이에서 찬 기운이 밀려 나왔다. 찬바람은 문틈에서도 기어 들어왔다.

추 씨와 쇠풍골집 사이는 두어 사람이 끼어 잘 수 있을 만큼 비어 있어서 그들의 잠자리는 마치 싸우고 돌아선 사람들의 그것 같았다.

순미는 시계를 찬찬히 보았다. 그녀는 시계 바늘의 행방을 알아

내려고 했다. 그녀는 새벽 3시가 넘었다고 생각했다. 그것은 짐작이었지만, 그녀는 자기가 시계 바늘을 보았다고 믿었다. 그러나 신기하게도 시간은 3시가 훨씬 넘어 있어서, 그녀의 짐작과 대충 맞아 들었다.

'3시가 넘었어!'

그녀는 울먹이면서 조급하고 낮은 소리로 중얼거렸다. 마치 어미를 잃은 아이처럼, 그녀는 절망과 두려움에 빠져 버렸다.

이제 그녀에겐 시계 가는 소리는 더 들려오지 않았다. 시계 소리가 그녀의 고막을 마비시켜 놓은 것이었다. 어쩌면 그 반대일는지도 몰랐다. 그녀가 살아남기 위해서 청각이 마비되는 수밖에 없어서, 그렇게 시간 가는 데 무신경했는지도.

추 씨와 쇠풍골집은 쓰러진 통나무 등걸 같기도 했고, 모로 누운 돼지 같기도 했다.

순미의 눈앞에 어둘 녘의 할미소와 얼음판이 보였다. 아이의 비명 소리도 들렸다. 그녀는 도망가야 한다고 생각했다. 아주 먼 데로 떠나서 살아야 한다고.

봉수와 함께 작은 방에서 아이를 낳아 키우며 살아야 한다고 생각했다. 모든 걸 다 잃더라도, 제 목숨을 주더라도 남편과 아이가 있는 보금자리는 잃지 말아야 한다고 그녀는 절박하게 생각했다.

어둠 속에서 순미는 소리 내지 않고 꿇어앉았다. 그녀는 그렇게 앉은 자세로 손을 모아 잡고 머리를 바닥에 대었다. 그러나 그런 몸짓을 하고 있는 동안 그녀는 아무 말귀도, 기도도, 결심도 하지 못했다. 그저 다만 그것이 가장 편한 자세일 뿐일지도 몰랐다. 그녀는 그렇게 한참이나 있었다. 정말 아무 생각 없이 있어서, 누군 가가 그 모습을 보고 무엇을 강렬하게 느꼈다 할지라도 그 느낌은 실상 그녀와는 아무런 상관도 없음이 분명했다.

순미는 놀라서 잠이 깬 사람처럼 고개를 들었다. 그녀는 살그머 니, 아주 재빠르게 장롱 쪽으로 돌아앉았다. 값싼 자개장롱은 이미 순미에겐 제 물건처럼 낯이 익어 있었다. 그녀는 침착하게 문짝을 잡고 살짝 들어올려 옆으로 밀었다. 충분히 연습을 해 둔 솜씨 같 았다. 이불을 끌어내려 텅 빈 이불장이 횅뎅그렁했다. 그 속에 차 있던 싸늘한 냉기가 한꺼번에 그녀에게 쏟아져 내렸다. 옷 서랍을 열었다. 속옷가지와 양말 따위들이 뒤죽박죽 차 있었다. 순미는 그 속에 손을 넣고 이리저리 뒤졌으나 아무것도 잡히지 않았다. 그녀 는 다른 서랍을 열었다. 거기도 마찬가지였다. 이렇게 이불장과 옷 장을 뒤졌으나 돈은커녕 돈이 될 만한 물건조차 찾아내지 못 했다. 그녀는 허망하게 앉아서 어둑신한 방 안을 보고 있었다. 방에 자기 말고 다른 사람이 있다는 걸 전혀 모르는 것 같았다.

그러나 그녀는 오래 앉아 있지 않았다. 단호하게 일어나 반닫이 앞으로 갔다. 앉을 때 그녀의 엉덩이가 쇠풍골집의 머리를 건드렸 으나 쇠풍골집은 계속 자기만 했다.

순미는 침착해 보였다. 소리 내지 않도록 손에 기운을 모아 서 랍을 열고 뒤지기 시작했다.

그녀가 열심히 찾던 돈은 제일 아래 서랍에 있었다. 반으로 접 힌, 매끄럽고 빳빳한 느낌의 돈을 만졌을 때 그녀는 대충 몇만 원 은 되리라고 짐작했다.

그녀는 제자리에 와 앉았다. 갑자기 전신에서 힘이 빠져나가는 걸 느꼈다. 눈앞도 캄캄해졌다. 벽이나 천장, 방 안의 가구 따위를 분간할 수 있었는데 지금 그녀에겐 아무것도 보이지 않았다. 이상한 일이었다. 시계 소리조차 듣지 못하는 것이었다.

순미는 녹아내리듯 방바닥으로 쓰러졌다. 겹쳐 신은 양말 사이에 끼워 넣은 돈마저 허황하게 생각되었다. 그녀로 하여금 날렵하게 움직이도록 만든, 어떤 욕망이 지금은 우스꽝스러워지는 것이었다. 죽든지 말든지, 감방에 가든지 멸시를 받든지……. 그런 건 중요하지 않은 것처럼 생각되었다. 이제 그녀에게서 감정을 일으키게 하는 기관에 마비 현상이 온 모양이었다.

순미는 마치 58킬로미터나 되는 사지(四肢) 달린 짐승같이 모로 쓰러져 있었다. 다디단 휴식의 한 순간처럼 보이기도 하고, 혼미한 마취 상태인 것같이도 보였다.

그녀는 이런 상태로 거의 반 시간을 지냈다.

그러나 반 시간 후, 그녀는 아까처럼 불현듯 정신을 차렸다. 그리고 사물을 알아보기 시작했다. 알아보고 느끼는 속도조차 무섭도록 빨랐다. 쇠풍골집과 추 씨와 그들 사이의 빈자리와 방 안과 자기 자신과 기울어 가는 밤까지도 그녀는 순식간에 깨닫고 느꼈다. 자기의 절박함과 괴로움이 낱낱이 살아나 그녀를 긴장시켰다.

이때 추 씨가 몸을 뒤척였다. 그러더니 부스스 일어나 앉았다. 뭐라고 웅얼거렸다. 그러고 다시 누웠다.

이런 추 씨의 행동이 잠깐 동안 일어난 것이라서 순미에겐 환상같이 기억되었다.

추 씨는 다시 누워 천연스레 잠들었다.

순미는 한기를 느꼈다. 그녀는 저만큼 누운 추 씨의 가느다란 몸매를 보면서 속이 역겨워졌다. 그 역겨움은 쇠풍골집에게로 옮아왔다. 추 씨와 쇠풍골집이 싫어졌다. 염치없고 추악하게 보였다. 정말 터무니없이 일어나는 감정이었다. 그녀는 눈을 거만하게 내리깔았다. 쇠풍골집에 대한 혐오감이 온통 눈으로만 모여든 것 같았다.

순미는 그녀의 우둔한 허리통을 발끝으로 밀어내고 싶어졌다. 그녀는 떼구루루 굴러 가는 몸통을 그려 보았다. 몸통은 제 남편을 가볍게 타고 올라갔다 벽에 부딪혀 다시 굴러 올 것이라고 순미는 상상했다. 그리고 그것은 순미를 깔아뭉개고, 장롱 문짝의 방해로 다시 반대쪽으로 굴러 갈 것이라고 생각했다. 순미는 생각만으로도 숨이 막히고 답답했다. 그녀는 으스스 떨렸지만 일어나 앉았다. 춥거나 답답한 것은 마찬가지였기 때문이다.

순미는 거칠게 숨을 쉬었다. 그녀 자신은 숨소리를 듣지 못했다. 지금 무엇을 골똘히 생각하는 중이었다. 마른 입술은 조그맣게 오그라들어 있었다.

이 추운 날 연탄구멍을 꽁꽁 틀어막았을 게 뻔하다고 그녀는 생각했다.

"이자 쳐준다는데 마달 년이 이 세상천지에 어딨너? 날 나쁜 년 맨들지 말어. 지금은 먹구 죽을래두 없어……."

쇠풍골집의 목소리가 귀에 쟁쟁했다. 이자 놀이에 재미 붙여 복골 낙엽송 울창한 산을 팔았다는 소문이 파다한 판에 그녀는 시침을 딱 뗀 것이었다. 그 말을 들을 당시엔 그저 그러려니 싶던 맘이 지금은 시퍼렇게 독을 품었다.

순미는 우선 연탄구멍을 빼놓아야겠다고 작정했다. 그녀는 둔한 몸을 장롱 문짝에 의지하며 일어섰다. 그러나 보기보다 그녀의 몸은 가벼웠다. 백열전구 하나가 밥솥 위쪽에 매달려 있으나 순미는 어두운 편이 좋았다. 맨발로 내려가서 틀어 막힌 헝겊 뭉치를 빼냈다. 그러고 나서 그녀는 어떤 생각이 불쑥 떠올라 제자리에 우뚝 섰다.

잠시 후, 그녀는 맨발로 부엌 바닥을 이리저리 돌아다니며 무엇을 찾았다.

순미는 연탄 화덕을 찾으려는 것이었다. 그것은 고방(庫房) 문턱에 놓여 있었다. 그녀는 한 손으로 화덕을 들어 방 안으로 가져갔다. 추 씨와 쇠풍골집 사이의 빈자리에 놓았다. 부엌으로 나갔다. 솥을 들어 올려 부뚜막에 내려놓고 두꺼비집을 열었다. 연탄 내가 싸아 하니 솟아올랐다. 연탄불은 아직 밑탄에 불씨 정도로 붙어 있었다. 순미는 집게를 찾아 연탄불을 들어 올렸다. 위탄엔 겨우 바닥에 불길이 번져 있었다. 그녀는 밑탄부터 방 안의 화덕으로 옮겼다. 그리고 위탄도 갖다 놓았다. 부엌 아궁이는 챙기지도 않고 그녀는 방으로 돌아왔다. 방문을 신경 써서 꼭 닫았다. 그녀는 문고리 잡은 손을 놓을 생각도 않고 서 있었다. 연탄 화덕 위가 불그스름했다. 화덕 밑바닥도 그랬다. 불티나 재는 열린 화덕 밑구멍에서 곧장 방바닥으로 떨어져 내릴 것이었다.

후에, 순미는 자기가 문고리를 잡은 채 얼마 동안 서 있었는지 언제 방바닥에 쓰러져 잤는지 전혀 기억하지 못했다. 마치 그것은 본능적인 자기 방어 같은 상태였다. 아무것도 모르겠다고 목숨을 걸고 버틸 수 있도록…….

쇠풍골집은 기침 소리에 잠을 깼다.

처음엔 개 짖는 소린 줄 알았다. 그러나 남편이 기침을 해 대는 걸 알고서 기분이 상했다.

'먼 눔의 사나 기침이 저렇게 방정맞너어!'

그녀는 우선 속으로 욕했다. 그녀는 아직 잠결이었다. 기침 소리 때문에 잠이 아주 달아나 버릴까 봐 겁났다.

골치가 띵하고 어지러운 게 필시 잠을 푹 자지 못한 까닭이라고 그녀는 생각하는 것이었다.

추 씨는 계속해서 콜록거렸다.

"아따 우라질녀너 기침 한번……."

그녀는 제 남편을 욕하면서 눈을 떴다. 순미가 힘겹게 숨 쉬며 자고 있는 게 보였다. 그녀는 자기가 이불을 말고 자서 순미가 발 끝만 이불 속에 넣은 걸 보고는 얼른 덮어 주었다.

이제 그만 일가를 이루어 안주인 노릇할 만한 나이도 지났건만 여태 천덕꾸러기 때를 벗지 못하는 순미 팔자가 측은하게 여겨졌다. 쇠풍골집은 일어나려 했다. 그러나 머리가 쑤시고 갈라지는 것 같아서 정신을 차리지 못했다.

추 씨가 뭐라고 말했다. 쇠풍골집은 알아듣지 못했다.

"죽으려구 환장했어!"

추 씨가 소리 질렀다.

"미쳤어? 소린 왜 질르너?"

쇠풍골집은 화가 치밀어 일어나려 했다. 그러나 몸을 쳐들다 말구 아이구우 머리야 하면서 엎으러졌다.

"연탄내가 들어오너?"

그녀는 이렇게 중얼거렸다.

추 씨는 여전히 기침을 하면서 기운을 차려 일어났다. 그는 기침 때문에 잠이 깨어 방 안에 놓여 있는 화덕을 발견한 것이었다. 냉큼 떠오르는 생각이 순미 짓 같았으나 골치가 지끈거려 몸을 움직이기가 거북했다. 그는 맨손으로 화덕 손잡이를 잡았다가 기겁을 하고 손을 털었다. 손잡이는 뜨거웠다. 그는 형광등 스위치를 눌러 불을 켰다. 쇠풍골집은 손으로 골을 싸매고 끙끙거렸으나 순미는 짐승처럼 씨근씨근 숨 쉬며 잠들어 있었다.

추 씨는 생각 같아서는 순미를 두들겨 패야 하겠지만 급한 게 화덕 내놓는 일이라 벽에 걸린 수건을 걷어 손잡이를 싸 들고 부엌으로 나갔다. 연탄은 지금 피어오르는 중이었고, 순미가 그것을 방으로 옮겨 놓은 지 얼추 반 시간쯤 지나서였다.

어느 결에 일어나 앉았는지 쇠풍골집이 영문 몰라 뚱한 얼굴로 부엌을 바라보고 있었다. 머리통이 쿵쿵 울리고 왕왕 소리가 나고 지끈지끈 쑤셨다.

추 씨는 부엌 아궁이가 휑하니 열린 걸 보고는, 화덕의 연탄을 옮겨 놓지도 못하고 방으로 들어왔다. 문지방에서 비틀거려 문설주에 이마를 찧었다. 쿵 소리가 날 지경이었다. 이마의 통증은 추 씨의 화에 불을 질렀다.

"방에다 화덕을 들여놓은 년이 누구여!"

그는 문턱에 버티고 서서 버럭 소리 질렀다.

"……그래서 골치가 이렇게 치너어?"

쇠풍골집은 잠에 취한 목소리로 게으르게 말했다.

"저 쌍년이 우릴 쥑일려고 했잖어, 저년이!"

추 씨가 푸르르 순미 앞에 가 앉았다. 그는 다짜고짜 순미의 멱살을 잡아 일으키려 했다. 쇠풍골집은 어처구니가 없었다.

"아니 이 양반이 미쳤너어, 왜 자는 아를 치구 그러너어?"

쇠풍골집이 남편을 잡아당겼다.

추 씨는 꿈쩍도 않았다. 몸무게가 쇠풍골집보다 10킬로그램이나 적게 나가는 그였으나 강단은 있는 편이었다.

그는 다시 순미를 잡아 흔들었다.

그녀는 이상하게 정신을 차리지 못했다. 잠이 깊어 그런지 연탄 내를 맡아서인지 알 수 없었다. 추 씨는 주먹 쥔 손으로 순미의 어깨를 후려쳤다. 순미가 크윽 신음을 토했다.

쇠풍골집은 남편의 심사가 보통 틀린 게 아니라는 걸 느낌으로 알아채고 기가 한풀 꺾여 있었다. 그러나 순미를 때리기까지 하는 남편의 처사는 맘에 들지 않았다.

"자다 말구 이기 무슨 지랄이너. 원 시상에 별일이네."

풀죽은 소리로 쇠풍골집은 구시렁거렸다.

"아가리 닥쳐! 뒈지지 않은 것만두 천행인 줄 알구!"

추 씨의 눈은 방금 숫돌에서 떠낸 작두날처럼 시퍼렇게 날이 서 있었다. 그는 아직도 뭐가 뭔지 잘 모르겠다는 얼굴인 제 마누라에게 연탄 화덕 얘기를 해 주었다. 그가 1분도 넘게 떠든 얘기 중에 연탄 화덕이 벌겋게 피고 있었다는 것과 숨이 막혀 잠이 깼다는 얘기 정도를 빼고는 전부가 감정에 복받쳐 자기도 모르게 꾸며서 내뱉은 것이었다.

처음엔 그저 뜨악한 표정으로 듣고만 있던 쇠풍골집의 얼굴이 조금씩 의심과 놀람으로 굳어지기 시작했다.

"증말루 그럼 저녀너 간나가……."

쇠풍골집은 그녀의 몸통에 어울리지 않게 가늘고 작은 목소리로 중얼거렸다.

추 씨는 이미 딴 일에 정신을 팔고 있어서 아내의 놀람과 의구심에 관심을 보일 수 없었다. 그는 가구들과 벽과 거기에 걸린 옷가지와 방구석을 집요한 눈초리로 샅샅이 살펴보고 있었다.

"저걸 보라구!"

갑자기 그가 소리쳤다. 그는 손가락으로 반닫이를 가리키고 있었다. 쇠풍골집은 남편의 긴장이나 흥분에는 저만치 뒤진 마음이어서, 그쪽을 돌아보긴 했지만 추 씨가 무엇을 가지고 소리까지 질렀는지 짐작이 가질 않았다.

서랍이 제대로 닫혀 있지 않았을 뿐이었다. 그리고 맨 아래 서랍은 내복 자락이 한 뼘은 되게 삐져나와 있었다. 그녀는 늘 장롱이나 서랍 따위의 단속을 헤프게 해서 추 씨는 제 아내를 덜퉁스런* 년이라고 욕을 해 오던 터여서, 새삼 쇠풍골집의 무신경을 탓

* 덜퉁스럽다 : 성질이나 행동 따위가 찬찬하고 깐깐하지 못한 데가 있다.

할 게 못 되었다.

"모르겠어?"

추 씨는 악을 썼다.

쇠풍골집은 문득 떠오른 어떤 생각에 잠겨 들었다.

"저길 다 뒤졌어!"

추 씨는 속이 터졌다. 그는 마치 순미에게 속 깊은 원한을 품어왔던 사람같이 날쳤다.

"에그머니나, 증말……."

쇠풍골집은 부르르 진저리를 치면서 무릎걸음으로 반닫이 앞에 가 앉아서 맨 아래 서랍을 열었다.

추 씨는 거친 숨을 쉬며 쓰러져 있는 순미를 노려보았다. 그에게는 그녀가 더없이 추악하게 보였다. 기미 끼고 거친 낯짝에 침을 뱉어 주고 싶은 심정이 간절했다. 그는 아내가 서랍을 허겁지겁 뒤지는 모습에서 이미 그녀가 놀라는 이유를 알아챘다.

"내 그럴 줄 알았어."

그는 쓰게 내뱉었다.

"증말이네. 저년이, 저 급살 맞을 년이 훔친 거여. 틀림읍써."

"얼마나 되는데?"

"만 4천 원."

"그거밖에 안 돼?"

"그럴 거여……."

쇠풍골집은 만 4천 원이란 금액이 틀림없으면서도 여운을 남겼다.

마침내 추 씨는 순미의 멱살을 잡아 일으켰다. 덩치에 비해 너무 쉽사리 그녀는 딸려 일어났다. 그래서 젖 먹은 힘까지 냈던 추 씨가 도리어 우습게 되었다.

쇠풍골집은 순미를 무섭게 다루는 남편을 뒷전에서 보았다. 순미는 송장처럼 치는 대로 밀리고 쓰러졌으며 일으키는 대로 몸을 내맡기고 있었다. 다만 크으크윽 신음을 토할 뿐이었다. 쇠풍골집은 으스스 몸을 떨었다. 그런 순미가 이유 없이 무서워져서였다. 아무리 죽여도 곧장 되살아나는 불가사리를 보는 섬뜩함에 소름이 돋는 것이었다.

지금 추 씨는 훔친 돈을 내놓으라고 윽박지르고 있었다. 그래도 순미는 신음 소리 이외엔 아무 말도 하지 않았다. 마치 생으로 죽기를 각오하고 나선 사람 같았다. 추 씨의 이마에 진땀이 배어났다. 그는 마지막 힘을 모아 여자의 얼굴을 후려쳤다. 순미는 썩은 나무 등걸처럼 픽 쓰러졌다.

"독한 년!"

추 씨가 기진한 목소리로 씹어 뱉었다.

순미의 코에서 피가 흘러내렸다. 피는 볼따구니를 타고 내렸고 입 언저리를 붉게 적셨다. 쇠풍골집은 겁이 났다. 그녀가 아직 씨근덕거리고 서 있는 남편의 다리를 툭 쳤다.

"저런 년은 뒈져두 싸!"

추 씨는 냉혹하게 잘라 말했다. 그러나 그도 겁이 나긴 마찬가지였다. 어쩌면 단지 추워서 연탄난로를 들여다 놓았을지도 모르고 돈을 훔쳐 가지 않았을지도 모르는 일이기 때문이었다.

설령 그게 다 사실이라 할지라도 맨손으로 패 죽일 수는 없는 노릇이었다. 그는 오십 평생 사람을 이토록 극렬하게 미워한 적이 없었음을 기억했다. 그런 자기가 왜 순미에게 이리 모질게 구는지 아무래도 이해할 수 없었다. 여태 순미에게 호감을 가져 본 적은 한 번도 없었으나 미워할 정도는 아니었다.

어젯밤 순미가 쇠풍골집의 뒤를 따라 방으로 들어올 때, 그는 순미의 얼굴을 언뜻 보았는데, 그 인상이 야릇하게 그의 머리에 화인 (火印)으로 박혀 버린 것이었다. 겉보기론 그저 몹시 삭막하고 음울한 표정이었다. 그래서 사람에 따라선 연민의 정을 불러일으키게도 할 만했다. 그럼에도 추 씨에겐 왜 섬뜩한 증오감과 경계심을 가지게 했는지, 그 속 깊은 까닭은 아무도 알아내지 못 하리라.

순미는 흘러내리는 코피를 닦을 생각도 하지 않았다. 입 안으로 번져 드는 피만 손등으로 문질러 댈 뿐이었다. 마치 제 몸 안에서 흐르는 피를 즐거이 여기는 것 같았다. 어쩌면 여봐라는 듯도 했다. 그저 발을 동동 구를 형편인 건 쇠풍골집 혼자였다. 그녀는 급한 김에 제 속치마로 코피를 훔쳐 냈다. 그리고 터진 이불 속에서 시커먼 솜을 떼어 내어 순미의 콧구멍에 박아 넣었다.

"에이구, 이기 먼 누무 난리너어."

쇠풍골집은 중얼거리며 손가락 끝으로 콧물을 짜내 치마에 문질렀다. 아직 그녀는 영문을 모르는 게 분명했다. 확실하게 알 수 있는 건 순미가 돈을 훔쳤다는 것과 제 남편이 모질게 손찌검을 해서 순미가 피를 흘린다는 것뿐이었다.

추 씨는 부엌문을 발끝으로 밀어붙였다. 그사이 동이 텄는지 밖이 번하게 열리고 있었다. 그는 찬물을 바가지로 퍼서 들이켰다.

방 안에서 알아들을 수 없는 말소리가 흘러나왔다. 추 씨는 입가에 묻은 물기를 팔소매로 문지르며 그쪽을 향해 도끼눈을 했다. 불길한 예감이 전류처럼 와서 그의 심신을 산발적으로 태웠다. 문득 경실이 궁금해졌다. 아주 먼 데 떼어 놓고 온 것처럼 아득한 기분이 되었다. 눈만 마주치면 다가와서 매미처럼 등에 달라붙곤 하던 짓이 새삼스레 떠올랐다. 가슴에서 무언가가 꿈틀 움직였다. 그는 자기도 모르게 한 손으로 등가죽을 어루만져 보았다.

'아침나절에 온다고 했으니…….'

그는 이렇게 생각하며 불안한 마음을 다독거렸다 그러나 아무 소용이 없었다. 어젯밤에 순미를 보는 순간 느꼈던 추악한 혐오감과 밤새 그녀가 한 짓거리들이 배가 맞아 그의 불붙은 증오심에 부채질을 하는 것이었다. 그는 땅에 꽂힌 송곳처럼 부엌 바닥에 서서 번득번득 스쳐 가는 갖가지 생각들에 정신을 쏟고 있었다.

'중신?'

그는 어처구니가 없었다.

'제깟 년이 무슨 주제에…….'

순미가 중신아비가 된다는 게 믿을 수가 없었다. 설령 중신을 선다 한들 변변할 리가 있겠느냐고 그는 코웃음을 쳤다.

'……혹시…… 중신이고 뭐고…….'

갑자기 추 씨는 방문 쪽으로 고개를 돌렸다. 애당초 중신 따위는 없는 얘기였을지도 모른다는 생각이 불현듯 떠오른 것이었다.

그는 다급해졌다. 방금 그의 머리를 스치고 지나간 여러 가지 생각들 중에서 하필 이것만이 그에게 확신으로 박힌 까닭을 알 수

232

없었다. 그는 문고리를 잡아 젖혔다. 쇠풍골집이 넋 나간 얼굴로 남편을 바라보았다. 순미는 벽에 등을 기대고 책상다리를 한 채 거칠게 숨 쉬고 있었다. 그녀는 그저 숨이 찰 뿐 아무것도 생각하지 못하는, 꼭 그런 표정이어서 추 씨에겐 몹시 뻔뻔스럽게 보였다. 사람이 천하게 굴러다니면 필시 저 모양 저 꼴이 되고 마는 것이라고 그는 속으로 혀를 찼다.

"야!"

추 씨는 소리치면서 손가락으로 순미의 턱을 들어 올렸다. 그녀의 얼굴이 물건처럼 움직였다. 추 씨는 푸르르 몸을 떨었다. 그는 가늘게 내리뜬 눈으로, 숨 쉴 때마다 둔하게 부풀어 오르는 순미의 부른 배를 보았다. 순간 그는 그 부른 배를 걷어차고 싶다는 충동을 느꼈다.

"너 그 터진 아가리루 바른말 해! 알겠어?"

낮고 응축된 힘이 느껴지는 목소리로 추 씨가 말했다.

쇠풍골집은 저도 모르게 뒤로 두어 걸음 물러나 앉았다. 그녀는 남편의 퍼런 서슬을 보면서 낯설고도 새삼스러운 감정을 경험하는 중이었다. 아무리 왜소하다 하더라도 남자에게서만 느낄 수 있는 힘을 그녀는 지금 확인하는 것이었다. 그녀에겐 그 힘이 믿음직스럽기도 했고 두렵기도 했다.

"경실일 어쨌어!"

추 씨가 낮게 소리쳤다.

"저 양반이 왜 저러너어."

쇠풍골집이 겁먹은 소리로 중얼거렸다. 어젯밤에 와서 경실이 사돈 될 집에서 잠에 곯아떨어졌더라는 얘길 했는데 이제 불쑥 다시 캐묻는 까닭을 그녀로선 알 수가 없었다.

추 씨는 순미의 얼굴 표정을 그리고 눈동자의 미세한 움직임마저 놓치지 않기 위해 날카롭게 신경을 세우고 있었다.

"바른 대로 불어!"

추 씨는 다시 손가락으로 턱을 거칠게 들었다 놓았다.

밖에서 자동차 달리는 소리가 들려왔다.

순미의 입술이 조금씩 비어져 나왔다. 추 씨는 그녀의 표정을 살펴보고 있었다.

"돈 좀 있다구 너무 사람 괄세 말어유우."

순미가 삐질삐질 말하더니 훌쩍거리기 시작했다. 추 씨는 어처구니가 없어졌다. 순미는 지난밤 잠자지 못하고 내내 제 서러운 생에 대해 한탄하고 있었던 것처럼 보였다. 그래서 추 씨의 서슬과 그녀의 훌쩍거림이 너무 동떨어져서 우스꽝스러운 광경이 되어 버렸다.

'씨팔년 매가지를 꽉 비틀어 놓을라.'

추 씨는 끓어오르는 욕지기를 참기 위해 애를 썼다. 순미의 울음은 점점 농도 짙게 서글퍼져 가고 있었다. 우선 울어 놓고 보겠다는 꼴 같았다.

추 씨는 약이 올랐다. 그는 더러운 년에게 당하고 있어야 할 이유도 없다고 거듭 생각했다. 그는 눈살을 모르고 궁리했다. 여자의 훌쩍임에 쐐기를 박아 줄 안성맞춤 거리에 대해서였다. 또한 경실에 대한 불길한 예감도 아직 그를 강렬하게 사로잡고 있었다.

순미에게서 이유 없이 느껴지던 추악한 혐오감과 함께……

쇠풍골집은 손바닥으로 허벅지를 문지르며 남편과 순미를 번갈아 바라보았다. 그녀의 조바심이 커 갈수록 허벅지를 문지르는 손놀림은 빨라졌다. 그녀는 속으로 순미가 그럴 리가 없다고 되풀이해서 자신에게 말했다. 그러나 의심이 몸살 기운처럼 그녀의 몸과 마음으로 맹렬하게 퍼졌다. 문득 무서워지기도 했다. 순미는 아직 끄윽끄윽 울고 있었고 손등으로 콧물을 문질렀고 치맛자락을 끌어당겨 코를 팽하니 풀기도 했고 한숨을 토해 내기도 했고 뭐라고 가느다랗게 웅얼거리기도 했다.

갑작스런 몸짓으로 추 씨가 움직였다. 그는 못에 걸린 잠바를 걷어들고 마당 문을 열었다. 밖은 이제 이른 아침이어서, 어둠의 기운은 방구석 같은 데나 남아 있었다.

쇠풍골집은 뒤늦게 남편을 따라나설 것처럼 일어섰다. 그녀는 이미 닫힌 마당 문 앞으로 갔다. 그러나 문을 열지는 않았다. 그녀는 여전히 안절부절못했다. 남편이 아무래도 심상찮은 일을 벌여 놓을 것만 같은 생각이 들었다. 대관절 무슨 기미를 챘기에 남편이 저리 설치는지 쇠풍골집은 답답하고 두렵기만 했다. 그녀는 문밖으로 귀를 기울였다. 아무 기척도 없었다. 추 씨는 다른 데로 간 모양이었다. 그녀는 추 씨가 집 안에 없다는 걸 알고 나서도 공연히 문밖에 신경을 쓰고 서 있었다. 2,3분 동안 더 있다가 그녀는 잠깐 듣지 못하고 있던 순미의 울음소릴 듣고 돌아섰다. 무릎에 손을 대고 힘겹게 마주 앉았다. 무슨 말이든 해야겠는데 할 말이 떠올라 주질 않았다. 그녀는 턱을 괴었다. 한숨을 내쉬었다. 어제 저녁부터 지금까지 일어났던 모든 일들이 딴 세상에서 겪은 일처럼 아득했다.

'괜히 맘 쓰지 말어. 우리 집 양반 성깔 팩팩한 거 몰르너어?'

쇠풍골집은 이렇게 말하고 싶은 걸 참았다. 괜스레 울고 싶어졌다. 그저 인생이 불쌍해서 서러워졌다. 그녀는 순미 눈치를 살폈다. 그새 울었다고 눈이 뻘겠다.

두 여자는 아무 말도 하지 않았다. 순미는 제풀에 울음을 그치고 있었다. 쇠풍골집은 책상 시계를 쳐다보았다. 7신지 8신지 아니면 6신지 잘 알아볼 수가 없었다.

"벌써 떠났을 거여."

순미를 보며 쇠풍골집이 말했다. 순미는 대꾸하지 않았다. 쇠풍골집은 순미가 뭐라고 대거리해 오길 잠시 기다려 보았다. 그러다가 그녀는 다시 말했다.

"경실이 년이 걸어오자믄 다리깨나 아플 끼여."

"……."

"보채지나 않을까 몰러."

"……."

"그나저나 서방이 눈 빠지겠네에. 지집년이 집 나가 가물치 콧구녕이니이. 여기 온 건 아너어?"

"이제 가 봐야쥬우."

순미가 비로소 입을 떼어 뚱한 소리로 말했다. 갑자기 쇠풍골집이 눈을 희게 흘겼다.

"가긴 뭘 가너어!"

쇠풍골집이 앙칼지게 쏘아붙였다. 그녀는,

'경실이 오기 전엔 못 가아!'

하고 덧붙이려다 말았다. 알 수 없는 부아였다. 그녀는 순미가 뭐라고 다시 말하기를 기다렸다. 그러나 순미는 아예 입을 닫아 버린 것 같았다. 그저 숨소리만 거칠었다.

쇠풍골집은 귀로는 거친 숨소리를 들으면서 머리로는 없어진 돈에 대해 기억하고 있었다. 왜 그걸 지금껏 무관심하게 지나치고 있었는지 이상스러웠다. 그녀는 반닫이 맨 아래 서랍을 건너다보았다. 그것은 여전히 내복 자락이 삐죽이 물려 있는 꼴이었다. 눈길을 끌어다가 순미를 쳐다보았다. 아직 젖은 눈을 내리깔고 있었다.

'네년 팔자두 참 어지간히 모질다, 모질어.'

쇠풍골집은 순미를 보면서 이렇게 생각했다. 얼굴 생긴 거며 몸통하며 어디 복(福) 한 절음 와 붙을 데가 없어 보인다는 것이었다. 계집년하고 뭐는 가꾼 대로 간다긴 하지만 이건 해도 너무한다고 쇠풍골집은 자기 생긴 건 나 몰라라 하고 속으로 마냥 딱해했다. 그러면서도 노상 만만스럽지만은 않았다. 속에 무슨 맘을 품고 있는지 알 수가 없었다. 그녀는 다시 순미의 속이라도 꿰뚫어 볼 양 찬찬히 바라보았다. 순미는 이제 아주 눈을 감고 벽에 기대어 맥을 놓고 있었다. 가련하면 했지 악한 구석은 없어 보이는데 남편이 뭘 빌미잡아 그 야단인지 희한하다 싶어졌다. 그러나 그녀는 곧 무릎걸음으로 반닫이 앞에 가서 서랍을 열었다. 두어 시간 전에 이미 확인해 본 걸 그래도 미심쩍어 다시 한 번 뒤져 보려는 것이었다.

순미는 눈을 감고 있었다. 구부린 다리가 서려 들었다. 이달 들어서부터는 자다가도 쥐가 내렸다. 그럴 때면 봉수가 깰세라 조심하며 다리를 풀어내곤 했었다.

봉수에 대한 생각들이 하염없이 떠올랐다. 남들에게는 그저 순하게만 보이는 사내인데 순미는 그가 어려웠다 그가 말을 잘 하지 않을 때면 공연히 순미는 맘이 켕겨 눈치를 살피게 되었다. 혹시 무슨 과거 일을 불어난 소문으로 듣지는 않았는지, 정말 평생을 같이 살아 줄 건지…… 온갖 의심이 줄줄이 떠오르는 것이었다. 그럴 때면 배 속에 든 아이에게 은근히 의지하게 되었다. 아이가 어서 세상에 나와 질긴 명줄로 아비 어미를 묶어 주기를 간절히 바라고 기대하는 것이었다. 봉수와 아이를 위해서라면 무슨 일이라도 할 것만 같았다. 남부럽지 않게 살려고 하는 노릇인데 마다 할 일이 어디 있으랴 싶었다. 어떤 날 밤 봉수가 늦을라치면 순미는 조바심과 불안으로 거의 미칠 지경이 되었다. 마음을 진정시켜 차분하게 생각하면 사내가 늦는 걸 그리 불안해야 할 이유가 없었으나, 이내 또 조바심이 나서 어쩔 줄을 모르는 것이었다.

순미는 다리 한 짝을 마저 폈다.

엉덩이를 앞으로 밀고, 거의 누운 것처럼 기댔다. 배꼽 아래서 작은 주먹 같은 게 꼼지락거렸다. 어쩌면 발일는지도 몰랐다. 순미는 아이의 태동이 좀 더 요란스럽기를 바랐다. 그러나 아이는 어쩌다가 꿈틀거릴 뿐이었다. 그런다고 그녀의 주인집 할머니는 점잖은 고추 달린 놈 하나 나올 테니 두고 보라고 말했었다.

'살아야 해.'

순미는 불쑥 이렇게 속으로 말했다.

'어떡하든지. 어떡하든지 살 거여.'

그녀는 거듭 속으로 말했다. 이상하게 가슴이 미어졌다. 갑자기 감은 눈꺼풀이 두터운 어둠에 파묻히는 것 같았다. 그녀는 눈꺼풀을 들어 올려 보았으나 무겁기만 해서 뜰 수가 없었다.

'살 거여.'

그녀는 개미 같은 제 목소리를 들었다. 그 소리는 어둠의 굴속 끝에서 가냘프게 울려 나왔다.

쇠풍골집은 누더기 옷에서 쥐이를 잡아내듯 서랍 안을 샅샅이 뒤졌다. 돈이 없어진 게 확실하다는 심증은 벌써 굳어졌으나 그녀는 뒤지기를 계속했다. 왜 그러고 있는지, 그녀 자신조차 감을 잡지 못했다.

문밖에서 자동차 소리가 났다. 차 소리는 마당에서 개 트림을 한 번 하고는 멎었다.

쇠풍골집이 앉은 채로 뒤돌아보았다.

순미는 벌렁 나자빠져 있었다. 그녀는 나자빠진 순미를 한눈으로 훑어보고 방문을 향해 시선을 던졌다. 사람 말소리와 차 문 여닫는 소리와 발소리와 방문 열리는 소리 따위들이 한꺼번에 그녀 귀로 파고들었다.

추 씨는 한눈에 방 안의 모든 것을 살펴보았다. 그는 벌렁 누워 잠든 순미를 보는 순간 가래침을 돋워 마당에 내뱉었다.

"저런 배짱 있는 년이니 무슨 짓을 못 하겠어!"

추 씨는 내뱉고 급히 방 안으로 들어왔다. 바깥공기가 싸늘한데 그는 땀이 났다. 쇠풍골집은 마당에 서 있는 택시를 보고 영문 몰라 했다.

"이년이 생사람 간 빼 먹을 년이라구. 이년이."

추 씨는 발길로 순미의 허벅지를 툭툭 찼다. 순미가 눈을 떴다. 그녀는 추 씨와 쇠풍골집을 번갈아 보았다. 추 씨는 계속 발길질을 해 댔다. 발길질에 큰 힘을 주지 않고 연달아 툭툭 쳐서, 야비하게 그 동작을 즐기는 것 같았다. 순미와 눈이 마주치자 그는 눈짓과 목놀림으로 어서 일어나라는 시늉을 했다.

순미는 엉치뼈가 시큰거려 애쓰면서 일어나 앉았다.

"이봐유. 먼 일이 났너어? 택신 무슨 택시유우?"

쇠풍골집이 방문턱을 가로막고 서서 이쪽저쪽을 둘러보며 걱정스럽게 물었다.

"찬물이나 한 사발 퍼 와!"

추 씨는 거만하게 아내에게 말했다.

아내는 못마땅한 눈초리로 남편을 칩떠보고 부엌으로 나갔다. 덜렁 좆 하나 차고서도 계집 앞에선 왕 노릇 하려는 사내놈들이라고 평소 쇠풍골집은 이를 갈았다. 추 씨가 결코 무능력하달 수도 없고 술주정뱅이도 아니며 손찌검하는 버릇이 있는 것도 아닌데 그녀는 남자의 터무니없는 왕 노릇에 넌덜머리를 내는 것이었다.

"벌떡 일어나!"

추 씨가, 앉아서 제 엉치뼈 있는 데를 주무르는 순미에게 벌컥 소리쳤다. 그는 아내가 내민 물그릇을 받아 단숨에 비웠다. 그리고 난폭하게 순미의 멱살을 잡고 일으켜 세웠다.

"왜 그래유."

이번엔 순미가 소리쳤다.

"이년 보게?"

"이거 놔유."

순미가 말하면서 몸을 비틀었다.

"썩 나가!"

추 씨는 독이 올라 있었다.

"왜 이래유."

순미가 울음 섞인 목소리로 말했다.

그녀는 절박한 눈길로 쇠풍골집을 보았다. 그녀는 순미의 눈길을 피해 버렸다. 추 씨가 순미를 잡아끌고 나갔다. 순미는 발을 방바닥에 눌어 붙이고 엉덩이를 뒤로 힘껏 뺐다. 그 힘을 추 씨는 다스릴 수가 없었다. 그의 얼굴이 화끈하게 달아오르는가 싶더니 창백해졌다. 파리한 불길이 그의 눈에서 흘렀다.

"어디 맛 좀 봐라 쌍년."

추 씨는 혼잣말로 내뱉었다.

"어이 따라 나가."

여태 구경하던 쇠풍골집이 순미에게 말했다. 그녀는 마치 의뭉스런 거간꾼처럼 교활한 눈을 하고 있었다. 순미를 바로 쳐다보지 않았다.

추 씨가 뒤로 뺀 엉덩이에 힘을 주고 있는 순미의 무릎을 날쌔게 걷어찼다. 그녀는 으윽 소리 내며 꼬꾸라지려 했다. 추 씨가 그

럴 시간을 주지 않았다. 그는 팔에 힘을 주었다. 쇠풍골집이 순미
의 힌 팔올 집아당겨 세 남편을 도왔다.

"왜 이래유. 내가 뭔 죄졌나유. 왜 이래유. 이 팔 놔유. 이거 놔
유."

순미는 울먹이면서 말했다. 죽을힘을 다해 몸부림을 쳤다.

"죄 안 진 년이 왜 못 가녀어."

쇠풍골집이 주먹으로 등때기를 후려치며 말했다.

순미는 짐승 같아 보였다. 그녀는 끌려 나간 다음, 무엇이 기다리
고 있는지조차 모르면서 그저 나가지 않기 위해 안간힘을 다했다.

택시 운전사가 열려 젖혀진 방문턱에 와서 기웃거렸다. 그는 쉰
줄에 접어든 사내였다. 자기도 힘을 보태야 할지 어떨지 몰라서
잠시 궁리했다. 추 씨가 아이 밴 여자의 따귀를 철썩철썩 때렸다.
그는 낯을 찡그렸다. 여자는 징징거리면서 '왜 이래유, 왜 이래유'
를 계속 씨불이고 있었다.

추 씨가 문지방을 넘어섰다. 운전사가 비켜났다. 그는 여자의
이맛전에 붙어 너풀거리는 빠진 머리카락 한 움큼을 보았다. 마음
이 언짢아졌다. 무슨 내막이야 있겠지만, 이런 광경은 본능적으로
사람을 언짢게 하는지 몰랐다.

순미는 문턱에서 다시 한 번 몸부림을 쳤다. 그러나 그녀는 이
미 탈진해 있어서 오래 버틸 수는 없었다. 치마 허릿단을 여민 단
추가 툭 떨어졌다. 흘러내린 치맛자락을 쇠풍골집이 밟았다. 추
씨가 순미를 끌어당기자 치마가 맥없이 발밑으로 흘러내렸다. 뻘
건 내복 바지가 드러났다. 내복의 고무줄도 부른 배를 감당하지

242

못해 겨우 사타구니 위에 걸려 있었다.

추 씨가 마치 욕지기가 난다는 투로 가래를 돋워 타악 내뱉었다. 그러나 순미를 끌어내는 일은 주저하지를 않았다. 그녀도 흘러내린 옷에 관심이 없어 보였다. 그녀는 힘없이 늘어져서 추 씨를 따라나섰다. 맨발이었다. 추 씨도 그랬다. 이미 열려진 차 문으로 순미를 밀어 넣었다.

추 씨가 허리를 폈다. 그는 손등으로 이마를 문질렀다.

"개 같은 년!"

그가 이를 갈았다.

쇠풍골집이 순미의 신발과 치마를 들고 제 남편을 바라보았다.

"집에 돈 얼마나 있어?"

추 씨가 바짓가랑이를 털면서 물었다. 쇠풍골집은 머뭇거렸다. 그는 바지 주머니에 손을 넣었다. 어제 오후 늦게 신고산집에서 이잣돈 가져온 걸 받아 넣어 둔 돈이 그 안에 있었다.

"타라구."

그가 아내에게 말했다.

운전사가 발동을 걸었다.

추 씨는 운전사 옆에, 쇠풍골집은 뒷자리 순미 옆에 탔다. 순미가 자리 대부분을 차지하고 앉아서 쇠풍골집은 비좁게 끼어야 했다. 그녀는 제 엉덩이로 길게 비스듬히 비껴 앉아 있는 순미를 밀쳤다. 그러고는 들고 있던 신발을 순미 발 아래로 던졌다.

"미쳤너?"

쇠풍골집이 윗도리가 기어 올라가 누우렇게 드러난 순미의 아랫배와 내복 꼬라지를 흘겨보았다. 치마를 드러난 배 위에 얹었다.

"미치기만 했게?"

추 씨가 뒤늦게 내쏘았다.

"아이구 배야. 배가 아퍼 죽겠네. 아이구 배야."

순미가 신음하며 중얼거렸다. 그녀는 배 위에 얹힌 치마나 맨발에 대해선 무관심했다. 아니면 우정* 흉물을 떨기로 작정했는지 몰랐다.

"어디루 갈까유."

운전사가 뒷거울 속에 들어와 있는 순미의 모습을 관찰하면서 말했다.

"싹은다리?"

추 씨가 뒤돌아보며 물었다.

"거기 갈 꺼너?"

"아이구 저걸…… 아니 그럼…….'

추 씨는 너무 어이가 없어 혀를 찼다. 그는 덜퉁스럽다느니 미련하다느니, 그러니 야차* 같은 년한테 밥이라느니 하면서 한참이나 제 마누라 욕을 했다.

차는 사교리 쪽으로 난 길목으로 접어들었다.

순미는 숨넘어가는 시늉을 계속하고 있었다. 아무도 거들떠보지 않았다. 비행장 옆 솔밭을 지나자 길은 좁고 자갈이 깔려 있어마구 덜컹거렸다. 자전거를 타고 내려오던 남학생이 길 옆으로 비

*우정: '일부러'의 사투리.
*야차: 모질고 사나운 귀신의 하나.

244

켜서 차가 지나갈 때를 기다렸다. 창문은 모두 닫혔는데도 찬바람이 쉬지 않고 들어왔다. 아직 이른 시각이라서 그런지, 날이 너무 차서 그런지, 장꾼 모습은 전혀 보이지 않았다. 쇠풍골집은 심란했고 가슴이 두근거리기도 했다. 가자미눈으로 순미를 보았다. 그녀는 처음처럼 그렇게 흉물을 떨고 있었다. 자기도 애를 배어 본 적이 있지만 순미의 저런 꼬락서닌 차마 보아 줄 수가 없었다. 그녀는 옷을 입혀 주기로 작정했다. 웬일인지 순미가 고분고분 몸을 움직여 주었다. 그러나 치마허리 단추가 없어져서 마냥 손으로 잡고 있어야 할 판이었다.

"배가 많이 아퍼?"

마지못해 한마디 했다.

순미가 고개를 끄덕끄덕했다.

차는 장산 벌을 지나 할미소 개천가로 접어들었다. 비각을 지났다. 쇠풍골집은 더도 말고 여기쯤에서 경실 일행과 맞닥뜨렸으면 하고 바랐다. 어제 헤맨 일이 아득하게 떠올랐다. 그 기억은 가슴에 찬바람을 일으켰다. 마을 입구 산 아래 나란히 늘어서 있는 집 세 채를 보면서 추 씨가 오랜만에 입을 열었다.

"어느 모텡이여?"

쇠풍골집이 순미를 바라보았다. 그녀는 눈을 감고 여전히 앓고 있었다.

"혼처 있을 만한 집이 어디 있나?"

추 씨가 혼잣말을 했다.

"야, 정신 차려. 어느 집인지 일러 줘야 차가 가잖너어."

쇠풍골집이 순미를 흔들었다. 그제야 순미는 눈을 떴다.

"이니 그럼 집두 모른단 말여? 어제 안 가 봤써?"

추 씨가 벌컥 소리쳤다.

"질이 어긋났기……."

"이게 보통 일이 아니로군."

추 씨가 몸채 돌아앉았다.

그는 꿀꺽 소리 나게 마른침을 삼켰다. 성깔이 파르르해서, 지금 무슨 말부터 해야 할지 갈피를 잡지 못 했다.

"차를 좀 세웁시다."

그는 운전사에게 말하고 다시 마른침을 삼켰다.

"빨리 말해. 차가 여까정 왔지 않녀?"

쇠풍골집이 턱없이 가라앉아 마치 애원하는 투로 순미에게 말했다.

추 씨가 날카로운 눈길로 두 여자를 번갈아 보았다. 차 안은 너무 고요했다. 다만 숨소리뿐이었다. 순미는 어느 결에 앓는 소리도 그치고 있었다. 차가 마을 어귀에 닿았을 때부터 그랬었다. 운전사는 두 팔을 편하게 핸들 위에 걸쳐 놓고 고개를 돌려 세 사람의 승객을 이리저리 보고 있었다. 이들이 줄줄이 이어 놓고 있는 사건이 대체 무엇인지 그는 궁금하기도 했다. 그는 오래도록 택시 운전을 해 온 이력으로, 수많은 사람을 상대한 경험으로 대충 어지간한 관상쟁이는 따라잡을 만하다고 스스로 인정하는 터였다. 그는 두 여자와 한 남자의 얼굴에 드리운 그늘을 보았다. 그것은 제각각 농도가 다르고 분위기가 다른 어둠이었다. 세 가지의 다른 어둠에 대한 그의 기분도 달랐다. 그는 주의 깊게 낯을 찡그리기도 하고 연민을 보이기도 했다. 이런 그의 반응은 실상 그의 의지와는 상관이 없는 부분이었다.

"날래 말해! 갑자기 아가리가 붙었너어? 사람 답답해서 죽는 꼴 볼 참이너어?"

쇠풍골집은 순미를 흔들었다. 그녀는 힘이 와서 부딪치는 대로 몸을 내맡기고 있었다. 추 씨는 턱을 당받이에 걸치고 순미를 살펴보고 있었다. 그는 그녀의 미세한 변화조차 놓치지 않고 관찰하려 했다. 그러나 그는 이미 순미에 대한 혐오와 증오로 마음을 굳히고 있어서, 그녀에 대한 새로운 느낌이 일어나도 그것은 한결같이 증오심을 확인시키거나 북돋우게 했다.

순미가 불안한 눈길로 차창 밖을 보았다. 숯통 하나를 지게에 진 중늙은이가 다가오고 있었다. 추 씨도 순미를 따라 차창 밖을 보았다. 순미는 목을 움츠렸다.

"사람 애 말려 죽일라너어? 날래 말해 이것아!"

쇠풍골집은 울상이 되어 있었다.

"애당초 네년이 잘못이여!"

추 씨가 낮은 목소리로 잔인하게 말했다.

"내가 뭘 어쨌너어? 다 새끼 때문인걸."

"따라나설 게 따루 있지……."

추 씨는 말하다 말고 땅이 꺼지도록 한숨을 내쉬었다. 잠시 침묵이 흘렀다.

"야, 너 말 못 하겠어!"

추 씨가 순미에게 소리쳤다.

"내 이기리 얼게 해 줄 테니 이리 나와!"

다시 그가 악써 말했다. 그리고 그는 차 문을 열었다. 차가운 아침 바람이 휘몰아쳐 들어왔다. 순미가 재빨리 추 씨를 쳐다보았다. 그녀는 마르고 허옇게 꺼풀이 일어난 입술을 몇 번 달싹거렸다. 추 씨는 속이 탔다. 쇠풍골집도 마찬가지였다.

"여기가 아니래유."

순미가 가늘게 중얼거렸다.

"뭐라구?"

추 씨가 다그쳤다.

"저어 여기가 아니라구유."

"쳇, 저런 쌍년 봤나……."

추 씨는 맥이 빠졌다. 그는 마른 입술을 손바닥으로 문질렀다.

운전사가 딱해하는 표정으로 세 사람을 보았다. 그는 답답했다.

"여기가 아니라니 그기 뭔 소리너어? 어제 나랑 경실이랑 여기 안 왔너어? 아무래도 정신 나간 모양이잖너."

쇠풍골집은 미칠 것만 같았다. 그녀는 '이 일을 어쩌너어, 이기 뭔 일이너어'하고 중얼거렸다.

꼭 날벼락을 맞은 기분이었다. 아무리 정신을 가다듬어도 이해할 수 없었다.

"여기가 아니면 어디야!"

추 씨가 물었다.

"……물갑이래유."

"물갑리?"

추 씨가 되물었다. 그는 쇠풍골집을 보았다. 그녀는 놀라고 당황하고 두려워하는 게 여실히 표정에 나타나 있었다. 추 씨는 조금씩 두려워졌다. 또 어떻게 순미가 모두를 놀라게 할는지 알 수 없어서였다. 경실이 살아 있을까? 하는 의혹이 불현듯 치솟았다. 그러나 그는 속으로 세차게 도리질을 쳤다. 그런 끔찍한 상상을 하는 제 자신을 나무라면서.

"운전수 양반, 물갑으로 갑시다."

추 씨가 말했다.

운전기사는 무슨 말인가 하려다가 그만두었다. 그는 풀어 놓은 자세를 긴장으로 가다듬고 시동을 걸었다. 물갑리라면 온 길을 되돌아가서 장산 벌을 가로질러 한참을 가야 했다. 벌판 끝의 야산을 돌아, 차로 가도 15분은 걸리는 데라 운전사는 자꾸만 의심이 났다. 싹은다리에서 물갑리라면 거리로 따져 보아도 얘기가 안 되었다. 그러나 그는 아무 말도 하지 않고 자갈길을 달려갔다. 여기저기 장꾼들 모습이 눈에 띄었다.

지금 추 씨는 쇠풍골집에게 어제 있었던 일의 처음과 끝을 듣고 있는 중이었다. 순미가 돈을 꿔 달라고 했다는 것, 중신을 서겠다는 것, 경실이 목이 마르다고 했다는 것, 순미가 데려갔다는 것, 어둡고 추워서 어느 집에 가 쉬었다는 것, 한참이나 있다가 순미가 왔다는 것…….

쇠풍골집은 얘기하는 동안, 자기가 부주의했던 부분으로 여겨지는 것은 말하지 않았다. 중신을 서 보라고 부쩍 안달했다거나 오늘 당장 가 보자고 저녁 무렵에 무턱 집을 나섰다는 것 등이 그녀가 빼먹은 부분이었다.

추 씨는 쇠풍골집의 애기를 듣다가 때때로 자기 생각에 빠져 들었다. 경실이 물을 찾더라는 애기를 들으면서 그는 순미가 연탄 화덕을 방 한가운데에 들여놓은 사실을 떠올렸다.

"차 좀 세우쇼!"

갑자기 추 씨가 말했다. 그는 무슨 중요한 결정을 내린 사람처럼 비장해 보였다.

흐린 겨울 하늘에 희미한 햇살이 퍼졌다. 차는 삐익 소리 내며 좁은 길에 섰다.

쇠풍골집이 느닷없이 쿨쩍쿨쩍 소리 내어 울기 시작했다. 순미는 무슨 생각에 잠겨 있는 듯했다.

"싹은다리서 물갑이 어디 앞뒷집이오?"

추 씨가 운전사를 바라보며 안타깝게 말했다. 그러나 그는 운전사의 대답을 들으려 하지 않았다.

"어젯밤엔 우릴 몰살시킬려고 했어요, 저 야차 같은 년이."

그는 한숨을 쉬며 말했다.

쇠풍골집이 치마에 코를 풀었다. 그녀의 쿨쩍이는 소리 이외엔 아무 소리도 더 나지 않았다. 추 씨는 어떻게 해야 좋을지 궁리하고 있었다. 무조건 두들겨 패는 것만 만사형통이 아니라는 생각이 들었다. 이대로 물갑리까지 간다면 그저 시간이나 버릴 듯싶었다. 가슴이 저려 왔다. 으스스 한기도 끼쳤다. 오뉴월 서릿발 같다는 여자의 한이 느껴져 소름이 끼치기도 했다. 그러나 추 씨는 이 모

든 산발적인 느낌이나 생각들을 부질없다고 몰아붙였다. 이때, 쿨쩍이던 쇠풍골집이,

"이년이 내 딸을 잡아먹었어, 아이구."

하며 별안간 순미의 가슴을 쥐어뜯었다.

순간 순미의 눈에 파란 불길이 내비쳤다. 그녀는 세차게 쇠풍골집의 손을 뜯어냈다. 매서운 몸짓이었다.

추 씨가 신경을 곤두세웠다. 그는 두 여자를 번갈아 보았다. 순미의 칼날 같은 눈길과 마주쳤다.

"생사람 잡지 말어유."

퉁명스레 순미가 내뱉었다. 그녀는 흘기듯, 추 씨의 눈으로부터 제 눈길을 끌어서 다른 데로 두었다.

'내가 언제 사람을 죽였어!'

그녀는 속으로 누군가와 마구 싸우기 시작했다. 내가 언제 사람을 죽였느냐고 그녀는 따지고 들었다.

이렇게 혼자 속으로 싸우는 동안 추 씨와 운전사는 순미의 얼굴에서 싸늘한 독기를 보았다.

"기왕 여까지 왔으니 물갑으로 가 봅시다. 거기 있다니."

운전사가 말했다. 추 씨가 발끈 성을 낼 눈치자 운전사가 밑으로 추 씨를 툭 건드렸다. 그는 내키지 않았으나, 그렇다고 지금 다른 방법도 없어서 그대로 따랐다. 곧장 차가 물갑리를 향해 달렸다.

차가 벌판을 지나 야산 진흙 굽잇길로 접어들었을 때 순미가 차를 세웠다.

"뒤가 마려워유."

했다.

추 씨가 쓴웃음을 지었다.

"참어!"

쇠풍골집이 소리쳤다.

"좀 기다립시다."

운전사가 말했다.

"사람 속 터지게 말어유!"

쇠풍골집이 운전사에게 소리쳤다.

"아주머니가 따라 나가세유."

운전사가 편한 목소리로 말했다. 추 씨가 그러라고 거들었다. 운전사가 순미 쪽 차 문을 열어 주었다. 그녀가 이내 힘겹게 차 밖으로 나갔다. 치맛말기를 잡고 어기적거리며 걸었다. 허리가 뒤로 한껏 휘어져 있었다. 쇠풍골집이 바짝 따라붙었다. 두 여자의 옷자락과 머리카락이 마구 뒤로 날렸다.

"물갑 가서 딴소리하면 지서루 가는 게 좋겠습니다."

운전사가 추 씨에게 말했다. 추 씨가 자기 생각을 그에게 말하기 시작했다. 그는 경실이 제일 걱정이었다. 우선 아이부터 찾고 나서 콩밥을 먹이든 죽이든 해야 했다. 연탄 화덕과 서랍의 돈에 대해서도 얘기했다. 남에게 해로운 일 한 가지 안 하고 살아온 자기의 오십 평생에 대해서도 간결하고 확신에 차서 말했다.

쇠풍골집이 악을 쓰는 소리가 들려왔다. 잔솔 숲에서 두 여자가 엉겨 붙고 있었다. 추 씨가 차 밖으로 나갔다. 운전사도 그렇게 했다. 그들이 밖에 나가 서서 잔솔 숲을 보고 있을 때, 순미가 쇠풍골집을 쓰러뜨렸다. 추 씨가 달려갔다. 순미가 차와 반대쪽으로 도망치기 시작했다.

순미는 치마를 거머쥐고 뛰었다. 어디로 갈 것인지 왜 뛰는지 자신도 알지 못했다. 도망칠 생각도 애당초 없었다. 숨이 턱에 받쳐 뛰어지지도 않았다. 그녀는 한 손으로 처진 아랫배를 받쳤다. 뜀박질이 아이에게 부담을 줄 것 같은 생각이 본능적으로 그녀를 그렇게 하도록 했다. 그녀는 곧 추 씨에게 덜미를 잡혔다. 그는 순미를 다짜고짜 내동댕이쳤다. 그녀는 힘없이 쓰러졌다. 쇠풍골집이 헐떡이며 다가와 아직 쓰러져 있는 순미의 머리채를 거머쥐고 잡아당겼다. 머리칼이 한 줌 빠져 나왔다. 순미가 고개를 들었다. 눈이 눈물로 범벅이었다. 그녀는 재빨리 쇠풍골집을 향해 침을 뱉었다. 그러나 침은 바람에 날려 그녀의 귀밑머리에 가 붙었다.

"죄는 죄대로 간다 이년아!"

쇠풍골집이 그 꼴을 보고 악을 썼다.

그리고 순미의 얼굴에 침을 뱉었다. 순미가 발딱 일어났다. 그녀는 손바닥으로 얼굴에 묻은 침을 닦고 아악! 소리치기 시작했다. 발작을 하는 것 같았다. 제 머리칼을 쥐어뜯기도 했다.

그새 다가온 운전사가 순미를 일으켜 세웠다. 치마가 허벅지에 걸렸다. 그는 그것을 끌어당겨 순미에게 잡도록 했다. 그녀는 이상하게 고분고분 말을 들었다.

"아이를 생각해야지."

운전사가 나직이 속삭였다. 순미가 그의 어깨에 기대어 흐느끼기 시작했다. 추 씨와 쇠풍골집에게 그들의 모습이 이상스럽게 보였다. 순미의 눈물로 어깨가 젖는데 운전사는 아랑곳하지 않았다. 조금 전 순미와 쇠풍골집이 서로 침을 뱉고 악나구닐 쓸 때, 순미의 인생이 불쌍하다고 느꼈던 느낌은 이제 그에게 가셔져 있었다. 그는 그에게로 쓰러져 온 젊은 임신부를 부축해서 차 있는 데로 간다는 생각 이외엔 아무것도 더 생각하지 않았다. 추 씨와 쇠풍골집이 그들의 뒤를 따랐다. 쇠풍골집은 아직 화풀이에 성이 차지 않아서 혼자 씨불여 대었다. 추 씨는 갑자기 순해진 순미의 태도에 대해 잠깐 스쳐 가는 의문을 품어 보았다. 그러나 더 이상 관심을 두지 않았다. 운전사의 태도도 그렇게 기분 좋게 보이지가 않았지만 그것에 대해서도 오래 생각하지 않았다.

"저년이 말캉 거짓부리만 한 거여! 저년이 내 딸을 죽였어."
하고 쇠풍골집이 소리치기 시작했기 때문이었다.

"봤어?"
추 씨가 다가가 급히 물었다.

"할미소에서 죽였어, 아이구. 이걸 어쩌너어, 내 팔자야."
쇠풍골집은 추 씨도 몰라라 하고 그저 울면서 가슴을 치면서 소리쳤다. 그녀가 앞서 가는 순미를 쫓아가려 했다. 그걸 추 씨가 말렸다.

"할미소?"
"아이구 몰러유. 난 어떻게 하너어."
쇠풍골집이 지친 울음소릴 냈다. 이제 추 씨는 땅이 꺼지는 한숨을 내쉬었다. 그녀는 이제 마악, 어젯밤 어둠 속에서 순미의 팔이 다 젖었던 걸 기억하고 있었다. 마치 섬광처럼 할미소와 젖은 팔소매 따위들이 떠오른 것이었다. 그녀가 기억해 내려 애쓰지 않았는데도 그런 일이 일어난 셈이었다.

"빙아리 같은 내 새끼야. 에미 품 떠나 어트게 살라너어……."

추 씨가 쇠풍골집을 잡았다. 그녀가 휘청거렸기 때문이었다. 그는 제 마누라의 넋두리를 무가치하게 들어 넘기려고 애썼다. 하지만 소용이 없었다. 웬일인지 그 말이 다 사실일 것 같았다.

그들은 다시 차에 올랐다. 이번엔 운전사 옆에 순미가 앉았다. 아무도 방향을 말하지 않았는데 운전사가 할미소 쪽으로 달리기 시작했다.

쇠풍골집이 울면서 순미를 욕했다. 그렇게 잘해 주었는데, 신세를 요 모양으로 갚느냐는 말도 있었다. 순미는 한 마디도 듣지 못했다. 그녀의 청각이 마비된 것 같았다. 그녀는 지금 차창 밖으로 스쳐 가는 겨울 풍경을 바라보고 있었다. 아무 생각 없이 그렇게 했다. 그러나 차가 벌판을 벗어나 산기슭을 돌아들자, 그녀의 얼굴에 불안한 어둠과 갈등이 나타나면서 어쩔 줄을 몰라 했다.

"어디루 가세유? 여기가 아니래유, 아저씨."

운전사는 애원하는 순미의 얼굴을 마주보았다.

"맘을 편안하게 가져 봐유. 애기 어머니."

그가 말했다.

그는 순미의 얽히고설킨 불안을 풀어헤쳐 내 주고 싶었다. 그것만이 그녀가 살 수 있는 길이라는 생각이 들어서였다. 아직 한참 더 살 나이이기 때문에, 곧 낳아야 할 아이를 밴 여자이기 때문에, 얼굴이 너무 가련하고 불쌍하기만 해서 여태 그 나이 오도록 좋은 세상 못 살아 본 것 같은 느낌이 들어서, 그는 그녀가 마냥 측은하기만 한 것이었다.

운전사는 할미소 다리 못 미쳐 차를 세웠다. 그는 지금껏 넙두리를 하고 순미를 욕하는 쇠풍골집과 추 씨에게 그냥 있으라는 눈짓을 해 보이고 순미와 함께 내렸다. 그는 순미를 데리고 다리 가운데로 갔다. 순미는 뒷걸음을 치려 했지만 운전사가 끄는 대로 이내 따랐다.

"맘을 편히 가져 봐유."

그가 말했다.

찬바람 때문인지, 순미의 얼굴이 불그레 상기되어 있었다. 그녀는 할미소 쪽을 보았다. 운전사로부터 몇 걸음 앞서 있었다. 운전사는 그녀를 혼자 두었다. 그녀는 한동안 할미소를 보고 있었다.

이윽고 순미가 고개를 돌렸다. 운전사는 그녀의 눈길을 받으며 가슴이 두근거렸다. 천천히 그녀 쪽으로 갔다. 그가 다가서자 순미가 외면을 했다. 그는 순미의 거친 손을 잡았다. 크고 거칠고 찬 손이었다.

"용기를 내우, 사람 사는 게 뭘 피해서 되는 게 없다우. 배 속에 든 애기를 의지해유……."

운전사가 말했다.

후에, 그는 자기가 어떻게 뭐라고 순미에게 말해 주었는지 아무 것도 기억하지 못했다. 혹시 사람은 상황에 따라 자기도 인식하지 못하는 말이나 행동을 하게 되는지 모를 일이다.

"다아 말해유. 탁 털어놓구 살아 봐유. 젊은데 뭐가 걱정이겠

수……."

순미는 운전사를 쳐다보았다. 그녀는 한 손으로 치맛말기를 잡고 있었다.

그녀는 오래도록 눈 한 번 깜박이지 않고 그를 보았다. 어쩌면 그의 눈동자를 꿰뚫고 다른 어떤 것을 보고 있었는지도 몰랐다.

"지가 경실이를……, 지가 경실이를 죽였는가 봐유……."

순미가 나직이 중얼거렸다. 그 중얼거림은 겨울바람처럼 청결하고 가볍게 풀풀 날리는 느낌을 주었다.

이경자 연보

1948년	음력 1월 28일 강원도 양양군 양양읍 성내리에서 출생.
1965년(17세)	숙명여자대학교 주최 전국 여고생 단편 공모에 「멎어 버린 행진」이 입선.
1966년(18세)	양양여자고등학교 졸업.
1968년(20세)	서라벌예술대학 문예창작과 졸업.
1973년(25세)	『서울신문』 신춘문예에 단편 「확인」이 당선되어 등단.
1982년(34세)	장편 『배반의 성』(일월서각) 출간.
1984년(36세)	소설집 『할미소에서 생긴 일』(인문당) 출간.
1989년(41세)	소설집 『할미소에서 생긴 일』(고려원) 재출간. 소설집 『절반의 실패』(동광출판사), 수필집 『반쪽 어깨에 내리는 비』(푸른숲) 출간. 『절반의 실패』가 TV 드라마화되어 당시 사회적으로 큰 반향을 일으킴.
1990년(42세)	장편 『머나먼 사랑』(풀빛), 소설집 『꼽추네 사랑』(동광출판사) 출간. 올해의 여성상 수상.
1992년(44세)	장편 『혼자 눈뜨는 아침』(푸른숲) 출간.

1993년(45세) 소설집 『절반의 실패』(푸른숲) 재출간. 소설집 『살아남 기』(자가정신) 출간.

1996년(48세) 장편 『황홀한 반란』(푸른숲) 출간.

1997년(49세) 동화집 『궁금한 게 참 많은 세상』(한양출판) 출간.

1998년(50세) 장편 『사랑과 상처』(실천문학사) 출간.

1999년(51세) 장편 『정은 늙지도 않아』(문이당) 출간. 장편 『사랑과 상 처』로 제4회 한무숙문학상 수상.

2000년(52세) 환경부 환경 홍보 대사 위촉.

2001년(53세) 수필집 『이경자, 모계 사회를 찾다』(이룸) 출간.

2002년(54세) 민족문학작가회의 부이사장 역임.

2003년(55세) 장편 『그 매듭은 누가 풀까』(실천문학사) 출간.

2004년(56세) 수필집 『남자를 묻는다』(랜덤하우스중앙) 출간.

2005년(57세) 장편 『계화』(생각의나무) 출간.

2006년(58세) 현재 환경부 환경 홍보 대사.

2007년(59세) 장편 『천 개의 아침』(이룸), 수필집 『딸아 너는 절반의 실패도 하지 마라』(향연) 출간.

꼽추네 사랑

초판 1쇄 인쇄일 • 2007년 9월 5일
초판 1쇄 발행일 • 2007년 9월 10일
지은이 • 이경자
펴낸이 • 임성규
펴낸곳 • 문이당

등록 • 1988. 11. 5. 제 1-832호
주소 • 서울시 성북구 동소문동 4가 111번지
전화 • 928-8741~3(영) 927-4990~2(편)
팩스 • 925-5406
ⓒ 이경자, 2007

홈페이지 http://www.munidang.com
전자우편 webmaster@munidang.com

ISBN 978-89-7456-381-3 43810